ALS WIR FAST MUTIG WAREN

Jen White wollte schon immer Schriftstellerin werden. Zu ihrem Debütroman hat sie ein Erlebnis aus ihrer Kindheit inspiriert, als sie – aus Versehen – an einer Tankstelle vergessen wurde. Die Autorin lebt mit ihrem Mann und fünf Kindern in Kalifornien.

JEN WHITE

ALS WIR FAST MUTIG WAREN

Aus dem Englischen von Sylke Hachmeister

CARLSEN

MIX
Papier aus verantwortungsvollen Quellen
FSC® C083411
FSC
www.fsc.org

Veröffentlicht im Carlsen Verlag
August 2020

Originalverlag: Farrar Straus Giroux Books for Young Readers, New York
Originaltitel: »Survival Strategies For The Almost Brave«

Umschlaggestaltung: formlabor
Corporate Design Taschenbuch: bell étage
ISBN: 978-3-551-31942-5

Für Adam

Überlebensstrategie #1:

TU SO, ALS OB

Tu so, als ob.

Das steht in meinem Notizbuch ganz klar an erster Stelle. Alle Leute machen es. So zu tun, als ob, kann einem im Zweifel das Leben retten.

Gerade jetzt tat ich so, als ob. Ich schrieb in mein Notizbuch, als hätte ich ein Ziel. Einen Grund, hier zu sein. Als hätte ich alle Zeit der Welt, um an dieser brütend heißen Tankstelle zu sitzen und zu warten. Ich hätte es besser wissen müssen. All meine Instinkte hatten mir gesagt, dass ihm nicht zu trauen war.

»Wo ist Daddy?«, fragte Billie. Sie war acht, vier Jahre jünger als ich, und hoffte selbst jetzt noch, er würde sich in den Traumvater verwandeln, den sie sich immer gewünscht hatte. Na gut, den wir *beide* uns immer gewünscht hatten. Aber nach allem, was passiert war, konnte ich nicht mehr daran glauben. Selbst *wenn* ich gern geweint hätte (was ich damit nicht gesagt haben will), vor Billie ging das auf keinen Fall.

Jetzt war ich einfach nur wütend. Wütend wie die Sonne, die ein Loch in den Wüstenhimmel brannte, so heiß und grell, dass es uns einfach verschlingen könnte.

»Wo ist er, Liberty?«, flüsterte Billie. Über ihre geschwollene Wange zog sich ein Schmutzstreifen, wie ein Blitzstrahl. Ich streckte die Hand danach aus, aber sie wehrte mich ab.

»Ich weiß nicht. Keine Sorge, der kommt schon wieder«, sagte ich. Ich versuchte meine Angst zu verbergen und uns beide davon zu überzeugen, dass er wirklich wiederkommen würde. Was konnten wir tun außer auf dem Bordstein sitzen und warten?

Ich strich Billie über das goldene Haar und zwang mich zu einem Lächeln. »Der kommt schon.« Ich fand es schrecklich, vor ihr so zu tun, als ob, aber manchmal ging es nicht anders.

»Was ist mit heute Morgen?«, brachte sie mühsam heraus. Tränen glänzten in ihren Augen. »Das war keine Absicht.«

»Das weiß er doch, Billie. Mach dir keine Sorgen. Komm, setz dich zu mir.« Ich schlang einen Arm um ihren Rücken, der eckig und kantig war, und drängte die Tränen zurück. Dumme Tränen, sie durften Billie keine Angst machen.

»Mir ist heiß«, sagte sie und rückte von mir ab. Sie ging in den Schatten bei den Zapfsäulen.

Ein Wagen rollte an der Tankstelle vorbei und Billie stellte sich auf Zehenspitzen, um über das Schild mit der Aufschrift JIFFY TANKSTELLE hinwegzublicken.

Ein brauner Jeep.

Nicht unser Camper. Waren wir in Arizona? Heute Morgen waren wir in Arizona gewesen – in dem Grand-Canyon-Staat (das stand jedenfalls auf dem Schild) –, aber eine der komischen Sachen am Leben im Camper ist, dass man in einem Staat einschlafen und in einem anderen aufwachen kann, ohne es überhaupt zu merken.

Hier an der Jiffy-Tankstelle hatte Dad vor über einer Stunde gehalten. Billie und ich waren aufs Klo gegangen. Als wir zurückkamen, war er weg. Wir warteten schon zu lange. Mein Herz hämmerte.

Ich versuchte mich abzulenken und schlug wieder das Notizbuch auf. Ich überflog die Seiten mit den Fakten über Tiere. Sofort ging es mir besser. Es kam jetzt nur darauf an, logisch zu denken und zu warten. Das konnte ich. Für Billie konnte ich es.

Von meinem Platz auf dem Bordstein sah ich, dass die Glastür der Tankstelle von zahllosen verschwitzten Händen verschmiert war. Sie war schon eine ganze Weile nicht mehr aufgegangen. Nur drei Autos waren ächzend über den Schotterweg gerollt und hatten vor den ölglänzenden Tanksäulen gehalten.

Hunderttausend Fledermausflügel flatterten in meinem Bauch. Vielleicht musste ich mich übergeben.

Lass das, Liberty. Halt dich an die Fakten.

Wusstet ihr schon, dass eine Kuh vier Mägen hat? Das hab ich in einer Tierdoku gesehen, damals, bevor …

Nein.

Ich balancierte das Notizbuch auf den Knien.

Noch ein Auto fuhr vorbei.

Ohne Billie aus den Augen zu lassen, rutschte ich auf dem Bordstein ein Stück zu dem Betonbau hinüber. Was hatte Mom immer gesagt? *Du hast die Verantwortung, Liberty.* Mom hatte keine Geschwister, doch sie hatte sich immer einen Bruder oder eine Schwester gewünscht. Deshalb wollte sie zwei Kinder – damit Billie und ich einander hatten. Schwestern fürs Leben. Aber manchmal ist es hart, die Ältere zu sein. Nicht immer nahm Billie meine Ratschläge dankbar an.

Für Mom war es selbstverständlich, dass ich das alles hinkriegte. *Du bist zwar erst zwölf, benimmst dich aber wie einundzwanzig,* sagte sie. Sie hatte dabei übersehen, dass ich die Verantwortung nur deshalb immer übernahm, weil ich musste. Jedenfalls fast immer.

Eine Reihe Ameisen krabbelte über einen Kartoffelchip aus der Tüte, die ich am Automaten gezogen hatte, nachdem Dad verschwunden war. Das schien Jahre her zu sein. Ich schrieb in mein Notizbuch:

1. Ameisen, rot
2. spielen »Folge dem Anführer«
3. nie allein, immer zusammen
4. mutig

Ich wusste noch nicht, was meine Hypothese über Ameisen war, aber sie sahen aus wie gute Freunde. Vielleicht wie eine Familie.

Taten Ameisen so, als ob?

Ich strich über den Deckel meines Notizbuchs. Es war noch neu und glänzte an einigen Stellen, aber die Ecken waren schon abgestoßen. Es fühlte sich glatt und weich an. Notizbücher waren gut. Etwas zum Anfassen und Festhalten. Ich schrieb alles in mein Notizbuch, denn jeder gute Wissenschaftler macht wichtige Beobachtungen. Ich war zwar noch keine Wissenschaftlerin, aber eines Tages würde ich eine sein.

Ich schlug das Buch auf und las einen Eintrag in der Mitte, von vor etwa einem halben Jahr – als Mom mit Billie und mir zum Birch Aquarium in La Jolla gefahren war. Das Birch Aquarium war das allerbeste überhaupt.

> Teppichhaie gesehen
> Tauchen und Lebendfütterung:
> Montags 10 Uhr und 12 Uhr.

Ich hatte gebettelt, dass Mom noch mal mit mir hinfuhr, damit ich die Lebendfütterung sehen konnte. Ich konnte mir nicht vorstellen, dass wirklich jemand zu den Haien ins Becken tauchte und sie fütterte. Mom hatte *vielleicht* gesagt. Vielleicht nächste Woche. Aber ich hab die Haie nie wieder gesehen.

Ich klappte das Notizbuch zu. Über Haie wollte ich auch nicht nachdenken. Also beobachtete ich die Ameisen. Hunderte kleiner zierlicher Ameisenarme packten den Kartoffelchip und schleppten ihn zu dem Riss im Asphalt des Parkplatzes, gerade als die Sonne den höchsten Punkt am Himmel erreichte.

Ein Lastwagen (der vierte, den wir sahen) hielt mit einem lang gezogenen Klagelaut an der Tankstelle. Blau, verstaubt und klapprig. Ein alter Mann mit Pferdeschwanz und riesiger Gürtelschnalle stieg aus und starrte uns an. Billie kam zu mir gerannt und versteckte sich hinter mir. Mein Herz hämmerte. Aber dann fiel mir ein, dass ich ja so tun musste, als ob. Ich musste mögliche Feinde abschrecken.

Hau ab.

Die Bartagame hat einen stachligen Panzer am Kinn, mit dem sie ihre Angreifer einschüchtert. Sie plustert sich auf, öffnet das Maul und bläst ihre furchterregende Kehle auf. Dann überlegt der Feind es sich zweimal, ob er sich mit dieser Echse anlegen will.

Ich atmete tief durch, richtete mich zu meiner vollen Größe auf und starrte einfach zurück, ohne mit der Wimper zu zucken. Der Mann drehte sich um, machte die Tür zur Tankstelle auf und ging hinein.

So ist es gut. Geh rein und kauf dein Benzin. Ich? Ich hab überhaupt kein Problem. Ich stand vor Billie und schirmte die Augen mit einer Hand vor der heißen Wüstensonne ab.

Billie lugte hinter mir hervor. »Hältst du immer noch nach Dad Ausschau?«, fragte sie.

Ich strich ihr das Haar hinters Ohr, um ihre Wange anzusehen, aber sie zog den Kopf weg.

»Er kommt wieder. Das weiß ich. Er kommt zu uns zurück«, sagte sie.

Billie hatte keine Ahnung.

Aber sie war meine kleine Schwester. Strähnige weißblonde Haare, dunkelblaue Augen. Pures Gold. Das war sie. Seit Mom tot war, erinnerte Billie mich an pures Gold, nicht das unechte Zeug, das man als Andenken in alten touristischen Goldgräberstädten kaufen konnte, oder mit Halbedelsteinen versetzt in indianischen Souvenirläden. Echtes Gold, vierzehn Karat.

Nachdem wir die letzten zwei Monate im Camper gelebt hatten, schien San Diego Lichtjahre entfernt zu sein. Als wären wir durch einen Spalt in der Atmosphäre gerutscht und in diesen seltsamen Sommer getaucht, schwül und neu. Und nach alldem waren wir immer noch allein. Nur wir beide, die auf dieser stillen staubigen Straße in Ton gebacken wurden.

Das Schild mit der Aufschrift JIFFY TANKSTELLE schaukelte quietschend im Wind. Ganz egal, wie lange ich hier saß, in mein Notizbuch schrieb und so tat, als ob – er kam nicht zurück.

Ich musste das regeln.

Aber wie?

Überlebensstrategie #2:

BENIMM DICH NORMAL

So zu tun, als ob, das war also bis jetzt mein Plan. Aber was dann?

1. Benimm dich normal.
2. Kümmere dich um Billie.

Das waren zwei Sachen, die ich konnte.

»Billie!«, rief ich. »Hör auf in der Nase zu popeln.«

Sie zuckte zusammen.

»Und geh in den Schatten! Du bist schon krebsrot.«

Hitze stieg vom Asphalt auf und die Zapfsäulen schienen zu flimmern. Billie beachtete mich nicht. Ihre schwarzen Glitzer-Flip-Flops sahen aus, als wollten sie mit dem Asphalt verschmelzen. Dann drehte sie sich um und sah mir mit ihren blauen Augen direkt ins Gesicht, so tief und ernst der Blick, wie ein Reh, das ich einmal im Discovery Channel gesehen hatte.

Billie kam auf mich zu und knüllte ihr weites Sweatshirt vor dem Bauch zusammen, als hielte sie einen Ball in den Händen.

»Hast du kein T-Shirt drunter?«

Sie schüttelte den Kopf. Ein Rinnsal Schweiß lief ihr über das Gesicht. Sie wischte es mit dem Handrücken weg.

»Setzt du dich bitte mal in den Schatten, weg von dem Fenster?«, sagte ich. Ich saß auf der linken Seite der Tankstelle, verborgen vor neugierigen Blicken. Bis jetzt hatten wir Glück gehabt und der gruselige Tankwart war noch nicht rausgekommen, um uns Fragen zu stellen. Zweimal waren wir drin gewesen – einmal auf dem Klo und einmal um nach Dad zu suchen – und ich wollte lieber nichts riskieren.

»Wo ist er denn hingefahren?«, fragte sie.

Darüber wollte ich lieber gar nicht nachdenken.

Gestern hatte er gesagt, wir wollten nach Four Corners, dem einzigen Ort in den USA, wo man in vier Staaten gleichzeitig stehen kann. Utah. Colorado. New Mexico. Arizona. Dazu hatte ich richtig Lust. Es war fast so, als würde man der Wissenschaft ein Schnippchen schlagen; es war eigentlich unmöglich, an vier Orten gleichzeitig zu sein. Doch in Four Corners ging das – wie Zauberei und doch einwandfrei beweisbar. Nach dem, was heute Morgen passiert war, würde ich nicht mehr mit Dad mitfahren, selbst wenn er zurückkäme. Aber das konnte ich Billie nicht sagen.

Benimm dich normal.

»Wahrscheinlich holt er bloß ... holt er bloß ...« Ich verstummte.

»Eis!«, vollendete Billie den Satz. »Es ist so heiß, dass Dad losgefahren ist, um Eis zu kaufen.«

Ich nickte. Eis klang jetzt gut, wirklich gut. Und die Lüge war leichter als die Wahrheit. Fast glaubte ich selbst daran, dass wir uns keine Sorgen zu machen brauchten. Wir waren einfach zwei Schwestern, die an der Tankstelle auf ihren Vater warteten, der ihnen ein paar Kugeln Karamelleis holte. Wenn man es draufhat, ist es ziemlich einfach, so zu tun, als ob. Aber ich wusste, dass es nicht stimmte, denn man sah, dass es hier meilenweit keinen Laden gab.

Wir waren von gähnender Leere umgeben – und mein Hirn wollte in Panik ausbrechen. Doch ein Tier, das in Panik gerät, ist so gut wie tot. Wie ein Reh in der Nacht, das von Scheinwerfern geblendet wird. Es erstarrt und dann – *rums*. Wie viele überfahrene Tiere hatte ich in den letzten zwei Monaten am Straßenrand gesehen? Unzählige. Glaubt mir, Panik ist kein guter Freund. Ich drängte die Angst zurück in den winzigen Riss in meinem Kopf, wo sie wohnte, und versuchte über Ameisen, Rehe oder sonst irgendwas nachzudenken.

»Alle Kinder rennen übers Eis«, sagte Billie.

Wir erzählten gern Witze. Damit vertrieben wir uns die Zeit, während Dad auf der Suche nach dem perfekten Motiv war.

»Liberty! *Alle Kinder rennen übers Eis*!«

»Und?« Mein Magen knurrte.

»Nur nicht Vera – die war schwerer.« Sie lachte, als wäre es der Witz des Jahrhunderts, obwohl sie ihn schon tausend Mal erzählt hatte.

»Kapierst du? Vera war schwerer!«

»Ja, habs kapiert. Der ist echt gut, Billie.«

Die Tür zur Tankstelle ging auf. Der alte Mann aus dem Lastwagen kam wieder heraus. Er drehte sich um und sah uns an. »Tach«, sagte er und tippte sich an die Mütze.

Jetzt wirkte er freundlicher. Sollte ich etwas sagen? Vielleicht könnte er uns helfen. Die Tür seines Wagens ging geräuschvoll auf, er hielt einen Moment inne, starrte uns an und dann ... war es zu spät. Er knallte die Tür zu und fuhr davon. Wütend blickte ich auf seine Stoßstange und stellte mir vor, daran wäre ein unsichtbares Seil befestigt, mit dem er uns mitziehen könnte.

Der Wüstensand umtoste uns wie riesige Wellen im Ozean. Auf und ab. Auf und ab. Bis Dad kam und uns mitnahm, hatte ich noch nie mit eigenen Augen roten Sand gesehen. Zuerst fand ich ihn ganz schön, aber jetzt, wo wir darin zurückgeblieben waren, kam es mir vor, als wären wir Schiffbrüchige – umgeben von einem roten Meer aus Sand.

Überlebensstrategie #3:

EIN HEITERER HIMMEL BEDEUTET NICHT GLÜCK

Das letzte Mal habe ich den Ozean gesehen, als wir die Asche unserer Mutter ins Wasser gestreut haben. Unser Boot hüpfte auf dem Wasser wie das Fischfutter im Aquarium, wenn ich unsere Goldfische George und Martha fütterte. Und mir wurde ein bisschen übel. Und es war erst neun Tage her, seit Mom gestorben war. Und vielleicht wollte ich nicht glauben, dass es wirklich so war.

Also schaute ich nicht mehr auf die wogenden Wellen und sah stattdessen in den Himmel. Die Sonne leuchtete hell im Blau und überall schwebten weiße Schäfchenwolken. Kleine verirrte Schäfchenwolken. Es war der beste Strandtag, den man sich vorstellen konnte. Die Bestattung unserer Mutter an einem perfekten Strandtag.

»Brauchst du einen Eimer, Liberty?«, hatte Julie gefragt.

Ich nickte.

»Joe. Gibt es hier einen Eimer?«

Der Mann namens Joe, der das Boot steuerte, schüttelte den Kopf und zeigte aufs Wasser. Ich konnte nicht ins Wasser kotzen, denn da würde Mom gleich sein. Und ich kannte diesen Joe überhaupt nicht, den Julie, wie sie sagte, dafür bezahlt hatte, dass er uns auf den Ozean hinausfuhr, damit Mom dort ihre »ewige Ruhe« finden konnte, denn das war schon immer ihr Wunsch gewesen.

Ich wusste nicht, dass Mom schon immer ihre ewige Ruhe im Ozean finden wollte.

Ich dachte, sie wollte immer bei uns bleiben.

Aber Julie sagte, Mom wollte wirklich ihre ewige Ruhe im Ozean finden.

Und da meine Oma und mein Opa schon gestorben waren, bevor ich überhaupt auf die Welt kam und der einzige andere Verwandte, den wir hatten, unser Vater war, von dem wir nicht wussten, wo er steckte, musste ich auf Julie hören. Denn:

1. Sie war Moms Chefin.
2. Sie war unsere Nachbarin.
3. Sie war Moms beste Freundin.

Also sagte Julie Billie und mir, was wir tun sollten.

Und man könnte meinen, dass das in Ordnung ging, denn Julie hatte in ihrer Wohnung viele Süßigkeiten. Und zwar *richtig* viele. Nicht so alte zähe Karamellbonbons, sondern lauter leckeres Zeug - M&Ms, Twix und Starburst, diese leckeren Kaubonbons, sogar ein paar Sorten aus Kanada, die ich nicht kannte, zum Beispiel Coffee Crisps und Sweet Maries (die mochte Billie gern) und jede Menge anderer Schokoriegel, alles in großen Gläsern auf der Küchentheke. Bestimmt waren die vielen Süßigkeiten nicht gut für Julie und wahrscheinlich war sie deshalb ziemlich dick, aber was sollte ich dazu sagen?

Billie und ich mochten die Süßigkeiten immer gern, aber ich fand nicht, dass Julie über uns bestimmen sollte, bloß weil sie uns Süßes gab und uns einmal mit ins SeaWorld genommen hatte. Aber sie bestimmte über uns, weil es sonst niemanden gab, der zwei Schwestern für immer zu sich nehmen wollte.

Die Kücheninsel in unserer Wohnung war von Schade-dass-du-tot-bist-Blumen umgeben, die Mom von ihren Krankenhauskollegen bekommen hatte. Ich mochte am liebsten die lila Löwenmäulchen, die Dr. Hammond geschickt hatte, Moms ehemaliger (ich glaube, nicht geschiedener) Freund. Sie war nicht lange mit ihm zusammen gewesen, aber seine Blumen fand ich schön. Mom sagte, mit Kindern sei es zu kompliziert, einen Freund zu haben. Im Supermarkt hat Mom mir mal gezeigt, wie die Löwenmäulchen, wenn man die Blüte seitlich drückt, das Maul aufmachen wie junge Vögel. Löwenmäulchen waren meine liebsten sprechenden Blumen.

Joe hielt mit dem Boot an einer alten Boje und sagte, der

Wellengang würde zu stark. Möwen starrten uns mit ihren gierigen Augen an.

Julie sagte: »Das ist weit genug.« Und sie reichte mir einen großen Krug mit Katzen darauf.

»Mom kann Katzen nicht leiden«, sagte Billie.

Ich nickte. Das stimmte. Sie mochte keine Katzen. Wegen ihrer Allergie.

Julie hatte zwei Katzen namens Snickers und Smarties. Sie waren fett und verwöhnt und fraßen nur Thunfisch aus der Dose. Vor Moms Tod habe ich zweimal auf sie aufgepasst, als Julie ihren Bruder in Kanada besuchte.

»Natürlich mag sie Katzen, Süße«, sagte Julie und tätschelte Billie den Kopf.

»Nein. Sie ist allergisch gegen Katzen«, sagte ich.

»Na ja, das hier sind ja keine echten Katzen. Und wir lassen die Urne nicht hier. Nur die Asche eurer Mutter«, sagte sie und nahm den Deckel ab.

Billie und ich spähten hinein. Das konnte nicht Mom sein. Es sah aus wie Dreck.

»Ich dachte, sie wär rosa«, sagte Billie. »Mom liebt Rosa.«

Julie hörte nicht zu. Sie starrte auf den Ozean, als ob sie gleich anfangen würde zu weinen. Dann nahm sie einen Zettel aus der Tasche und las ein Gedicht über Blumen und Wolken und den Himmel.

Und ich nahm eine Handvoll von dem, was Mom war und wie Dreck aussah, sich jedoch weich und glatt anfühlte, und streute es auf das Wasser. Billie wollte es nicht anfassen. Und ich eigentlich auch nicht. Aber Julie sagte mir, ich sollte es tun.

Also tat ich es.

Dann wischte Julie sich die Tränen aus den Augen und kippte den Rest aus dem Krug geradewegs in den Pazifik. Und Billie weinte auch. Aber ich nicht. Noch nicht.

Denn es kam mir verkehrt vor. Wie konnten wir ohne sie hier sein?

Die Wellen gingen auf und ab und trugen Mom aufs Meer hinaus. Und anstatt über Mom nachzudenken, fragte ich mich, was die Fische wohl dachten. Ob da unten ein gefleckter Teppichhai war? Erkannte er irgendetwas in den Staubflocken, die auf den Grund des Ozeans schwebten? Wusste er, dass sie zu meiner Mom gehörten?

Ich wollte nicht darüber nachdenken.

Jetzt, da wir an der Tankstelle saßen, war es fast drei Monate her, seit wir Mom in den Ozean geschüttet hatten. Ich hatte es in meinem Notizbuch nachgelesen. Und bald nach diesem Tag wurde alles anders. Julie fand in Moms Papieren Dads alte Adresse. Ich hatte nicht gewusst, dass Mom seine alte Adresse hatte – wie eine Schatzkarte, die uns verriet, wo wir ihn finden konnten. Immer wenn ich Mom nach ihm gefragt hatte, hatte sie gesagt, er ist auf Reisen, oder, sie wüsste nicht, wo er ist. Aber Julie sagte, derjenige, der in Dads alter Wohnung wohnte, hätte seine Telefonnummer.

Und ein paar Wochen nach Moms Bestattung, an dem Tag,

als Julie ehrenamtlich in der kostenfreien Klinik anfing, rief sie ihn an.

Sie sagte, das mit Mom täte Dad sehr leid. Und dass er kommen und uns abholen würde, obwohl wir ihn nicht gesehen hatten, seit ich sechs war. Sie erwähnte nicht, was Dad über Billie und mich gesagt hatte. Sie sagte nur, dass er kommen würde und es gar nicht erwarten könnte.

Wirklich?

Wahrscheinlich war das bloß Julies Begeisterung. Aber trotzdem begann ich plötzlich an dem zu zweifeln, was Mom mir über Dad erzählt hatte, vor allem wo sie doch die Schatzkarte mit der alten Adresse gehabt hatte, ohne uns etwas davon zu erzählen. Und ich dachte darüber nach, wie es wäre, einen echten Vater aus Fleisch und Blut zu haben, wie ich es mir immer gewünscht hatte, wenn ich die drei Fotos anschaute, die ich von ihm besaß.

Vielleicht war er so wie der Feuerwehrmann-Vater von Suzanne Gomez. Der wirkte echt nett, obwohl sie rotzfrech ist. Er ist mal zu uns in die Klasse gekommen und hat uns was über Brandschutz erzählt. Sie hat gesagt, er ist Trainer ihrer Fußballmannschaft und backt die besten Pfannkuchen mit Schokostückchen und geht einfach so mit ihr zu McDonald's. Mom ging nie mit uns zu McDonald's. Es musste ziemlich cool sein, wenn man einen richtigen Vater hatte.

Julie sagte, wir könnten auf jeden Fall den Sommer bei ihm bleiben, und wenn alles gut liefe, wahrscheinlich auch für immer. War er sich denn noch nicht sicher, ob er uns haben wollte? Ich war mir so gut wie sicher, dass ich ihn haben wollte. So soll es doch sein, oder? Dass Kinder für immer bei ihrem Vater sind.

Aber jetzt, da wir auf die verlassene Straße blickten, hatten wir unsere Antwort, oder? Er war weg. Und wir waren hier.

Billie seufzte. »Mir ist langweilig.«

»Ich weiß«, sagte ich. »Erzähl mir einen Witz.«

Sie schüttelte den Kopf. »Ich will nach Hause.«

Ich wusste, dass sie San Diego meinte. Billie sprach sonst nie über zu Hause, aber nach dem, was heute Morgen passiert war, wollte sie natürlich nach Hause.

Bis Mom gestorben war, hatten wir immer in San Diego gelebt. Und Billie und ich waren nie irgendwo anders gewesen. Aber Dad war überall gewesen, weil er Fotograf war. Er war schon in Afrika gewesen, in China, Brasilien und am Amazonas und, ich glaube, in Puerto Rico und bestimmt an vielen anderen Orten, von denen ich noch nie gehört hatte. Ich guckte jeden Tag *Jäger und Gejagte* auf dem *National Geographic*-Kanal, weil Mom mir erzählt hatte, dass Dad Fotos für den *National Geographic* machte. Wenn er uns mal besuchte, brauchten wir ja schließlich ein Gesprächsthema, oder?

Deshalb wusste ich jetzt eine Menge über Tiere; ich meine, ich wusste wirklich *eine Menge*.

Tiere sind wichtig, sie sind unentbehrlich für den Lebenszyklus des Menschen; das hat jedenfalls unsere Lehrerin Mrs

Mortensen erzählt. Sie sagt, ohne das Tierreich wäre die Welt nichts. Und das erklärte, weshalb Dad verschwunden war. Denn warum sollte er uns verlassen, wenn er nicht etwas wirklich Wichtiges tat?

Überlebensstrategie #4:

NIMM DICH VOR JÄGERN IN ACHT

Hundert Meter von der Tankstelle entfernt stand ein altes ausgebranntes Auto. Meine Uhr zeigte 13.34 Uhr an. Das Auto sah aus wie ein ausgeweideter Fisch. Solche, wie wir sie mit Julie reihenweise im Hafen gesehen hatten, bevor wir Moms Asche verstreut hatten. An dem Tag waren viele Fischer da und viele tote Fische.

In der Wüste gibt es natürlich keine Fische. Nur Klapperschlangen oder andere gefährliche Tiere wie Spinnen, Eidechsen und Skorpione. In der Wüste muss man sich in Acht nehmen; da kann ein Jäger leicht zur Beute werden.

Ein blauer Wagen hielt an der Tankstelle. Der Motor verstummte, doch niemand stieg aus. Der Wagen stand einfach da.

Billie kam zu mir.

Ganz kurz machte ich mir Sorgen. Konnte das Dad in einem anderen Auto sein? Hatte der Camper eine Panne?

Langsam und quietschend ging die Tür auf, so langsam, dass ich wahrscheinlich bis eine Million hätte zählen können, und dann sah ich eine Schuhspitze. Ein lavendelfarbener Schuh, der so sehr glänzte, als schiene die Sonne von der Schuhspitze. Und dann eine schicke lila Hose. Und schließlich eine ganze Frau, so dünn, dass sie hätte davonfliegen können wie eine Plastiktüte, aber hier gab es keinen Wind, also blieb sie, wo sie war. Eine Zigarette hing ihr aus dem Mund und ihr Gesicht war von so vielen Falten durchzogen, dass sie sich aneinandergereiht bestimmt die vielen Meilen bis zum Ozean erstrecken könnten. Die Frau schützte die Augen mit einer Hand vor der Sonne. Vielleicht war sie nachtaktiv.

»Was ist?«, krächzte sie in die knusprig gebratene Luft. »Sprich lauter, ich kann dich nicht verstehen!«

Ich schlich näher zu den Betonsteinen und dem Eiscrusher, der dort stand, und zog Billie mit.

Die Lavendeldame beugte sich ins Auto und stellte irgendetwas ein. Dann hustete sie. »Jetzt ist es an. Was?« Sie reckte den Hals noch weiter ins Auto. »Ich weiß!« Die Tür knallte so laut zu, dass meine Plomben klapperten.

Sie schlich über den schotterbedeckten Parkplatz wie eine Nacktschnecke nach einem frühen Morgenregen, dann schlüpfte sie leise zur Tür der Tankstelle hinein, wobei sie eine Rauchfahne hinter sich herzog.

Das Fenster des Wagens war zu dunkel, um hineinzuschauen. Mit wem hatte die Lavendeldame gesprochen?

Ich fasste in die Tasche und spürte etwas Matschiges darin. Ich holte ein Vanilletörtchen heraus, das ich am Morgen aus dem Camper mitgenommen hatte. Es war noch in der Verpackung.

»Billie«, sagte ich und hielt es hoch.

Sie lächelte.

»Hier.« Ich legte es ihr in die Hand. Doch bevor sie es essen konnte, ging die Tür zur Tankstelle mit einem Knall auf. Ich drehte mich um. Es war der gruselige Typ, der dort arbeitete.

Er hatte die Hände in die Hosentaschen gesteckt und trat gemächlich nach draußen. Er blieb kurz stehen und starrte auf die Zapfsäulen, doch dann drehte er sich um und kam direkt auf uns zu.

»Was macht'n ihr zwei hier?«, fragte er. Seine Glatze reflektierte das Sonnenlicht so stark, dass ich blinzeln musste und eine Hand über die Augen legte. »Ich hab euch hier draußen gesehn. Wo ist eure Mutter?«

Ich zuckte zusammen; davon, dass dieser schmierige Typ Mom erwähnte, bekam ich Kopfschmerzen. Aber ich sagte mit meiner verantwortungsvollen Stimme: »Unser Vater muss jeden Moment wieder da sein. Er ist nur kurz weg und holt …«

Ich zögerte.

»Eiscreme«, sagte Billie. Sie umfasste meine Taille mit ihren dünnen Armen. Seit unsere Mutter gestorben war, redete sie praktisch nur noch mit mir.

»Scht«, machte ich und stieß sie mit dem Ellbogen an.

Sie umarmte mich noch fester.

»Eiscreme?«

»Ja, Eiscreme.« Ich versuchte Leuchtbirne nicht in die Augen zu sehen und konzentrierte mich auf den blauen Faden, der von dem Stoffschild mit der Aufschrift VICTOR über seiner Hemdtasche herabhing.

»Tja, hier in der Gegend wird euer Daddy keine Eiscreme finden.«

Er legte seine ledrige Hand auf die Hüfte und starrte auf die Straße, während der Eiscrusher hinter uns ansprang. Die Maschine hustete und summte.

»Okay, danke. Wir kommen klar.«

Er stand da und glotzte. Mein Rücken kribbelte.

In meinem Kopf rief ich: *Hau ab.*

Im Fernsehen hab ich mal eine Frau gesehen, die Menschen beeinflussen konnte, indem sie einfach das, was sie wollte, im Kopf immer wieder vor sich hin sagte. Ich hatte es ausprobiert und manchmal funktionierte es, zum Beispiel wenn ich nicht wollte, dass Billie das letzte Rolo aß.

Vielleicht funktionierte es jetzt ja auch.

Hau ab.

Hau ab.

Hau ab.

Billie umarmte mich noch fester.

»Außer er ist nach Monticello gefahren«, sagte er langsam. »Ist er dahin?«

»Ja. Genau. Müsste jeden Moment zurück sein. Alles okay. Vielen Dank«, sagte ich und zog Billie um die Ecke, wo der Eiscrusher stand, dick und schwer.

»Wartet mal«, sagte Leuchtbirne und ging uns hinterher. Er zog an dem blauen Faden und wickelte ihn fest um den Finger. »Warum hat euer Vater euch nicht mitgenommen?«

Ich wich zurück.

Er hörte auf an dem Faden zu ziehen und steckte die Hände tief in die Hosentaschen, als wäre er ganz harmlos, wie ein junger Hund. Dann kniff er die Augen zusammen.

»Keine Sorge«, sagte er und leckte sich den Schweiß von der Oberlippe. »Ich helf euch, Mädels.« Er senkte die Stimme und beugte sich vor. »Sagt mir einfach, was ihr für ein Problem habt.« Sein Atem, der schwer in mein Gesicht strömte, roch nach etwas Totem.

Hau ab.

Ich nahm Billies Hand und drückte sie ganz fest.

Los, Billie. Mach es. Zieh deine Show ab, jetzt gleich.

Unsere Blicke trafen sich kurz und dann ... nickte sie. Nach so langer Zeit brauchten wir nicht mehr zu reden, wir verstanden einander auch so.

»Liberty, mir geht es nicht so gut«, jammerte Billie. »Ich glaub, mir wird schlecht.« Sie fasste sich an den Bauch und beugte sich vor, als ob sie auf ihre Flip-Flops schaute.

»Meiner Schwester ist übel«, sagte ich zu laut und sah an Leuchtbirnes Schultern vorbei. »Vom Autofahren.«

Billies angebliche Übelkeit hatte uns schon mal gerettet, als wir beide anhalten wollten, um etwas zu essen zu besorgen; Dad wollte ja nicht, dass Billie in den Camper kotzte.

»Es kommt!«, rief Billie mit großen glasigen Augen, die Hand über dem Mund.

Leuchtbirne fuhr zurück, die Nase gerümpft, als wäre er in einen Hundehaufen getreten.

Ich zwängte mich an ihm vorbei und zog die stöhnende Billie hinein, rein in die Tankstelle, durch den Laden und zur Toilette.

Wir schlossen die Tür hinter uns ab. Die Toilette saugte uns auf wie mit einem tiefen Atemzug. Einem heißen, stinkenden Atemzug. Ich kniete mich neben die Tür und lauschte auf Leuchtbirne. Meine Knie klebten am Boden. Klopapierschlangen wanden sich um das Waschbecken, bereit zum Angriff.

Billie ließ sich neben mich sinken und atmete ganz lange aus, wie ein Ballon, aus dem die Luft entweicht. Wir saßen da und warteten auf etwas. Warteten einfach.

Wo war Dad?

Tief im Innern war mir kalt. Als würde die Panik, die im hintersten Winkel meines Gehirns eingequetscht gewesen war, langsam hervorquellen und in meinen Blutkreislauf sickern.

Überlebensstrategie #5:

WINTERSCHLAF

»Wagt es nicht, mich auszusperren!«, brüllte Leuchtbirne. Er haute mit der Hand gegen die Tür, bei jedem Schlag vibrierte das Holz.

»Wenn ich meinen Schlüssel finde, wird es euch leidtun«, knurrte er. Seine Schritte verhallten.

Bitte, lieber Schlüssel, bleib in deinem Versteck. Im ewigen Winterschlaf.

Billie grinste. Dann lachte sie, es klang irgendwie irre. »Hast du sein Gesicht gesehen, als ich mich vorgebeugt hab? Er dachte, ich spuck ihm voll auf seine hässlichen Schuhe.«

»Psst«, machte ich und nahm ihre Hand. Sie zitterte.

»Spucken«, sagte sie grinsend. »Auf seine speckigen Schuhe spucken.«

Sie hielt sich die Hand vor den Mund und lachte, als hätte sie grad den lustigsten Witz der Welt gehört.

Ich lächelte beklommen. »Psst.«

Da wurden Billies Augen groß und sie musste sich wirklich

übergeben, über den Fußboden und ihre glitzernden Flip-Flops. Ich zog sie zur Toilette, nahm ein paar Papiertücher und versuchte sie sauber zu machen. Ich warf ihre Flip-Flops ins Waschbecken.

Billie fing an zu weinen. Und als sie weinte, fand ich, dass ich jetzt auch mal weinen durfte.

Ich weinte, weil Leuchtbirne hässlich und unheimlich war. Ich weinte, weil die Toilette stank wie ein Dixiklo. Und ich weinte wegen anderer wichtiger Sachen, zum Beispiel:

1. Mom schwamm im Ozean.
2. Dad war weg.
3. Wir waren mutterseelenallein.

»Wo ist Daddy?«, fragte Billie. Sie schniefte laut und klammerte sich an meinen Hals, als wäre sie ein Faultierbaby und ich ihre Mama. Faultierbabys und ihre Mamas wollen nie voneinander getrennt sein. Ich strich ihr übers Haar und sie machte die Augen zu.

»Keine Sorge, Billie. Ich bin ja da. Ich lass dich nicht allein.« Und diesmal tat ich nicht so, als ob.

Meine Haare klebten mir im Nacken. Ich band den Pferdeschwanz neu und setzte mich gerade hin. Billie rollte sich auf den Fliesen zusammen wie ein Einsiedlerkrebs.

Sie hatte Erbrochenes im Haar. Und auf dem Sweatshirt.

Wumm. Wumm. Wumm.

Er war wieder da. Die Tür wackelte bei jedem Schlag. »Hey. Hey, ihr da drin!«

Das Blut rauschte in meinem Kopf, als ich aufstand und mich am Waschbecken festhielt. Anscheinend hatte er seine Schlüssel nicht gefunden.

Er schlug wieder gegen die Tür. »Ich hab den Sheriff gerufen!«

Den Sheriff. Selbst ich wusste, dass es nichts Gutes hieß, wenn jemand den Sheriff rief. Ich erinnerte mich noch gut an die beiden Polizisten in Uniform, die an dem Tag, als Mom starb, vor unserer Haustür standen. Keine Polizei – keine Sheriffs. Von denen kam nie etwas Gutes.

»Billie!«, sagte ich und stupste sie mit meinem Tennisschuh an. »Steh auf!«

Billie rieb sich die Augen. Sie waren rot und geschwollen vom Weinen, und Klopapier klebte an ihrer verschwitzten Wange.

»Komm«, sagte ich und kniete mich hin. »Spül dir mal den Mund aus.« Ihr Atem roch fürchterlich.

Sie setzte sich auf und zog am Ärmel ihres Sweatshirts. »Ist Dad da?«

»Nein«, sagte ich und legte das Ohr an die Tür. Leuchtbirne schien gegangen zu sein.

Ich starrte auf den Boden mit den rissigen Fliesen. So was hätte Mom uns nie angetan.

»Wenn Daddy zurückkommt«, flüsterte Billie, »dann zeig ich ihm, wie lieb ich sein kann. Wenn wir ganz lieb sind, dann behält er uns.«

War er deshalb abgehauen? Weil wir böse waren?

Ich schüttelte ihre Worte ab und stand auf. »Wir *sind* lieb.«

Billies Wange war jetzt merkwürdig lila. Diese Wange konnte ich Dad nie verzeihen.

Ich versuchte sie hochzuziehen. »Komm, wir gehen.« Das Klopapier in ihrem Gesicht flatterte, als sie stumm den Kopf schüttelte. Ihre Füße waren immer noch nackt. Die schwarzen Glitzer-Flip-Flops lagen nass und glänzend im Waschbecken.

Ich pflückte das Klopapier von Billies Wange und Billie erwachte aus ihrer Trance.

»Ich geh hier nicht weg, bis Dad kommt«, sagte sie.

Ich verschränkte die Arme und machte mich auf einen Kampf gefasst. Königin Billie. Mom nannte sie immer Königin Billie, wenn sie so stur war.

»Wir können hier nicht den ganzen Tag sitzen bleiben.«

Billie reckte das Kinn vor. »Ich geh nicht weg.«

»Billie!« Mir war heiß und ich war müde. »Hast du nicht gehört, was der Typ gesagt hat? Er hat den Sheriff gerufen! Wir müssen hier raus.«

Billies versteinertes Gesicht fiel in sich zusammen. »Den Sheriff?« Tränen quollen ihr aus den Augen. »Steckt er uns ins Gefängnis?«

Ich wollte ihr keine Angst einjagen. Ich nahm ihre Hand und zog sie hoch. »Nein, nein. Hör auf. Hör auf zu weinen, ja?« Billie wischte sich mit dem Handrücken die Tränen ab. »Keiner kommt ins Gefängnis«, sagte ich.

Wir jedenfalls nicht. Aber was war mit Dad?

Was wurde aus uns, wenn Julie uns nicht haben wollte? Wo sollten wir dann hin? In eine Pflegefamilie oder ein Kinderheim? Das kannte ich aus den Nachrichten. Dort hat einen niemand lieb. Und wenn sie mir Billie wegnahmen?

Nein, diesen Gedanken konnte mein Gehirn kaum denken. Mit Dad zu leben war schlimm gewesen, aber wenigstens waren wir da zusammen. Billie und ich mussten zusammenbleiben. Ich würde mit keinem Sheriff reden. Vorerst würde ich für uns sorgen. Das konnte ich. Nicht zum ersten Mal dachte ich, wie gut es wäre, wenn Mom mir ein Handy erlaubt hätte. Aber das war jetzt egal. Ich konnte einfach ein Telefon suchen und Julie anrufen. Ich hatte ihre Nummer. Sie würde kommen und uns holen. Und dann wäre alles wieder in Ordnung.

»Komm jetzt.«

Billie sah immer noch besorgt aus.

»Hey«, sagte ich und versuchte etwas Hoffnung in meine Stimme zu legen. »Vielleicht ist Dad ja draußen. Vielleicht ist er zurückgekommen und wartet draußen mit Eiscreme auf uns.«

Sie stand auf und fasste die Türklinke. »Daran hab ich gar nicht gedacht.«

»Warte!«, sagte ich und zog ihre Hand weg. »Wir können nicht einfach rausgehen. Wir brauchen einen Plan.«

»Wieso brauchen wir einen Plan, wenn Dad draußen wartet?«

Ich senkte die Stimme. »Wegen dem Sheriff. Willst du Dad in Schwierigkeiten bringen?«

Billies Augen füllten sich wieder mit Tränen. »Nein. Will ich nicht.«

»Okay, lass mich mal überlegen.«

Eine Strategie. Ich brauchte eine Überlebensstrategie. Ich tastete nach meinem Notizbuch in der hinteren Hosentasche. Aber es war *weg*. Vielleicht hatte ich es beim Eiscrusher auf dem Boden liegen lassen. Mein Herz überschlug sich. Ich musste es holen.

Was machen Tiere, wenn man sie in die Enge treibt? Sie kämpfen. Aber was konnten wir gegen einen Sheriff ausrichten?

Billie sah mich an und wartete.

»Leuchtbirne von der Tankstelle darf uns nicht sehen.«

Billie nickte so heftig, dass es aussah, als könnte ihr der Kopf abfallen.

»Und wir müssen Dad finden«, sagte sie.

»Ja, wir suchen ihn«, sagte ich, obwohl ich mir ziemlich sicher war, dass er nicht wiederkommen würde.

Denk nach. Denk nach. Denk nach.

Mir fiel eine Folge von *Jäger und Gejagte* ein, in der eine Schlange eine Familie von Präriehunden in die Enge getrieben hatte. Die Schlange glitt näher heran und freute sich schon auf ihr Mittagessen, als die Präriehunde plötzlich losstürmten. Sie rannten alle in verschiedene Richtungen. Die Schlange wusste nicht, welchen Hund sie angreifen sollte, und ging hungrig nach Hause.

Genauso mussten wir es auch machen. Auseinanderstürmen.

Ich nahm Billies Hände und drückte sie. Sie waren weich und warm. Ich liebte ihre Hände – sie waren genau wie meine, genau wie die von Mom.

Sie sah mich an. »Erzähl ihn mir, Liberty. Erzähl mir deinen Plan. Ich schaffe das.«

Überlebensstrategie #6:

KAMPF ODER FLUCHT

Ich machte die Tür von der Toilette einen Spalt weit auf. Die Tankstelle sah verlassen aus. Staubige Dosen mit Motoröl starrten mich aus den Regalen an. Keine Spur von Leuchtbirne. Die Schlange war in ihrem Versteck ... jedenfalls erst mal.

Ich wandte mich zu Billie. »Bist du bereit?«

»Ja.«

Langsam machte ich die Tür weiter auf. Sie quietschte in den Angeln. Seit ich mit Dad auf der Straße unterwegs gewesen war, kannte ich mich mit Tankstellen aus und mit Fernfahrerkneipen und Tankstellen, die zu Fernfahrerkneipen gehörten. Diese Tankstelle war eklig. Ekliger als die meisten.

Ich spähte um die Ecke und sah zur Vorderseite. An den Wänden standen überall Kisten mit Autoteilen und Blechdosen. An der Kasse war niemand, da stand nur ein Plastikeimer mit Kaugummis und dahinter war eine Reihe Fenster, die zu schmutzig waren, um hindurchzugucken. Über der Eingangstür drehte sich stotternd und ächzend ein einsamer Ventilator.

Ich leckte mir über die aufgesprungenen Lippen.

»Psst«, machte ich mit Blick zu Billie. Ihre Augen waren so groß wie die Deckel von einem Colabecher und die Vene an ihrem Hals trat hervor. Ob ich genauso verängstigt aussah wie sie?

Ich schlich zu dem Fenster, das nach vorn rausging.

Billie stolperte und zog hinten an meinem T-Shirt, sodass mich der Halsausschnitt würgte.

»Billie!«, zischte ich.

Sie ließ los und hob den Flip-Flop auf, den sie verloren hatte.

»Durchgebrochen«, flüsterte sie. Sie versuchte ihn wieder anzuziehen. Aber er baumelte von ihrem Fuß herab wie ein Fischköder.

»Vergiss es«, flüsterte ich und hielt nach Leuchtbirne Ausschau. »Du musst ihn in die Hand nehmen. Vielleicht können wir ihn kleben.«

Billie sah mich verzweifelt an. Gleich fing sie wieder an zu weinen oder, schlimmer noch, zu spucken.

»Na komm. Wir schauen mal zum Fenster raus und gucken, ob Dad da draußen ist.«

Sie holte tief Luft und nickte. Dann versuchte sie den Flip-Flop in die Tasche ihrer Shorts zu stecken. Er stand heraus und schlug an ihre Seite, wenn sie lief.

Wir duckten uns hinter die Kasse und horchten. Unter dem Tresen lagen mehrere Stapel Papier, ein zerbrochener Kaffeebecher und ungefähr hunderttausend leere Zigarettenschachteln.

Ich schob die Schachteln beiseite und fand ein altes schwarzes Telefon.

Ein Telefon!

Ja! Ich konnte Julie anrufen.

Ich zeigte stumm auf den Apparat und gab Billie zu verstehen, dass ich anrufen wollte. Ob ich Julies Telefonnummer auswendig konnte? Sie stand in meinem Notizbuch, aber ich musste es versuchen. Ich streckte die Hand nach dem Telefon aus.

Plötzlich hörten wir Stimmen von draußen. Ich spuckte auf den Saum meines T-Shirts und wischte in einer Ecke des Fensters den Dreck weg.

»Was ist?«, fragte Billie.

Ich schüttelte den Kopf und spähte durch die Jalousien. Meine Augen brauchten einen Moment, um sich an das grelle Licht draußen zu gewöhnen, aber dann sah ich ihn.

Leuchtbirne redete mit einem Mann, der einen Cowboyhut aufhatte. Der Mann war groß, viel größer als Leuchtbirne. Er trug Jeans, Cowboystiefel und ein kariertes Hemd. Er hatte ein hartes, gemeines Gesicht, wie die Jäger in diesen Abenteuersendungen im Fernsehen. Der blaue Wagen stand immer noch auf dem Parkplatz. Die Lavendeldame machte sich an irgendetwas in ihrem Kofferraum zu schaffen.

Der Cowboy nickte die ganze Zeit. Aber ich konnte nicht hören, was sie sagten.

War das der Sheriff, den Leuchtbirne angeblich gerufen hatte? Ich stellte im Kopf eine Liste auf:

1. Keine Uniform
2. Kein glänzender Stern
3. Kein Polizeiauto

Daraus folgt: Es ist nicht der Sheriff.

Leuchtbirne hatte mir seinen krummen Rücken zugewandt, aber ich konnte sehen, dass er eine Menge zu erzählen hatte. Er bewegte die ganze Zeit die Hände. Seine Arme gingen hoch und runter, als wollte er gleich abheben. Dann zeigte er zum Tankstellengebäude und ich wusste, dass er über uns sprach. Beide drehten sich um und sahen mich direkt an.

Auseinanderstürmen!

Billie zog an meinem T-Shirt. »Was ist?«, flüsterte sie. »Was siehst du? Ist es Dad?«

Ich fasste sie an der Hand und zog sie zurück zur Toilette. Ich musste einen anderen Ausgang finden.

»Weißt du noch, was ich dir mal übers Weglaufen erzählt habe?«

Sie nickte. »Aber mein Schuh ist kaputt.«

Da sah ich es. Neben der Toilette war hinter einem Stapel Kartons eine Hintertür und darauf hatte jemand mit schwarzem Filzstift NOTAUSGANG gekritzelt. Ich lehnte mich gegen die Kartons und schob. Sie waren schwer.

»Ich weiß. Du musst deinen Flip-Flop jetzt mal vergessen. Du bist ein Gepard, Billie. Renn so schnell wie ein Gepard. Komm, hilf mir.«

Billie schob mit ihren dünnen Ärmchen. Jeden Moment rechnete ich damit, dass Leuchtbirne zur Eingangstür hereingeplatzt kam und die Glocken an der Türklinke bimmelten. Doch ich hörte nur das Blut in meinen Ohren rauschen.

Schließlich gaben die Kartons ein kleines bisschen nach. Ich kniff die Augen zu und schob mit aller Kraft. Ich dachte an die Frau, die ich im Fernsehen gesehen hatte. Sie hatte ein Auto bewegt, um ihr Kind zu retten. Das war ich. Ich hatte Superkräfte. Wirklich.

Und da gaben die Kartons noch ein bisschen nach, gerade so, dass Billie und ich durch den Zwischenraum hindurchschlüpfen konnten. Ich drückte die Klinke – die Tür war unverschlossen.

»Denk an unseren Plan. Wir müssen rennen wie die Präriehunde.«

Billie nickte. Und da sah ich, dass sie guckte wie ein erstarrtes Reh.

»Du schaffst das«, sagte ich. »Renn, so schnell du kannst.«

Ich machte die Tür einen Spalt weit auf.

In dem Moment bimmelten die Glocken an der Eingangstür. Stiefel stampften über den Boden. Mein Herz hüpfte und hämmerte, aber ich ließ nicht zu, dass es panisch wurde. Das durfte vor Billie niemals passieren.

Kampf oder Flucht.

Ich zwängte mich zwischen der Tür und den Kartons hindurch und schob Billie nach draußen.

»Renn! Renn! Schau nicht zurück!«, schrie ich.

Das Auseinanderstürmen hatte begonnen. Um zusammenbleiben zu können, mussten wir uns trennen.

Billies Haare flatterten hinter ihr her. Ihr nackter Fuß patschte auf den Boden, als sie zu dem ausgebrannten Auto rannte, das im Gestrüpp in der Wüste stand. Sie war schon fast da.

»Hey!«

Ich wirbelte herum. Da war Leuchtbirne und zeigte mit einem mageren Finger auf mich. Hinter ihm stand Cowboy wie ein Berg.

Ich versuchte die Tür noch etwas weiter zu öffnen, aber die Kartons standen mir wie Felsen im Weg. Ich hoffte, dass ich genauso dünn war wie Billie. Leuchtbirne stürzte auf mich zu, eine Hand wie eine Klaue ausgestreckt. Ich guckte zur Tür hinaus.

Freiheit!

Doch mein Körper steckte fest.

Die Tür presste sich hart gegen meinen Brustkorb und mit dem Rücken klemmte ich im Türrahmen. Billie war dünner als ich. Jemand packte mich hinten am T-Shirt. Adrenalin schoss durch meinen Körper.

Kampf oder Flucht.

Ich drückte mit aller Kraft und da gaben die Kartons schließlich nach. Ich zwängte mich durch die Tür und als ich frei kam, riss mein T-Shirt. Ich rannte, als ginge es um mein Leben. Und so war es ja auch. Billie und ich waren wie eine bedrohte Art.

Bevor ich den asphaltierten Platz verließ, schaute ich ein letztes Mal zurück zur Tankstelle und sah, wie sich eine Hand durch den Türspalt schob.

Ich rannte so schnell ich konnte und lief in die entgegengesetzte Richtung von Billie. Es war, als wäre mein Herz durch eine Schnur mit ihr verbunden. Je weiter ich rannte, desto fester zog die Schnur, bis es sich so anfühlte, als wäre ich fest angeschnallt.

Billie verschwand gerade hinter einem Felsen.

Ich musste Leuchtbirne und Cowboy von ihr weglocken. Ich rannte zu einem kleinen Hügel und duckte mich ins Gebüsch.

Bleibt weg. Bleibt weg.

Ich hoffte so sehr, dass sie Billie nicht fanden. Und mich auch nicht. Hatten die Präriehunde auch solche Angst gehabt wie ich, als sie warteten, ob die Schlange kam? Ging es ihnen besser, als sie geflüchtet waren?

Warum ging es mir nicht besser?

Überlebensstrategie #7:

TARNUNG

Auf Händen und Knien krabbelte ich in die Richtung, wo ich Billie in ihrem Versteck vermutete. Hinter mir stapften Cowboy und Leuchtbirne im Wüstengestrüpp herum und riefen uns.

»Hey, Mädels!«, sagte Leuchtbirne. »Kommt raus. Wir tun euch nichts.«

Das glaubte ich ihm keine Sekunde. Vielleicht lag es daran, wie seine Stimme mir den Rücken hochkroch und dort verharrte. Steinchen piksten mir in Hände und Knie. Bevor ich hierherkam, hatte ich gedacht, Wüstensand wäre wie Strandsand, aber das war er nicht. Er ist hart und trocken und steinig. Kein bisschen wie der Strand. Trockene Sträucher zerkratzten mir das Gesicht, und da sich mein schmutziges T-Shirt an die schulterhohen Pflanzen anpasste, war ich perfekt getarnt.

Tarnung ist das Beste fürs Überleben in der Wüste … abgesehen von Gift. Wenn man Gift hat, ist man quasi unbesiegbar. Meiner Meinung nach sind die drei wesentlichen Strategien zum Überleben in der Wüste:

1. Gift
2. Tarnung
3. Schnelligkeit

Wenn man eine Giftschlange ist oder ein Skorpion, kann einem nichts passieren. Aber ich war weder eine Schlange noch ein Skorpion. Also musste ich mich auf drei Dinge verlassen:

1. Tarnung
2. Grips
3. Geräusche

Und meine Ohren verrieten mir, dass Leuchtbirne und Cowboy näher kamen.

»Kommt raus und redet mit uns«, rief Cowboy. Er trat gegen die Sträucher vor seinen Füßen. Die beiden Männer waren mindestens noch zwei Sattelschlepperlängen entfernt, aber zu nah an der Stelle, an der ich Billie vermutete.

Mithilfe von Gedankenkontrolle zwang ich Billie, in ihrem Versteck zu bleiben.

Bleib da. Bleib da. Bleib da.

Mom hat mir von gefährlichen Menschen erzählt, die Kindern wehtun wollen. Sie tun so, als ob sie total nett wären. Und dann Pustekuchen – manchmal behalten sie die Kinder für immer oder noch Schlimmeres. So leicht ließ ich mich nicht reinlegen.

Dornen stachen in meine Beine und Steinchen steckten in meinen Handflächen, aber ich achtete nicht darauf. Wenn man überleben will, muss man Schmerzen aushalten. Ich kauerte mich tiefer ins Gebüsch und beobachtete Leuchtbirne und Cowboy, so wie ein Gepard seine Beute beobachtet.

Cowboy blieb stehen und blickte zurück zur Tankstelle. »Hattest du nicht gesagt, dass da drei Mädchen waren?«, rief er.

Leuchtbirne schüttelte den Kopf. »Zwei.« Er war nur noch ein kleines Stück von Billie entfernt.

Ich stand auf und zog den Atem ein. Ich musste etwas tun. »Hey …« Aber meine Worte wurden von Leuchtbirne verschluckt, der über irgendetwas stolperte und hinfiel.

Fluchend und stöhnend rollte er über den Boden.

»Ihr weißer Abschaum, ihr kleinen Bastarde!«, rief er.

Ich kauerte mich wieder hin und beobachtete die beiden.

»Ich glaub, ich hab mir den Knöchel gebrochen«, sagte Leuchtbirne. Cowboy zog ihn hoch.

Leuchtbirne wandte sich humpelnd Richtung Tankstelle. »Blöde Gören.«

»Lass uns zurückgehen«, sagte Cowboy. »Ich muss Chuck anfunken.«

Chuck anfunken? Er drehte sich noch einmal um und starrte verärgert in die Wüste. Dann ging er mit Leuchtbirne zurück zur Tankstelle.

Ich konnte niemandem trauen. Die durften uns auf keinen Fall kriegen.

Überlebensstrategie #8:

FLIEH, WENN DU DICH TRAUST

»Billie«, flüsterte ich. *»Billie.«* Hinter dem Felsen, wo ich sie vermutet hatte, fand ich nichts als das abgeschleckte Papier von einem Vanilletörtchen.

Ich suchte alles um den Felsen herum ab, aber sie war verschwunden.

Plötzlich entdeckte ich etwas Langes, Braunes. War das eine Schlange? Nein, nur ein Stock. Aber es erinnerte mich an etwas sehr Wichtiges, was Dad mir erzählt hatte. Wenn man durch die Wüste ging, musste man immer Geräusche machen, um Raubtiere zu verscheuchen. Zum Beispiel:

1. Reden
2. Singen
3. Mit den Füßen scharren

Aber jetzt gerade war mir das alles egal. Sollten die Klapperschlangen doch kommen. Ich rannte zur Rückseite der Tankstelle und suchte im Gebüsch nach Billies leuchtenden Haaren. Ich flüsterte ihren Namen, aber da war nichts als Erde und rote Ameisen.

Ich bog um die Ecke, und da stand sie hinter dem Eiscrusher und weinte.

»Billie«, sagte ich und nahm sie ganz fest in die Arme. »Was machst du denn hier? Warum bist du nicht hinter dem Felsen geblieben?«

»Ich dachte, du wärst weggegangen. Ich hab dich nicht gesehen. Ich dachte, du bist mit dem Cowboy mitgegangen.«

»Ich würde dich nie im Stich lassen. Nie.«

»Hier«, sagte Billie und löste sich aus der Umarmung. Sie gab mir mein Notizbuch.

»Wo war das?«, fragte ich und drückte es an die Brust.

»Auf der Erde.«

Tränen traten mir in die Augen, doch ich blinzelte sie weg. »Komm«, sagte ich und packte Billie am Arm. Ich durfte sie nicht noch mal verlieren.

Leuchtbirne und Cowboy waren nirgends zu sehen. Der blaue Wagen stand immer noch da, aber wo war die Lavendeldame? Was machte sie hier so lange?

Billie und ich duckten uns und schlichen näher heran. Ich spähte durch die Heckscheibe in den blauen Wagen hinein. Die Rückbank war der reinste Kleiderschrank. Eine Stange reichte von links nach rechts und daran hingen dicht nebeneinander Kleider und verdeckten die Sicht. Auf dem Fahrersitz saß ein in sich zusammengesunkenes Wesen, aber es war nicht die Lavendeldame.

Langsam ging ich mit Billie in Richtung der verlassenen Landstraße. Ich wusste nicht, was ich sonst tun sollte. Hier konnten wir ja nicht bleiben. Ich zögerte und drehte mich wieder zur Tankstelle um.

»Wohin wollen wir?«, fragte Billie.

Plötzlich ging die Tür zur Tankstelle auf und die Lavendeldame rauschte zu ihrem Auto.

»Billie«, sagte ich und zog sie mit mir. »Geh mir nach. Und sei *leise.*«

Billie nickte.

Ich schlich zur anderen Seite des blauen Wagens. Blut rauschte durch meine Adern, und ich hatte das Gefühl, mein Herz zerspringt gleich. Aber das war egal, denn als die Lavendeldame ihre Tür aufmachte, öffnete ich auf der anderen Seite die hintere Tür. Es ging ganz leicht. Ich schob Billie hinein, sie wühlte sich durch raschelnde Plastikhüllen aus der Reinigung und lange hauchdünne Kleider. Dann tauchte ich selbst hinein in diesen Kokon aus Plastik und Stoff. Leise zog ich die Tür zu. Billie und ich kauerten uns hinter die Sitze, wie in ein Nest. Es war das perfekte Versteck.

»Orson!«, sagte die Lavendeldame, die immer noch neben dem Wagen stand.

Ich nahm Billies Hand und drückte sie. *Bitte mach kein Geräusch.* Aber ich brauchte gar keine Gedankenkontrolle auszuüben, denn sie wusste Bescheid. Ihr Gesichtsausdruck sagte alles – sie würde keinen Mucks von sich geben.

»Was soll das denn?«, sagte die Lavendeldame. »Orson, es kommt nicht infrage, dass du fährst. Ich weiß, dass du denkst, es geht dir gut, aber bei Gott, du wirst uns umbringen.«

Orson murmelte irgendetwas.

»Nein. Nein. Steig jetzt aus.« Sie schob ihre Glitzerhandtasche zwischen den Kleidern hindurch nach hinten. Die Tasche stand jetzt direkt vor Billies Nase auf dem Hubbel in der Mitte des Wagens, als würde sie uns beobachten.

»Lass mich ans Steuer. Orson, *aussteigen*, hab ich gesagt!«

Ich schluckte und spähte zur Heckscheibe hinaus. Dort stand Cowboy. Er starrte den blauen Wagen an, als würden seine Augen Laserstrahlen aussenden. Als könnte er uns sehen, wie wir da in Schweiß, Plastik und Klamotten hockten.

Ich duckte mich und zog Billie mit nach unten.

Jetzt musste ich meine Ohren gebrauchen. Das machen Tiere auch, wenn sie in der Falle sitzen. Sie gebrauchen all ihre Sinne. Jeden einzelnen. Und mir durfte kein Fehler unterlaufen. Ich schloss die Augen und lauschte.

Die Lavendeldame raschelte herum, dann blieb es einen Moment still. Dann war sie mit Orson auf der anderen Seite des Wagens.

»Na komm«, ächzte sie, als ob sie etwas Schweres tragen würde. »Ich halte dich.«

Eine tiefe Stimme murmelte etwas.

»Ich weiß nicht, wo du deinen Stock hast. Gebrauch deine Beine und stütz dich auf mich. *Stütz dich auf mich.*«

Dann setzte Orson sich wahrscheinlich auf den Sitz vor mir. Und die Lavendeldame setzte sich auf den Sitz vor Billie.

»So!«, rief sie. »Das ist besser.«

Orson murmelte etwas.

»Du glaubst nicht, wie dreckig es da drin war!«, sagte die Lavendeldame. »Und ich musste ewig warten, bis die Knalltüte von Tankwart mal gekommen ist. Ich hab da gesessen und gewartet und gewartet. Ich hätte nicht übel Lust, mich bei dem Inhaber zu beschweren.« Sie redete zehnmal so laut wie normal. Orson war anscheinend total schwerhörig. Ein Hoch auf die Taubheit.

Der Motor klickte, dann schnurrte er. Selbst durch unseren Kokon hindurch drang ein Stoß kühler Luft zum Rücksitz.

Orson grunzte und sagte etwas, aber ich konnte kein Wort verstehen. Plastik knisterte.

»Nein, die, die du magst, hatten sie nicht. Etwas anderes hab ich nicht gefunden. *Was anderes hatten sie nicht*«, sagte sie noch lauter. »Eine runtergekommene alte Tankstelle am Ende der Welt. Wir können von Glück sagen, dass sie überhaupt irgendwas hatten. Runtergekommen, genau wie wir, was, Orson?«

Orson murmelte etwas.

»Egal«, sagte sie. *»Ich sagte egal.«*

Langsam fuhr der Wagen an. Je weiter er sich der Straße näherte, desto weicher wurden die Knoten um mein Herz. Wir taten es! Ich konnte kaum atmen. Es war mir egal, was unser Ziel war und in welche Richtung wir fuhren. Ich wusste nur, dass wir wegmussten von der Jiffy-Tankstelle und von Jägern wie Cowboy und Leuchtbirne.

Durchs Fenster sah ich die Zapfsäulen vorbeiziehen. Die Straße konnte nur noch wenige Meter entfernt sein. Würden wir es wirklich schaffen? Da gab es einen Ruck und die Lavendeldame stieg auf die Bremse.

»Das gibts doch nicht!«, rief sie.

Überlebensstrategie #9:

TIMING IST ALLES

Mir blieb das Herz stehen. Als wäre es in einen Eimer kaltes Wasser getaucht worden. Fühlte es sich so an, wenn man einen Herzinfarkt hatte? Das hatte ich mich schon immer gefragt. Manche Tiere bekommen einen Herzinfarkt, kurz bevor sie gefressen werden.

Billie griff nach meiner Hand. Ihr Blick war ängstlich, aber voller Vertrauen.

Ich hörte, wie das Fenster heruntergelassen wurde.

»Kann ich Ihnen helfen, Officer?« Die Lavendeldame klang verärgert.

Cowboys Stimme dröhnte durch das offene Fenster und erfüllte den Wagen. »Ja. Ja, das können Sie«, sagte er. »Ich bin Sheriff Boyce. Wir sind auf der Suche nach zwei kleinen Mädchen, die hier waren. Möglicherweise wurden sie ausgesetzt.«

Sofort hasste ich das Wort: *ausgesetzt.* Als hätten wir niemanden auf der ganzen Welt, der sich um uns kümmert. Wusste der nicht, dass ich die Verantwortung hatte?

»Oje«, sagte die Lavendeldame. »Die armen Dinger.«

»Hm, ja. Ja, das sind sie.« Cowboy sprach so, als hätte er Steine im Mund. Immerhin wusste ich jetzt, dass er wirklich der Sheriff war. Ein Grund mehr, sich von ihm fernzuhalten.

»Haben Sie irgendwelche Mädchen gesehen, allein oder vielleicht auch mit jemandem zusammen? Ungefähr so groß?«, fragte er.

Die Lavendeldame schüttelte wohl den Kopf.

»Haben Sie sonst irgendwas Verdächtiges gesehen?«, fragte er.

Orson murmelte etwas.

»Was hat er gesagt?«, fragte Cowboy.

Ja, was hatte Orson gesagt? Hatte er uns gesehen? Er wirkte so gebrechlich und hilflos, ich hatte mir keine großen Gedanken gemacht, dass er etwas über uns wissen könnte, doch jetzt blubberte die Sorge wie Kohlensäure durch mein Blut. Sollten wir wegrennen?

Langsam fasste ich den Griff der hinteren Seitentür.

»Ach, kümmern Sie sich nicht um meinen kleinen Bruder«, sagte die Lavendeldame. »Er hatte vor ein paar Jahren einen Schlaganfall und kann seitdem nicht mehr richtig sprechen, aber hier oben funktioniert alles noch bestens. Wir haben unsere Enkelin besucht und sind jetzt auf dem Rückweg. Ich sehe sie viel zu selten und jetzt hat sie gerade ein Baby bekommen, also dachte ich mir, warum nicht? Es war eine ganz schöne Tour und jetzt sind wir auf dem Heimweg …«

Cowboy unterbrach sie. »Es liegt uns wirklich viel daran, diese Mädchen zu finden. Bei dieser Hitze müssen wir sicherstellen, dass es ihnen gut geht.«

Ich zog leicht am Türgriff, spürte einen Widerstand, kurz vor dem Klick, der uns in die Hitze entlassen würde, in der wir rennen und rennen konnten.

Orson murmelte wieder etwas.

»Er sagt, er hat nichts gesehen.«

»Na gut«, sagte Cowboy und klopfte auf die Motorhaube. »Danke für Ihre Hilfe. Hier ist meine Karte für den Fall, dass Ihnen doch noch etwas einfällt.«

»Alles klar«, sagte die Lavendeldame.

Das Fenster wurde wieder hochgelassen. Der Wagen fuhr an. Und Billie, ich, Orson und die Lavendeldame begaben uns auf eine Fahrt, die für Billie und mich nur eine einzige Hoffnung bereithielt: beim nächsten Halt Julie anrufen zu können. Aber sie führte uns fort von Cowboy, Leuchtbirne und auch von Dad ... der jetzt nicht mehr zurückkommen und uns holen konnte, falls er das vorhatte, denn jetzt waren wir weg. Der Gedanke hatte was.

Auf einmal ging es mir besser. Ich hatte die Sache im Griff, selbst wenn das hieß, dass ich von einer lavendelfarbenen Dame mit lauter Stimme und ihrem tauben Bruder weiß Gott wohin chauffiert wurde.

Der Boden des Wagens summte, während die Räder über die Landstraße rollten; die Hitze der Straße wärmte die Matten, auf denen wir saßen. Ich streckte mich mit Billie auf dem Boden aus und verschränkte ihre Hand mit meiner. Ich wusste nicht, was passieren würde, wenn der Wagen anhielt, aber jetzt gerade war mir das auch egal. Vorerst waren wir in Sicherheit. Ich machte die Augen zu und versuchte mich zu entspannen.

Jetzt konnte ich mich ja entspannen, oder? Selbst wenn es nur für eine kleine Weile war.

Überlebensstrategie #10:

NIMM DICH VOR FALLEN IN ACHT

Am Anfang des Sommers, zwei Wochen nachdem Mom gestorben war, stiegen wir in Dads Camper und fuhren auf und davon – und glaubten, mit ihm würde alles besser werden. Endlich war Dad wieder da. Aber es war so, als müsste man einen Elternteil gegen einen anderen eintauschen.

Es war eine Falle.

Ich dachte, mit ihm zu leben würde wunderbar sein, so, wie ich es mir immer erträumt hatte. Aber auch das war eine Falle.

Eine Woche nachdem wir Mom in den Ozean gestreut hatten, kam Dad und holte uns ab. Er kam zu Julies Wohnung, die gegenüber von unserer lag. Julie glaubte, dass Dad unsere Wohnung wahrscheinlich verkaufen würde, was eine schreckliche Vorstellung war, denn was war mit meinem besten Freund Antonio von nebenan, der eine echte lebendige Tarantel hatte *und* eine Bartagame? Und wenn die Schule wieder losging, machten wir mit der siebten Klasse eine Klassenfahrt nach Catalina Island, wo es von Wildschweinen wimmelte (ich wollte so gern mal ein Wildschwein aus der Nähe sehen). Und konnten wir unsere Goldfische George und Martha mitnehmen? Als wir sie bekamen, sagte Mom, bei Billie und mir würden sie keine Woche überleben, aber ich war sehr verantwortungsvoll gewesen, hatte sie immer gefüttert und ihr Wasser regelmäßig ausgetauscht, und jetzt hatten wir sie schon über ein Jahr.

Was sollte aus ihnen werden?

Aber dann dachte ich weiter darüber nach. Wenn Dad unsere Wohnung verkaufte, hieß das wahrscheinlich, dass er uns auf all seine Reisen mitnahm, nach Puerto Rico und China und in den Amazonas-Regenwald (obwohl ich nicht so scharf auf den Regenwald war, denn in der Schule hatte ich gelesen, dass die Leute im Amazonasgebiet Jäger und Sammler waren und manchmal Affen und Alligatoren aßen, und das wollte ich nicht. Allerdings könnte ich ja auch so etwas wie Müsliriegel und Studentenfutter und Trockenobst essen, das mochte ich). Bestimmt hatte Dad das Ganze schon geplant und es war alles in Ordnung; ich würde sowieso alles tun, um wieder mit ihm zusammen zu sein.

Billie und ich hatten unseren Koffer schon gepackt. Julie hatte den Schlüssel zu unserer Wohnung und versprach immer gut abzuschließen und für George und Martha zu sorgen, weil wir den Sommer bei Dad in seinem Camper verbringen würden. Und ich war so aufgeregt und ängstlich, dass mir die Pfannkuchen mit Schokostückchen, die Julie an dem Morgen für uns gebacken hatte, fast wieder hochkamen. Bevor Mom starb, wusste ich nicht, dass Julie etwas anderes als Fertigmahlzeiten kochen konnte, denn so was brachte sie immer mit, wenn sie zum Mädelsabend rüberkam.

Es klingelte an der Tür, Julie machte auf und lächelte so breit, als stünde da jemand, auf den sie sich wahnsinnig gefreut hatte.

Dad kam herein.

»Sam?«, sagte Julie mit hoher Stimme. »Wie geht es dir?«

Dad, der größer war, als ich gedacht hatte, stand immer noch mit dem Rücken zu uns. Er ließ sich von Julie die Hand schütteln. »Hi«, sagte er mit einer Stimme, an die ich mich vielleicht erinnerte, vielleicht auch nicht.

Ich hielt den Atem an. Er war wirklich da.

»Und die Mädchen«, sagte Julie und drehte ihn zu uns herum. »Liberty und Billie. Natürlich erinnerst du dich an sie.«

Dad nickte.

Erinnerte er sich?

»Möchtest du einen Coffee Crisp oder so?«, fragte Julie und ging zu ihren Gläsern mit Süßigkeiten.

Dad schüttelte den Kopf. »Nein, danke.«

Als ich Dad das letzte Mal gesehen hatte, war ich sechs gewesen und Billie zwei. Mom sagte, er hätte sich mit uns bei McDonald's getroffen (weil es da eine Spielecke gab). Ich hatte immer

Fragen zu unserer letzten Begegnung mit Dad, als könnte ich, wenn ich die Geschichte nur oft genug hörte, eine Erklärung dafür finden, weshalb er nie zurückgekommen war. Doch Mom sprach nicht gern darüber.

Ich weiß noch, dass Billie in ihrem Hochstuhl schrie und ich sie losschnallte, damit sie auf die große Rutsche konnte. Und dass Dad zwei Big Macs aß, was mir sehr viel vorkam im Vergleich zu den vier Chicken McNuggets, die Billie und ich uns teilten.

Als er hereinkam, so hatte Mom es mir später erzählt, war er ungewaschen und hatte seit Tagen nicht geschlafen. Er sagte, er wäre zelten gewesen. Daran konnte ich mich nicht erinnern. Aber ich erinnerte mich an das Weinen. Wie Mom weinte, nachdem Dad gegangen war. Sie sagte, Billie kam von der Rutsche nicht mehr runter und ich sollte sie rufen, aber Billie kam nicht. Daran erinnerte ich mich, denn ich hatte Angst, bis ganz nach oben zu klettern, und ich wollte bei Dad bleiben und die Rutsche stank nach dreckigen Windeln und Fritten.

Und dann kletterte Dad die Rutsche hoch, und er knickte die langen Beine dabei seitlich ab wie eine Riesenheuschrecke. Und er packte Billie ziemlich grob, wahrscheinlich weil sie strampelte und schrie, und holte sie von der Rutsche runter. Er hielt sie von sich weg und reichte sie Mom.

Mom sagte, sein letztes Wort war »Hier«.

Und dann ging er.

Das wusste ich nicht mehr, aber ich hatte eine Erinnerung

daran, dass er mir durch das Gesicht von Ronald McDonald zuwinkte, das auf die Fensterscheibe gemalt war. Mom sagte, dass sie danach eineinhalb Jahre lang keine Ahnung hatte, wo er steckte, und da hat sie die Scheidung eingereicht und er konnte nichts dagegen machen, weil er verschwunden war. Sie sagte, er sei ein unzuverlässiges Genie und käme mit Menschen nicht klar.

Irgendwann später erzählte Mom, sie hätte Fotos von ihm in einer Zeitschrift gesehen, daher wüsste sie, dass er nicht tot sei. Aber er hätte ebenso gut tot sein können, denn danach hat er mir nur ein einziges Mal in meinem ganzen Leben etwas geschickt.

In Julies Wohnung lächelte Dad uns an. Er sah nicht aus wie ein Genie und auch nicht unzuverlässig oder als käme er mit Menschen nicht klar. Eigentlich sah er ziemlich ähnlich aus wie Billie. Oder Billie sah so aus wie Dad. Das wusste ich schon von den Fotos, die ich von ihm gesehen hatte. Aber als ich ihn jetzt anschaute, wie er direkt vor mir stand, da sah er wirklich aus wie Billie. Er hatte sogar die gleichen unsichtbaren weißen Augenbrauen wie sie.

»Du bist groß geworden«, sagte er zu Billie. Er hob sie hoch, als ob sie ein Baby wäre. Und ich dachte, sie würde wütend werden, aber sie sagte nichts. Dad sagte: »Als ich dich das letzte Mal gesehen habe, warst du noch ein Baby.«

»Ich weiß«, flüsterte Billie.

»Ich hab dir was mitgebracht«, sagte er und sah immer noch

Billie an. Er kramte in seinem Rucksack und holte einen kleinen Koalabären aus Stoff heraus. »Der ist aus Australien.«

Billie lächelte scheu und nahm den Koala in die Arme. Ich wusste schon, dass Dad in Australien gewesen war, denn als ich in Billies Alter war, hatte ich mal Fotos, die er dort gemacht hatte, in einer Zeitschrift gesehen.

Schließlich sah er mich an. »Hi Liberty.« Unbeholfen streckte er die Hand aus und nahm meine. Seine Hand war rau und kratzig. »Für dich hab ich das hier.« Er holte etwas aus seinem Rucksack. »Aber vielleicht bist du dafür jetzt schon zu alt.«

Es war eine Insektenbox. Es gibt ja solche Sets für Fünf- oder Sechsjährige zum Sammeln von Käfern und Spinnen und so. So eine hatte ich auch mal gehabt. Ich fand sie ganz toll.

»Als du klein warst, hast du für dein Leben gern Insekten gesammelt«, sagte er.

»Danke.« Es war nett von ihm, mir etwas mitzubringen, auch wenn ich zu alt dafür war.

Und in dem Moment war ich richtig sauer auf Mom. Wie lange hatte sie ihn von uns ferngehalten? Er wirkte nett, nur ein bisschen schüchtern.

Dad kam ins Wohnzimmer und setzte sich auf Julies Sofa, während Billie und ich auf der Terrasse Quartett spielten. Er schlug die Beine übereinander und wippte mit dem Fuß, und Julie redete und redete und redete.

Er und Julie redeten lange miteinander und das meiste

konnte ich nicht hören, bis Julie schließlich aufstand und zur Terrassentür kam.

Sie sagte: »Klingt ja, als würde es bei dir gut laufen. Das freut mich. Ich hab ein gutes Gefühl bei der ganzen Sache. Die Mädchen sind schon so aufgeregt. Wo wollt ihr hin?«

»Wir werden ein paar Ecken in der Wüste erkunden.«

»Den ganzen Sommer?«, fragte Julie.

»Ja«, sagte Dad.

»Die ganze Zeit in deinem Camper?«, fragte sie mit großen Augen.

»Ja«, sagte Dad. »Das finden sie bestimmt toll.«

Bestimmt, warum auch nicht? Dad war endlich wieder da. Ich würde dafür sorgen, dass Billie und ich es toll fanden.

Überlebensstrategie #11:

MANCHMAL MUSST DU MITLEID MIT DER KOBRA HABEN

Julie kam auf die Terrasse und holte uns. »Seid ihr aufgeregt?«

Ich nickte und drückte Billies Hand.

»Wenn ihr mich braucht, ruft ihr mich an. Meine Telefonnummern habt ihr ja, oder? Die von zu Hause und von meinem Handy?«

Ich nickte. Ich hatte sie in mein Notizbuch geschrieben. Julie zog an ihrem silbernen Armband, das gleichzeitig eine Uhr war. »Ich werde den ganzen Sommer arbeiten. Also, wenn irgendwas ist, ruft einfach an, okay?«

»Ja«, sagte ich.

Sie gab Dad einen Zettel mit ihren Telefonnummern. »Ruf mich an, wenn du irgendwelche Fragen hast«, sagte sie. »Aber du brauchst dir keine Sorgen zu machen, es sind liebe Mädchen.«

Dad nickte.

»Das klappt schon.« Sie tätschelte mir den Arm.

Aber wir mussten sie bestimmt nicht anrufen. Wieso sollten wir? Wir hatten ja jetzt unseren Vater.

Sie führte mich zu ihm und legte einen Arm um Billie. Ihr Lächeln war eine Spur zu breit. »Nach all den Jahren könnt ihr euch endlich kennenlernen. Das wird bestimmt schön für euch.«

Billie lächelte Dad an. Sie hat ihn jetzt schon gern, dachte ich.

Ich vielleicht auch.

Dad wirkte irgendwie verlegen. Vielleicht auch verschreckt, so wie Antonios Bartagame, wenn ich in den Käfig fasste, um sie in die Hand zu nehmen. Dann krümmte Spike sich und spritzte mit Dreck herum. Antonio sagte, das käme daher, dass sie noch kein Zutrauen zu mir hat. Vielleicht sind neue/alte Väter so ähnlich wie Bartagamen.

»Nach so einer Tragödie müssen Kinder doch ihre Familie um sich haben. Stimmts, Sam?«, sagte Julie. »Das siehst du doch auch so, oder? Ich meine, es ist in Ordnung für dich?«

Dad nickte.

Sie sah sich in ihrem Wohnzimmer um und fuhr sich durchs Haar. »Meine Wohnung ist ziemlich klein für zwei Mädchen.«

Das stimmte. Julie hatte drei Zimmer wie wir, aber das eine Zimmer war ihr Büro. Am Anfang wollten Billie und ich in unserer eigenen Wohnung bleiben, die sich nach Mom anfühlte, und die ersten paar Nächte erlaubte Julie es. Aber dann hatte sie keine Lust mehr, auf unserem Sofa zu schlafen, denn in Moms Zimmer wollte sie nicht schlafen, und da sagte sie, wir müssten zu ihr ziehen. Ihre Wohnung war so nah, dass wir einfach nach Hause laufen und holen konnten, was wir brauchten. Wir schliefen auf dem Klappsofa im Büro.

Ich dachte mir, nach unserem Sommer mit Dad würde die Sache offizieller sein, und wenn wir nicht zum Amazonas oder nach China reisten, würde er unsere Wohnung ja vielleicht nicht verkaufen. Vielleicht konnten wir bleiben und er konnte in San Diego Fotos schießen. Als ich das Antonio erzählte, sagte er, ich wäre bescheuert. Er sagte, meine Mutter hätte zu seiner Mutter gesagt, mein Vater wäre ein Eigenbrötler. Und ein Versager. Aber was wusste Antonios Mutter schon?

Mom sagte, Antonios Mutter wäre eine Dummschwätzerin. Mom kümmerte sich nicht um Klatsch und Tratsch, sie war zu sehr damit beschäftigt, für uns zu sorgen. Außerdem waren Kinder teuer, also musste sie viel arbeiten. Das sagte sie andauernd. Und deshalb zeigte ich ihr die wenigen Geburtstagseinladungen, die ich bekam, gar nicht erst, weil wir sowieso kein Geld für ein Geschenk hatten. Und wen kümmerte das auch schon – ich wusste ja, dass sie mich nur einluden, weil wir in dieselbe Klasse gingen. Wenn ich sah, wie Mom sich auf dem Sofa zusammenrollte wie ein Einsiedlerkrebs, weil sie so erschöpft war von drei Nachtschichten hintereinander, hatte ich ein schlechtes Gewissen. Ich gab mir große Mühe, nicht teuer zu sein.

Und überhaupt, was wusste Antonio schon? Er saß jeden Abend mit seiner neugierigen Mutter und seinem Vater und seinem Bruder am Esstisch – er hatte keine Ahnung von verschwundenen Vätern. Aber das Gute an Antonios Mutter war, dass sie mir erlaubte rüberzukommen und Spike anzufassen, auch wenn Antonio beim Fußballtraining war. Und meistens hatte sie Tamales oder Empanadas für mich oder eine Cola. Antonios Mutter konnte gut kochen.

Normalerweise war Antonio als Freund ganz okay. Er mochte Tiere, er wohnte in der Nähe und er quatschte nicht die ganze Zeit. Ich hatte lieber ihn zum Freund als Suzanne und die Mädchen aus meiner Klasse. Ihr Geplapper und Gekicher und das ständige Gerede über süße Jungs waren so was von öde. Antonio war unkompliziert, auch wenn er nicht immer nett war. Ich ignorierte seine schlechten Eigenschaften einfach. Manchmal fährt man damit am besten.

Julie wandte sich von Dad ab und steckte mir ein Snickers zu. »Das klappt schon alles. Und wenn nicht, rufst du an.« Sie hatte Schokolade am Schneidezahn.

»Okay«, flüsterte ich.

Dann zog ich Billie näher zu mir heran und drückte ihre Hand. Ich würde dafür sorgen, dass alles perfekt lief. Ich würde es tun, weil ich musste.

Wir hoben unseren Koffer in den Camper – Billie und ich teilten uns Moms großen Koffer. Dann zeigte Dad uns alles. Der Camper war alt, aber er hatte einen kleinen Kühlschrank und eine kleine Dusche und ein großes Bett für Dad und für Billie ein kleineres Bett, das man aus dem Schrank über dem Küchentisch klappen konnte. Und ich würde in einem Bett schlafen, das man aus Sofakissen und dem Küchentisch bauen konnte. Das war ziemlich praktisch. Vielleicht machte es ja Spaß, im Camper zu wohnen.

Am ersten Tag durften wir vorn bei Dad auf der langen Bank sitzen. Als wir einstiegen, lagen die Gurte wie Schlangenzungen hinter dem Sitz. Billie saß neben Dad. Und ich saß am Fenster. Wir fuhren länger, als ich je mit einem Auto gefahren war. Stunden und Stunden. Dad sagte, wir wären immer noch in Kalifornien, aber das glaubte ich ihm erst, als er es mir auf der Karte zeigte. Kalifornien war riesig – voller Autobahnen und Wüsten und Straßen, auf denen man ewig fahren konnte, ohne den Staat zu verlassen. Julie war schon bald weit weg. Und San Diego auch. Und auch der Ozean mit Mom darin.

An dem Tag sprach Dad nicht besonders viel. Aber am Anfang versuchte er es. »Du siehst aus wie deine Mutter.«

»Ich weiß«, sagte ich. Das wusste ich wirklich. Alle sagten mir das.

»Du hast genau die gleiche Haarfarbe. Und du hast ihre Stirn.«

Ich nickte. Die gleichen braunen Haare, die gleiche hohe Stirn.

Er räusperte sich. »Und kommst du klar? Nach allem …«

Ich zuckte die Schultern. »Hm, ja.«

»Das mit Cindy tut mir echt leid«, sagte er. Cindy, so hieß meine Mutter.

»Ja, ich weiß«, sagte ich. Ich fand es unangenehm, über Mom zu sprechen, besonders mit ihm. »Aber wir sind froh, dass du jetzt da bist.«

Billie lächelte still und nahm ihren Koala in die Arme.

Dad lächelte auch.

Irgendetwas in mir konnte immer noch nicht glauben, dass Mom tot war. Und dass dieser Vater, auf den ich immer gehofft hatte, jetzt neben mir saß. Konnte er Pfannkuchen mit Schokostückchen backen? Würde er uns alles erzählen, was er über Tiere wusste? Hatte er ein Notizbuch, so wie ich?

Unseren Vater zurückzuhaben hätte eigentlich wunderbar sein müssen. Es hätte sich ganz normal anfühlen müssen, oder? Aber es war einfach nur merkwürdig. Ich hielt mein Notizbuch fest, weil es das Einzige war, das sich echt anfühlte.

»Was ist das?«, fragte er.

»Mein Notizbuch«, sagte ich und legte es auf den Schoß. Dort schien es mir sicherer zu sein. »Ich schreib manchmal so Sachen. Über Tiere und alles, was ich mag.«

Dad hustete. »Du interessierst dich für Tiere?«

Ich nickte.

Billie guckte.

»Schön«, sagte Dad.

Mehr sagte er nicht. Und ich wollte ihm Fragen stellen, aber sie blieben mir im Hals stecken wie die drei Ibuprofen, die mir Mom einmal gab, als ich Fieber hatte. Die Fragen blieben stecken und kamen nicht heraus. Schließlich, nach einer Stunde oder so, fand ich das Schweigen unangenehm. Müssten wir mit ihm nicht so reden können, wie wir auch mit Mom geredet hatten? Er gehörte jetzt zu uns, oder?

Ich schluckte schwer und sagte: »Und, wo bist du gewesen?«

Er räusperte sich und presste die Lippen zusammen. »Ich hab gearbeitet.« Das klang ein bisschen verärgert.

Ich wischte einen unsichtbaren Fleck vom Armaturenbrett. »Aha. Arbeitest du gern als Fotograf?«

»Ja.«

»Wo wohnst du?«

»Überall.«

»Was fotografierst du gern?«

»Alles.«

Da holte ich einen Zeitungsausschnitt aus meinem Notizbuch. Es war ein Foto von einer Königskobra aus der Tierzeitschrift für Kinder, für die Dad uns zwei Jahre nach seinem Verschwinden ein Abonnement geschickt hatte. Soweit ich wusste, war es das Einzige, was er Billie und mir je geschickt hatte. »Das Foto finde ich echt gut.«

Und er sagte: »Ich fasse es nicht, dass du das immer noch hast.«

Dann erzählte er mir genau, wie er diese Aufnahme in Indien gemacht hatte. Und dass es einfacher gewesen wäre, zu einem

Schlangenbeschwörer zu gehen, um das Foto zu schießen, aber er wollte, dass die Schlange eine gesunde Kobra war, nicht eine, der man das Maul zugenäht hatte. Also schoss er ein Foto von einer Kobra in der Wildnis.

»Wieso näht man ihnen das Maul zu?«, fragte ich. Ich konnte nicht glauben, dass Schlangenbeschwörer so etwas wirklich taten.

»Damit man nicht gebissen wird.«

»Aber wie frisst die Kobra dann?«, fragte ich.

»Sie kann nicht fressen«, sagte Dad. »Am Ende stirbt sie.«

Je älter ich wurde, desto mehr begriff ich, dass die Menschen alle möglichen dummen Sachen taten, nur weil sie es konnten.

»Das ist traurig«, sagte Billie flüsternd und drückte ihren Koalabären fest.

Dad nickte. »Das Gift der Kobra ist tödlich. Aber nach meiner Erfahrung sind Kobras nicht so gefährlich, wie man denkt. Man muss nur wissen, wie man sich in ihrer Nähe zu verhalten hat.«

Ich dachte, dass das vielleicht auch für verschwundene Väter galt.

Das war mit Abstand mein bester Tag mit Dad. Vielleicht weil alles so abenteuerlich war. Oder weil die Sommertage so endlos vor uns lagen. Oder vielleicht, weil ich plötzlich merkte, wie sehr es mir gefehlt hatte, einen Vater zu haben. An jenem Tag, als wir mit dem Camper über die Wüstenstraße rumpelten und er neben mir über Kobras redete und nach Lagerfeuer roch, wurde mir klar, dass er mir viel mehr gefehlt hatte, als ich gedacht hatte.

Aber das war eine Falle, und das Schlimmste daran war, dass ich es nicht mal wusste.

Überlebensstrategie #12:

NISTE UND RASTE

Jetzt, auf der Landstraße mit der Lavendeldame und Orson, hüllte mich die Dunkelheit in ein schwarzes Nest wie einen kleinen Vogel und verwandelte Billie und mich in Flaumbälle inmitten von Federn, Zweigen und Flusen. Daraus bestehen nämlich die meisten Nester. Man konnte uns gar nicht mehr erkennen. *Puff.* Wie weggezaubert. Niemand auf der ganzen Welt wusste, dass wir hier waren. Es war ein gutes Gefühl, unsichtbar – unbesiegbar – in der Dunkelheit zu sein.

Wusstet ihr, dass die meisten nachtaktiven Tiere in der Wüste leben? Ich mag die nachtaktiven Tiere sowieso am liebsten, Eulen zum Beispiel und Hamster und Mäuse. Mäuse sind echt die Süßesten von allen. Und so schlau. Aber Billie hatte sich immer eine Katze gewünscht.

Ich streckte den Fuß weiter unter Orsons Sitz und hoffte, dass er es nicht merkte. Die Härchen in meinen Ohren stellten sich auf. Orson schnarchte und die Lavendeldame summte zur Radiomusik. Der Himmel draußen war dunkel. Wie lange fuhren wir schon? Meine Uhr zeigte 19.57 an. Sechs Stunden. Billies Haare lagen ausgebreitet über meiner Hand und waren in meinen Fingern verheddert. Sie hatte sich an der Tür zu einem kleinen Ball zusammengerollt. Ich tastete auf dem Boden nach meinen Tennisschuhen.

Das Schnarchen verstummte. Dann ging es wieder los. Orson hustete so laut, dass ich zusammenzuckte und Billie auch. Aber sie schlief dabei und merkte es nicht mal. Reflexe funktionieren sogar im Traum.

Die Räder rumpelten über die Landstraße. Dann machte der Wagen eine Rechtskurve, eine Linkskurve. Dann gab es einen Ruck und er blieb stehen, als wären wir gegen etwas gestoßen.

»Woher kommt denn der Bordstein auf einmal?«, fragte die Lavendeldame. Sie machte die Tür auf.

Orson wachte auf und grummelte wie ein Kalifornischer Grizzlybär.

»Nein. Noch nicht«, sagte sie. »Wir halten hier nur zum Übernachten. Morgen noch mal fünf Stunden. Ich melde uns an. Nein. *Nein. Bleib einfach sitzen.*« Die Tür knallte zu.

Das Rascheln auf Orsons Sitz hörte auf.

Billie setzte sich auf und rieb sich die Augen. »Wo sind ...«

Ich hielt ihr den Mund zu. *Schscht.* Ich zeigte auf Orsons Sitz, aber Orson regte sich nicht. Ich musste mal aufs Klo und Billie bestimmt auch. Orson bewegte sich leicht. Da ragte eine alte knotige Hand durch den Kleidervorhang herein und hätte fast meine Stirn gestreift. Billie und ich fuhren zurück.

Die Fahrertür ging auf. »Ich hab meine Handtasche vergessen.« Jetzt gesellte sich die Hand der Lavendeldame zu Orsons Hand und tastete gefährlich nah an uns vorbei zwischen den Kleidern herum. »Lass das, Orson. Ich hab sie gleich. Setz dich wieder hin. *Orson, ich hab sie gleich!*«

Billie packte die Tasche und schob sie der Lavendeldame in die Hand.

»Da ist sie!«, rief sie. »Wenn mein Kopf nicht festsäße, würde ich den auch noch vergessen.« Sie knallte die Tür wieder zu und ging davon.

Ich starrte Billie an. Normalerweise machte sie so etwas nicht. Sie war nur mutig bei Leuten, die sie kannte.

Sie zuckte die Achseln, als wenn sie sagen wollte: *Na und?*

Ich grub einen Tunnel durch die Kleider und spähte zu Orson. Er wirkte schon wieder wie weggetreten.

Billie flüsterte: »Ich muss aufs Klo.«

Ich nickte. »Ich auch. Lass uns warten, bis sie wieder da ist.«

Billie verzog das Gesicht. »Ich muss aber jetzt.«

Ich sah mich auf der Rückbank um. Da war nichts, nur ein paar Klamotten und Kleiderhüllen. Konnte sie auf den Boden pinkeln? Aber das durfte ich nicht zulassen. Tiere schlafen nicht dort, wo sie pinkeln. Und die Lavendeldame tat uns, auch wenn sie es nicht wusste, einen großen Gefallen – wir konnten nicht in ihr Auto pinkeln.

Aber jetzt war der Zauber gebrochen. Die Wirklichkeit hatte uns wieder. Irgendwann mussten wir unser Nest verlassen, da half wohl alles nichts. Wir mussten Julie anrufen. Wir konnten nicht einfach mit zu der Lavendeldame nach Hause fahren und *Überraschung!* rufen.

Ich musste ein Telefon suchen.

Ich hob den Kopf und sah aus dem Fenster. Wir parkten vor einem Hotel. Der Parkplatz war fast leer. Ich zögerte. Billie wackelte mit dem Knie, sie musste jetzt richtig dringend.

»Liberty!«, flüsterte sie.

»Ich weiß.«

Ich schaute verstohlen zu Orson. Er hatte Hängebacken und viele Falten, wie ein Mops. Möpse waren ganz niedliche Hunde, auch wenn sie nicht nachtaktiv waren. Seine Augen waren zu und in die Höhlen gequetscht. Sein Hörgerät war ihm aus dem Ohr gefallen und baumelte auf seiner Schulter. Ich lauschte. Das Schnarchen verstummte. Seine Brust war ganz reglos. Atmete er überhaupt?

Ich ging mit dem Gesicht etwas näher heran. Er roch wie eine dicke gebutterte Brezel. Solche, die es im Einkaufszentrum gab.

Billie zupfte mich hinten am T-Shirt.

Ich schüttelte sie ab. War er tot? Auf der Uhr am Armaturenbrett verstrich eine Minute. Sie zeigte 20.05 an.

Atme!

Ich musste etwas tun.

Der Bauch unter seinem Karohemd war reglos. Die Vorstellung, mit jemandem, der gerade gestorben war, in einem Auto gefangen zu sein, war gruselig, selbst wenn er ganz lecker roch. Ich hob die Hand und pikste ihm, ohne nachzudenken, mit dem Finger in die Brust.

Er richtete sich auf und hustete. Bei jedem Husten schaukelte das Auto und in seiner Lunge rasselte etwas. Es klang fürchterlich.

Ich duckte mich hinter die Kleiderstange und zog Billie mit mir.

Das Husten hörte nicht auf und Billie flüsterte: »Was hast du gemacht?«

Ich schüttelte den Kopf. »Nichts.«

Sie verzog das Gesicht und zeigte auf einen nassen Fleck auf der Matte.

»Was? Wieso …?«

»Er hat mich zu Tode erschreckt«, sagte sie, rückte von der Pfütze ab und kam zu mir herüber. Auf dem Rücksitz roch es schon nach Pipi. Wir mussten hier raus. Aber ich hörte, wie das Tap-tap-tap von den Schuhen der Lavendeldame näher kam.

Jetzt mussten wir handeln.

Überlebensstrategie #13:

NIMM ES

Die Wagentür ging auf.

»Alles geregelt. Wir haben Zimmer zweihundertzwei«, sagte die Lavendeldame und warf ihre Handtasche durch die Kleider hindurch nach hinten. Sie landete auf Billies Bauch. Billie saß auf meinem Schoß, die Nässe ihrer Shorts sickerte in meine.

Ich schob sie herunter, sodass wir mit dem Hintern nebeneinandergequetscht auf dem Boden saßen. Die Kleider wogten in ihren Plastikhüllen um uns herum. Es wurde heiß. Ich schob die Handtasche hinüber in den nassen Fleck, doch dann hielt ich inne. Ich schlang die Finger um den Griff.

Orson hustete immer noch.

»Was hat dich so aufgebracht?«, fragte die Lavendeldame. Ich hörte ein Rascheln vorn aus dem Wagen. »Hier ist dein Wasser«, sagte sie. *»Orson. Wasser.«*

Ich hörte ein Schlucken, dann war das Husten vorbei. Sie ließ den Motor an und fuhr langsam über den Parkplatz. Ich zog die Handtasche näher heran.

Billie sah mich an, Fragezeichen im Blick.

Mein Herz hämmerte.

Der Pipigeruch wurde stärker – er erfüllte meine Nase, meine Haare und Augen. Ich blinzelte gegen das Brennen an. Jeden Moment musste die Lavendeldame es auch riechen. Aber ich konnte die Handtasche nicht loslassen.

Billies Magen knurrte laut.

Mom hatte immer gesagt: »Billie macht dir alles nach. Du musst mit gutem Beispiel vorangehen.« Das wusste ich selber. Dachte sie, ich wüsste das nicht?

Billie strich sich die Haare aus den Augen und schüttelte den Kopf, ein kleines bisschen nur. Ihr Unterbewusstsein schien zu arbeiten.

Ein Schaudern lief mir über den Rücken. Ich achtete nicht darauf. Was blieb mir anderes übrig? Die Lavendeldame hatte mich praktisch darum gebeten, dass ich ihre Handtasche öffnete. Schon viel zu lange saßen wir hier nun mit der Tasche, Billie und ich, und wir hatten schließlich nichts.

Irgendwie wusste ich, dass uns die Lavendeldame, wenn ich mit ihr reden könnte, ihr richtig in die Augen sehen und erzählen könnte, was uns passiert war, sofort helfen würde. Sie würde uns jeden Cent geben, den sie hatte. Würde uns nach Kalifornien bringen und uns helfen Julie zu finden. Ich starrte auf den schwarzen Ledersitz vor Billie, als hätte ich den Röntgenblick. Als würde ich der Lavendeldame alles erzählen und sie würde mir zuhören, als gäbe es sonst niemanden auf der Welt. Vielleicht würde sie uns sogar adoptieren. Würde sie bestimmt. Wie der Tiger, den ich in den Nachrichten gesehen hatte, der vier Ferkel adoptiert hatte. Die Menschen hatten ihnen kleine Pullis mit Tigermuster angezogen und die Tigermutter fütterte und wärmte sie, genau wie ihre richtige Mama es getan hätte, wäre sie noch am Leben gewesen.

Aber Billie und ich waren keine Ferkel.

Ich sah uns an, wie wir da in Plastik und Pipi saßen, und dachte, vielleicht doch ein kleines bisschen. Bei der Vorstellung, die Lavendeldame wirklich um Hilfe zu bitten, musste ich mich fast übergeben. Ich konnte ihr nicht *wirklich* vertrauen. Wie die Menschen wirkten und was sie taten, war normalerweise etwas völlig anderes. Wenn man nur daran dachte, was heute Morgen mit Dad passiert war. Angenommen, die Lavendeldame wäre sauer auf Billie und mich, weil wir uns in ihr Auto geschlichen hatten und Billie reingepinkelt hatte? Über das Pipi wäre sie bestimmt sauer. Ich konnte sie auf gar keinen Fall um Hilfe bitten. Nicht in echt.

Die Lavendeldame summte, als der Wagen auf den Parkplatz rumpelte.

»So, Orson, auf der Karte steht, wir sind in Gebäude C. Ich geh schon mal rein, schließe die Zimmertür auf und schalte das Licht an, dann komme ich zurück und helfe dir.«

Orson murmelte etwas.

»Ich bin gleich wieder da.«

Das war meine Chance. Ich schnappte mir die lavendelfarbene Glitzerhandtasche und machte den Reißverschluss auf – ganz schnell. Schneller als ich es für möglich gehalten hätte, und dann kippte ich im Auto alles auf dem Boden aus. Rezepte, Desinfektionsmittel, irgendeine Arznei, Papiertaschentücher, ihr Portemonnaie (!), Alte-Damen-Lippenstift, Pfefferminz für frischen Atem und die zerknüllte Visitenkarte, die Cowboy ihr gegeben hatte.

Billie beugte sich über mich und stupste mit ihren dünnen Fingern an die Dose mit Pfefferminz.

Ich gab sie ihr.

Sie machte den Deckel auf und kippte sich alle auf einmal in den Mund.

Während sie darauf kaute, knöpfte ich das Portemonnaie auf. Doch da hielt ich plötzlich inne. Noch nie im Leben hatte ich etwas gestohlen, es sei denn, man zählte den Lolli im Supermarkt, als ich vier war. (Aber den zählte ich nicht, denn Mom war schnurstracks mit mir zum Inhaber marschiert und ich musste den Lolli zurückgeben und mich entschuldigen.) Aber jetzt stahl ich ja nichts. Ich guckte nur. Das war nicht verboten.

Orson fing wieder an zu husten.

Ich riss das Portemonnaie auf. Mein Herz flatterte, als säße ein Kolibri darin gefangen. Der Führerschein der Lavendeldame rutschte heraus. Obendrüber stand KALIFORNIEN. Sie war aus Kalifornien! Auf direktem Weg nach San Diego … vielleicht. Darunter: MYRNA ANN HALSTRONG. Geboren 1940.

Mann, sie war wirklich alt. Ich starrte auf das merkwürdige Foto, auf dem sie leicht schielte.

Plötzlich wurde die Fahrertür aufgerissen. Die Stimme von Myrna Ann Halstrong alias Lavendeldame erklang.

»Dieser Trottel! Ich hatte ihm hundertprozentig gesagt, dass ich ein Zimmer im Erdgeschoss haben will.« Fluchend schlug sie die Tür hinter sich zu. »Orson, die Leute hören heutzutage nicht mehr zu. Keiner hört zu.« Sie ließ den Motor wieder an und fuhr mit quietschenden Reifen los. »Dem werd ich was erzählen. Ich hab ihm gesagt, du kommst die Treppe auf keinen Fall hoch.« Der Wagen machte einen Satz, als sie wieder vor das Hotel fuhr, um mit dem Mann an der Rezeption zu schimpfen.

Mach schnell. Mach schnell.

Ich musste die ganze Zeit daran denken, dass Billie und ich mit nichts hier gestrandet waren, wir hatten nicht mal einen Dollar zum Telefonieren. Ich riss das Geld aus dem Portemonnaie und steckte die dicken, schweren Scheine in meine Hosentasche. Dann packten Billie und ich alles Übrige ganz leise zurück in die Handtasche. Papiertaschentücher. Lippenstift. Desinfektionsmittel. Ich holte die leere Pfefferminzdose unter dem Sitz hervor und warf sie auch hinein. Die Lavendeldame zeterte noch immer vor sich hin. Sie parkte den Wagen und marschierte ins Hotel.

Billie kaute auf den Pfefferminzbonbons, die Backen so voll wie die Streifenhörnchen, die wir im Zion National Park gesehen hatten. Jetzt roch es hinten nach Pipi und Pfefferminz.

Ich machte den Reißverschluss der Handtasche zu und stellte sie auf den kleinen Hubbel hinter der Armlehne mitten zwischen die Kleider. Das Geld in der Hosentasche stach mir in die Hüfte wie ein ausgestreckter Zeigefinger, der sagte *Liberty ist eine Diebin.* Gab es so was wie ein Kindergefängnis?

Auf dem Parkplatz schalteten sich die Lichter ein. Die Sonne ging unter und warf Schatten auf den Asphalt. Die Lavendeldame schrie anscheinend immer noch den Mann an der Rezeption an und Orson schlief gerade wieder ein. Ich reckte mich und holte das Geld aus der Hosentasche. Es war feucht von Schweiß oder vielleicht von Billies Pipi.

Eins. Zwei. Drei. Vier Zwanzigdollarscheine hielt ich in der Hand.

Achtzig Dollar. Wie viele Vanilletörtchen konnte man davon kaufen? Ich hatte ein schlechtes Gewissen wegen des Diebstahls, ja, aber als ich das Geldbündel betrachtete, wusste ich, dass ich es auf keinen Fall zurückgeben würde. Der Instinkt hatte sich eingeschaltet.

Ich wandte mich zu Billie. »Komm. Lass uns abhauen.«

Überlebensstrategie #14:

NIMM DICH VOR ALTEN LIEDERN IN ACHT

Als Billie und ich in Dads Camper einzogen, fiel mir auf, dass er keinen Fernseher hatte. Manchmal gab es in Campern Fernseher und so was, aber bei ihm nicht. Er hatte einen Computer, aber nur für seine Arbeit. Und ich vermisste meine Tiersendungen. Einen Vater zu haben ist natürlich viel besser, als irgendeine Fernsehsendung zu gucken. Trotzdem war es eine Umstellung. Ich beklagte mich nicht, denn er sollte uns ja mögen.

Nachdem Dad uns in San Diego abgeholt hatte, sagte er, wir würden zum Arches National Park in Utah fahren, weil er ein paar Aufnahmen von den Steinbögen dort machen wollte. Ich war wahnsinnig gespannt auf die Steinbögen. Ich hatte eine Informationsbroschüre in mein Notizbuch gelegt – sie handelte von Streifenhörnchen, Präriehunden, Landschildkröten, Kojoten und Maultierhirschen, die dort lebten. Ich wollte unheimlich gern einen Maultierhirsch sehen.

In der ersten Nacht im Camper parkten wir auf einem Rastplatz und schliefen drinnen. Im Schlafsack war es heiß. Und einen kurzen Moment war es so still und dunkel, dass es sich anfühlte, als schwebten wir irgendwo im Weltraum. Mitten in der Nacht fiel Billie aus ihrem Bett und landete genau auf mir drauf. Ich ließ sie neben mir schlafen, denn ihr Bett war wirklich zu schmal und zu hoch. Dad wachte nicht mal auf, als sie runterfiel. Er schlief und schlief.

»Liberty, erzähl mir eine Geschichte«, flüsterte Billie. Denn obwohl sie einen brandneuen Koala hatte, merkte ich, dass sie San Diego und unsere Wohnung vermisste und George und Martha und Mom. Und vielleicht ging es mir genauso, aber das wollte ich vor Billie nicht zeigen.

»Es war einmal eine Meeresschildkröte, die ganz allein durch den Ozean schwamm.«

Billie nickte.

»Und sie hatte ein Geheimnis. Sie erwartete Schildkrötenbabys. Aber sie musste einen besonderen Platz finden, an dem sie die Eier verstecken konnte, damit die Kleinen schön wachsen konnten.«

Billie schloss die Augen.

»Sie schwamm ans Ufer und vergrub sie im Sand …«

Und da war Billie auch schon wieder eingeschlafen. Ich merkte es an ihren langen Atemzügen und daran, dass sich ihr Mund ein kleines bisschen öffnete. Und fast hätte ich sie wieder geweckt, denn ich wollte mich im Camper nicht allein fühlen. In dem Moment fehlte Mom mir mehr als je zuvor. Mein Herz fühlte sich ganz ausgedörrt an, weil ich so vieles vermisste: Mom, unsere Wohnung, Antonio, meine Schule und sogar Julie. Was konnte ich tun, um es wieder vollzupumpen?

Ich kletterte auf Billies Bett und tastete nach der Taschenlampe, die Dad ihr für den Fall gegeben hatte, dass sie Angst bekam. Sie steckte zwischen Wand und Matratze. Dann deckte ich mich mit Billies alter blauer Babydecke zu und knipste das Licht an, um in meinem Notizbuch meine Wissenslisten durchzugehen. Manchmal ist es das Einzige, was hilft.

Am nächsten Morgen bei Tageslicht sah ich schließlich, wo wir die Nacht verbracht hatten: auf einem verlassenen Campingplatz umgeben von Sträuchern, die wie lange, dürre Finger aus dem Boden emporkrabbelten.

Als wir draußen am Picknicktisch saßen, holte Dad ein paar Zimtschnecken und Äpfel raus, die er gestern in der Fernfahrerkneipe fürs Frühstück gekauft hatte. Er reichte Billie und mir je einen Apfel. »Was ist schwarz, gelb und golden und fliegt durch die Luft?«, fragte er.

Billie und ich sahen uns an. Woher wusste Dad, dass wir Witze mochten?

Schließlich sagte Billie: »Ich weiß nicht.«

»Eine Biene mit Goldzahn.«

Dad lachte. Der war nicht schlecht.

Und Billie fragte: »Was ist rot, rund und hat zwei schwarze Streifen?«

»Ich weiß nicht.«

»Ein Apfel mit Hosenträgern.«

»Witzig«, sagte Dad. Dann nahm er einen großen Bissen von seinem Apfel.

Und das Gefühl des Vermissens rutschte langsam zur Seite und machte in meinem Herzen Platz für etwas Neues. Und wie ich da in der Sonne saß, war ich einen kleinen Moment lang fast glücklich.

Als wir aufgegessen hatten, zeigte Dad uns, wo wir die Zähne putzen konnten, aber er sagte, duschen könnten wir im Camper erst, wenn wir zu einem Campingplatz mit Wasseranschluss kamen. Dann fuhren wir weiter, stundenlang, und es gab nichts zu sehen als Wüste. Und es wurde irgendwie langweilig. Und gerade als ich dachte, ich platze gleich vor lauter Nichtstun, sagte Dad: »Wir können ja einen kleinen Abstecher machen.«

Und dann fuhren wir durch eine Gegend, die Zion National Park hieß, und so etwas Schönes hatte ich vielleicht noch nie gesehen. Ich wusste nicht, dass es Berge gab, die orange waren wie ein Sonnenuntergang und so hoch, dass ich mir den Hals verrenken musste, um den Gipfel zu sehen.

An einem Bach hielt Dad für eine Mittagspause. Wir aßen Bagels und er zeigte uns, wie man Steinchen auf dem Wasser hüpfen ließ. Billie konnte das richtig gut – besser als ich. Als ihr Stein viermal über das Wasser hüpfte, bevor ein Fisch ihn sich schnappte, lächelte Dad und klopfte ihr auf den Rücken. Da hatte ich einen Klumpen im Bauch.

Ich müsste doch besser Steinchen hüpfen lassen können als sie.

Aber als ich Billies goldenes Gesicht sah, hatte ich sofort ein schlechtes Gewissen. Und mir fielen Moms Worte wieder ein, mit denen sie mich immer daran erinnerte, dass ich die Ältere war. Dass ich mich um sie kümmern musste. Und wenn Billie gerade glücklich war, dann würde ich auch glücklich sein.

»Hast du das gesehen, Liberty?«, fragte sie.

Ich nickte und sagte ganz ehrlich: »Gut gemacht, Billie. Du kannst das viel besser als ich.«

Dann holte Dad seine Fotoausrüstung hinten aus dem Camper und stellte sie auf eine Picknickbank. Wir setzten uns und sahen ihm zu, wie er in Taschen kramte, Objektive herausholte, mal die eine Kamera nahm und mal die andere. Ich wusste nicht, was ich machen sollte. Sollten wir mit ihm gehen? Hierbleiben? Er hatte nichts gesagt.

Billie umarmte Koala.

Dad warf sich den Rucksack über die Schulter, sah zur Sonne und dann zu uns. »Na kommt. Das Licht wird schwächer.«

Wir folgten ihm den Weg entlang bergaufwärts.

Die Felsen ragten so hoch, als wollten sie am Himmel kratzen. Ich musste laufen, um mit Dad Schritt zu halten. Billie musste sogar rennen. Sie hatte ihre Flip-Flops an und stolperte andauernd. Ich nahm sie bei der Hand, um ihr Halt zu geben. »Ich gehe voran. Guck einfach auf meine Füße und lauf in meinen Schritten«, sagte ich.

Schon bald fing Dad an zu reden. Laut. Nicht wirklich zu uns, eher zum Himmel.

Er redete vom letzten Mal, als er hier war. Wie er fast auf eine Klapperschlange getreten war, die sich dick und fett mitten auf dem Weg gesonnt hatte. Und dass wir ordentlich stampfen sollten, damit die Tiere Zeit hatten zu verschwinden.

Dann pfiff Dad »Skip to My Lou«.

Und ich blieb augenblicklich stehen, direkt neben dem krummen, knorrigen Baum, der über den Weg gewachsen war. Ich blieb stehen, weil ich mich an die Melodie erinnerte. Ich hatte nicht mal gewusst, dass ich sie kannte. Aber als ich da stand und meinem Dad zuhörte, meinem für immer verschwundenen und jetzt wiedergekehrten Dad, wie er »Skip to My Lou« pfiff, wusste ich, dass ich es schon mal gehört hatte.

Ich fragte mich, was noch alles tief in meinem Gehirn vergraben war. Was würde noch völlig unerwartet wieder hochkommen? Und was geschah, wenn das alles herausströmte?

Überlebensstrategie #15:

VERTRAU DEINEM INSTINKT

Es war einfacher, als ich dachte, sich aus dem Wagen der Lavendeldame zu schleichen. Von meinem Versteck auf dem Rücksitz aus beobachtete ich sie hinter der Glastür des Hotels. Sie schlug mit der Faust auf den Tisch, als hätte sie einen Hammer und wäre eine Richterin in so einer Scheidungssendung, die Mom mich nicht gern gucken ließ. Und Orson? Na ja, der war ja stocktaub.

Die Uhr zeigte 20.34 an. Ich öffnete die hintere Tür und schlich hinaus, das Geld sicher in der Hosentasche. Billie war direkt hinter mir. Ich drückte die Tür langsam zu, es klickte nur ganz leise. Wir krochen am Hoteleingang vorbei und dann in den Schatten zwischen zwei Büschen. Verglichen mit dem Wagen fühlte es sich hier draußen kühl und erfrischend an, viel besser als in der verschwitzten, verbrauchten Pipiluft.

Ich konnte nicht länger einhalten. Meine Blase war kurz vorm Platzen. Ich zog die Shorts runter und hockte mich hin. »Nicht gucken«, sagte ich.

»Igitt. Wie eklig«, sagte Billie, als Pipi auf trockenes Laub traf.

Ich zog die Shorts hoch. »Nicht so eklig, wie in die Hose zu machen.«

Es war ihr peinlich, aber sie sagte nichts. Hinten auf den Shorts hatte sie immer noch einen großen nassen Fleck. Sie ging tiefer ins Gebüsch und kratzte sich zwischen den Oberschenkeln.

»Lass das«, sagte ich.

»Ich kann nicht anders. Trockenes Pipi juckt.«

Geduckt schlichen wir zu den Büschen, die weiter von den Lichtern des Parkplatzes und dem Hoteleingang entfernt waren. Ganz kurz nur drehte ich mich um und schaute zu dem Auto, in dem Orson saß und schlief. Hatte er schon wieder aufgehört zu atmen? Brauchte er jemanden, der ihn anstieß? Die Hoteltür ging quietschend auf und die Lavendeldame kam heraus, jetzt mit einem Lächeln im Gesicht. Ich hatte so lange hinter ihr gesessen, dass ich mich erst daran gewöhnen musste, sie von vorn zu sehen. Sie sah aus wie ein alter, halb gegessener Apfel, der auf dem Asphalt vor sich hin dörrte, eingefallen und verschrumpelt.

Sie öffnete die Wagentür. »Orson, wir haben das große Los gezogen. Du musst das Luxuszimmer sehen, das sie uns jetzt gegeben haben. *Orson, wir kriegen ein Luxuszimmer!*«

Zur Antwort gab Orson nur seinen trockenen Husten von sich. Gut. Er atmete noch.

Ein Moment lang war ich traurig, weil wir wegmussten. Aber Tiere auf der Flucht haben keine Zeit, traurig zu sein – sie empfinden überhaupt nichts. Ich zog Billie um die Ecke, bereit für das, was wir als Nächstes vor uns hatten. Billie und ich, nur wir zwei.

Überlebensstrategie #16:

WENN EINE MEERESSCHILD-KRÖTE ES SCHAFFT, DANN SCHAFFST DU ES AUCH

Wisst ihr, wie eine Grüne Meeresschildkröte ihre Babys bekommt? Sie klettert ans Ufer, buddelt ein Loch, legt ihre Eier ab, bedeckt sie mit Sand und geht dann wieder ins Wasser – ohne sich ein einziges Mal umzusehen.

Zwei Monate lang sind die Schildkrötenbabys ganz allein, in den Sand eingehüllt, sie werden warm und verbringen ihre Tage mit Wachsen, bis sie schließlich schlüpfen. Dann müssen sie schnell zurück ins Wasser, damit sie überleben können. Noch dazu müssen sie sich vor anderen Tieren wie Möwen und Krebsen in Acht nehmen, die im Dunkeln lauern, um sie zu fressen. Meeresschildkrötenbabys haben keine Mama, die ihnen sagt, wohin sie gehen und was sie tun sollen. Aber sie haben ihren *Instinkt.* Meeresschildkröten wissen einfach, was sie tun müssen, um zu überleben.

Der Hotel-Pool war ganz leicht zu finden. Auf der Suche nach einem Telefonhäuschen gingen Billie und ich um das Gebäude herum, bogen um die Ecke und *zack*, da war er. Als hätte Mom ihn uns aus dem Weltraum geschickt. Perfekt für Billie und mich, um uns von Schmutz und Pipi zu befreien. Danach konnten wir dann immer noch ein Telefon suchen.

Natürlich war der Pool von einem Zaun umgeben und das Tor war abgeschlossen. Auf einem Schild stand »Baden nur bis 21 Uhr«, aber nachdem ich der Lavendeldame das Geld geklaut hatte, fand ich irgendwie, dass diese Regel für Billie und mich nicht galt. Ich kletterte über den Zaun und fand eine Stelle, wo Billie hindurchschlüpfen konnte.

Während ich im Pool schwamm, stellte ich mir vor, ich wäre eine Meeresschildkröte, die durch den Ozean glitt. Der Mond glitzerte auf meinem Rücken und meine Meeresschildkrötenschwester schwamm neben mir her. Ich wusste, dass es nicht stimmte, doch es war schön, darüber nachzudenken, während Billie und ich nackt im Hotelpool schwammen. Es war dunkel und ziemlich spät. Niemand kam vorbei, absolut niemand.

Das Wasser war noch warm, weil den ganzen Tag die Wüstensonne darauf gebrannt hatte. Ich konnte unser Glück nicht fassen; es war wie eine Oase, nur für uns. Der Pool war amöbenförmig. Er hatte kleine Nischen, manche lagen in vollkommener Dunkelheit, umgeben von Hecken und Liegestühlen. Ich fühlte mich gut verborgen. Aber vor allem war es ein angenehmes Gefühl, alles abzuwaschen, was heute passiert war.

Wenn ich es nicht gerade getan hätte, hätte ich es nicht geglaubt. Jetzt musste ich unseren nächsten Schritt planen. Aber ohne eine Liste zu machen, konnte ich nicht denken. Ich hielt mich am Beckenrand fest, um zu verschnaufen, und sah auf einem Liegestuhl, den ich neben einen Busch gezogen hatte, mein Notizbuch. Es beruhigte mich schon, wenn ich es nur sah, wie es da lag und darauf wartete, dass ich es mit meinem Wissen füllte.

»Liberty, guck mal.« Billie ließ sich am flachen Ende auf dem Rücken treiben. Das einzige Licht kam vom leuchtenden Mond.

»Toll«, flüsterte ich.

Billie hatte ein altes, feuchtes Handtuch gefunden, das jemand vergessen hatte. Ich breitete es hinter einer Hecke neben einem Gartenstuhl aus. Ich wusch Billies Kleider im Chlorwasser aus und legte sie zum Trocknen auf den warmen Boden.

Dann schwamm ich zur Schattenseite des Pools zurück und zog mich hoch. Meine Hände und Zehen waren schrumpelig und meine Füße waren rau, weil sie über den Betonboden des Pools gescheuert waren. Ich tapste zum Handtuch und wickelte mich ein. Der leichte Wind kribbelte am Körper und ich bekam eine Gänsehaut. Ich schaute zum Hotel: Ein dreistöckiges Gebäude umgab den Pool, manche Fenster waren schwarz und manche leuchtend wie Augäpfel, in denen sich das Licht spiegelte. Vielleicht waren alle in Sicherheit außer uns.

»Billie, komm her«, flüsterte ich. Ich musste sie nicht daran erinnern, dass sie leise sein sollte. Das wusste sie.

Als sie herüberschwamm, kräuselte sich das Wasser hinter ihr wie von einem Delfinschwanz. Die kleine Falte zwischen ihren Augen hatte sich vertieft, als hätte sie immer schon zu ihrem Gesicht gehört, eine Schlange wie ein kleines S mitten auf der Stirn. Nach Moms Tod hatte sie sich dort hingeschlichen und war geblieben.

Ich kniete mich hin und zog sie durchs Wasser zu mir ran, in den schützenden Schatten.

»Ich hab einen tollen Witz für dich«, flüsterte ich und steckte ihr eine Haarsträhne hinter das Ohr. »Was sagt das eine Zebrababy zu dem anderen Zebrababy?«

Billie ließ einen kleinen Plastiksoldaten, den sie gefunden hatte, auf dem Beckenrand balancieren. Er schwankte und fiel ins Wasser. Sie schüttelte den Kopf. Ihre widerspenstigen Haare trockneten schon. Ihr verkniffenes Gesicht sah müde aus.

»Keine Witze, Liberty. Ich hab Hunger. Wann essen wir was?«

Das musste ja kommen. Billie konnte Hunger nicht gut ertragen. Ich wollte nicht riskieren, dass sie einen Tobsuchtsanfall bekam. Wir mussten etwas zu essen suchen und wir mussten Julie anrufen.

»Wann kommt Dad? Ich will Koala haben.«

Dad.

Ich drängte ihn aus meinem Kopf und schloss gut ab. Ich nahm Billies Gesicht in die Hände, damit ich ihre Wange besser ansehen konnte. Die Schwellung war abgeklungen, aber jetzt bildete sich ein Bluterguss.

»Was kümmert dich das, nachdem er dich so behandelt hat?«, fragte ich. Er hätte mich treffen sollen, nicht sie. Ich hatte versucht sie zu beschützen. Hatte ich wirklich, aber …

»Er wollte das nicht«, sagte Billie. »Es war meine Schuld.«

»Nein, war es nicht.«

»Es muss aber meine Schuld gewesen sein. Warum hätte er das sonst getan?«

»Weil mit ihm irgendwas nicht stimmt«, sagte ich.

»Was denn?«

Ich schüttelte den Kopf. Ich wusste es nicht.

Nach den ersten Tagen hatte Dad sich allmählich verändert. Er vergaß, was ein Kind brauchte. Zum Beispiel eine Dusche oder Frühstück oder Kleider, die nicht nach Schweiß und Lagerfeuer rochen. Ich musste ihn daran erinnern, wenn wir etwas zu essen brauchten. Je länger wir bei Dad waren, desto mehr wurde er:

1. unnahbar
2. gereizt
3. wütend

»Es war nicht unsere Schuld, Billie. Er ist der Vater. Mom hätte uns das nie angetan.«

Ihre Augen füllten sich mit Tränen. Das hätte ich nicht sagen sollen. Ich hatte Mom aus unseren Gesprächen verbannt, weil Billie sonst so traurig wurde. Sie ließ es zu, dass ich sie unbeholfen umarmte. »Ist schon gut. Ich sorge für uns. Wir fahren wieder nach Hause.«

Sie löste sich aus der Umarmung. »Echt? Nach Hause! Nach San Diego? Wann?« Ein Lächeln breitete sich auf ihrem Gesicht aus. Ihr echtes Lächeln. Das goldene.

»Ja. Wir fahren nach Hause. Nach dieser Nacht, okay? Aber erst müssen wir ein Telefon suchen.«

Billie wurde quengelig. »Ich hab aber Hunger.«

»Schsch«, machte ich leise und half ihr aus dem Wasser. »Na gut. Erst essen wir was.«

Ich nahm das nasse Handtuch und legte es ihr um den mageren kleinen Rücken. Dann setzte ich sie auf den Liegestuhl im Schatten und zog mir schnell die Klamotten über die nasse Haut.

»Deine Sachen müssen noch trocknen, also bleib hier mit dem Handtuch und warte auf mich.«

Sie nickte.

Ich sah hoch zum Hotel; jetzt brannte nur noch hinter drei Fenstern Licht. Ich kniff die Augen zusammen und stellte mir vor, ein Fliegenauge mit dreitausend Linsen schaute zu uns herab und lauerte nur darauf, Cowboy anzurufen, damit er kam und uns holte.

Ich schob Billie weiter nach hinten auf den Stuhl, tiefer in den Schatten, ich versteckte das Wertvollste, was ich hatte. Sie war fest in das Handtuch gewickelt. Ob eine Meeresschildkröte sich so fühlte, nachdem sie ihre Eier im Sand vergraben hatte und sich wieder in den Ozean gleiten ließ? War ihr auch so schlecht, dass sie fast das Seegras und die Algen erbrechen musste, die in ihrem Bauch herumwirbelten? Weil es das Schlimmste überhaupt war, dass sie ihre Eier, die wie Gold glitzerten, im Sand zurücklassen musste, wo ihnen Gott weiß was zustoßen könnte?

»Du bleibst hier und wartest auf mich. Ich bin gleich wieder da.«

Billie nickte. Sie lehnte sich zurück und machte die Augen zu. Die Falte auf ihrer Stirn wirkte kleiner, als könnte Billie vielleicht fast wieder golden sein.

Überlebensstrategie #17:

AKKLIMATISIERE DICH

Durch die Glastür konnte ich niemanden an der Rezeption sehen. Ich fasste in die Tasche und berührte das Geld, nur um sicherzugehen. Ich beugte mich weiter vor. Rechts von der Rezeption war ein kleiner Shop, aber ich konnte nicht erkennen, ob er geöffnet hatte. Vielleicht gab es da Snacks und ein Paar Flip-Flops für Billie.

Billie war allein am Pool, also hatte ich nicht viel Zeit. Ich holte das Geld wieder aus der Tasche und zählte es. Ja, achtzig Dollar. Zusammen mit dem Geld schob ich das schlechte Gewissen und die Erinnerung an das Gesicht der Lavendeldame zurück in die Tasche. Jetzt war es sowieso nicht mehr zu ändern, oder?

Als ich die Tür aufmachte, hallte eine Glocke durch das Foyer. Rechts war der Shop. Ich blieb stehen und wartete darauf, dass jemand zur Tür hinter der Rezeption hereinkam, aber nichts geschah. Alles war still.

Als ich sieben war, habe ich mal mit Mom und Billie in einem

Hotel übernachtet. Das war, als wir zur Beerdigung von Moms Großtante mussten, ihrer einzigen lebenden Verwandten. Billie war noch zu klein gewesen und wusste das wahrscheinlich gar nicht mehr, aber ich erinnerte mich gut, vor allem an den Aufzug.

Während Mom versuchte Billie und unser Gepäck in den Aufzug zu bugsieren, ging die Tür zu. Ich war ganz allein im Aufzug und er fuhr ein Stockwerk nach oben. Erst schrie ich nach Mom, aber dann war ich still, weil es so schrecklich klang, wie meine Stimme von den Metalltüren widerhallte. Oben ging die Tür auf, doch da war niemand. Ich kauerte mich in eine Ecke und wartete und schließlich fuhr der Aufzug wieder runter.

Als die Tür aufging, sagte Billie: »Bertie!« (So nannte sie mich, als sie ganz klein war.)

Und Mom sagte: »Gott sei Dank, Liberty. Das hätte mir jetzt gerade noch gefehlt – eine von euch beiden zu verlieren.« Sie setzte Billie auf ihre andere Hüfte. »Ich wusste, dass du bleibst, wo du bist. Du machst immer das Richtige.«

Sie zog den Kofferkuli hinein und strich mir übers Haar. »Was täte ich nur ohne dich?«

Sie ahnte ja nicht, dass es umgekehrt sein würde – ich würde ohne sie auskommen müssen. Selbst mit sieben wusste ich schon, dass es meine Aufgabe war, die Verantwortung zu tragen. Immer.

Jetzt schob ich mich näher zu den Regalen heran, in denen Sachen wie Papiertaschentücher, Aspirin und Nachos gestapelt waren. Flip-Flops gab es nicht, aber zwischen den Souvenirs waren noch ein paar andere Sachen zu essen. Ich schlich weiter, stellte mich extra hinter den Postkartenständer und hoffte, dass keiner kam. Auf den Postkarten stand WILLKOMMEN IN WILLIAMS und GRÜSSE VOM GRAND CANYON. Wir waren in der Nähe vom Grand Canyon? Der lag auf dem Rückweg nach Kalifornien. Auf dem Weg nach Four Corners waren wir an dem Grand-Canyon-Schild vorbeigekommen. Ich wollte gern hin, aber Dad hatte Nein gesagt.

Auf einmal drehte sich der Postkartenständer mit einem schrecklichen Quietschen. Ich fuhr ruckartig zurück und stieß ein paar Päckchen Butterkekse hinter mir um. Ich bückte mich, um sie wieder aufzuheben.

Ein langes dunkles Gesicht mit pelzigen Augenbrauen wie zwei Raupen sah zu mir herab. »Kann ich dir helfen?«, fragte der Mann, als er sich ebenfalls bückte und die restlichen Kekse aufhob.

Ich stand auf. »Nein. Ich meine, ja. Ich meine …« Ich versuchte die Butterkekse zu stapeln, aber sie rutschten herum wie glitschige Fische. Ich sah Raupenbraue an und holte tief Luft, um die Spinnen in meinem Bauch zu beruhigen. »Meine-Mutter-schickt-mich-ich-soll-ihr-Aspirin-holen-sie-hat-so-schlimme-Kopfschmerzen«, sagte ich und schnappte eine Packung Aspirin vom Regal.

Er zögerte. Die Raupenbrauen wackelten nicht mehr.

Bitte glaub mir!

Er schlurfte zur Kasse. »Na gut.« Er drückte auf eine Taste und streckte die Hand aus. »Ist das alles?«

Wir konnten kein Aspirin zum Abendbrot essen. Ich brauchte etwas zu futtern. Ich schüttelte den Kopf. *Reiß dich zusammen, Liberty. Tu so, als ob.* Es war genauso wie damals, als wir mit Mom im Hotel wohnten. Ich konnte mir einreden, dass sie wirklich mit Kopfschmerzen oben im Bett lag. Es stimmte. Ich zwang mich so zu tun, als ob es stimmte.

»Hmm. Nein.« Ich ging zurück zu den Regalen, zog dies und das heraus und achtete darauf, nicht zu nah an die Butterkekse zu kommen. »Das hier nehm ich auch noch.« Ich legte eine Ladung Snacks auf den Tresen.

Misstrauisch betrachtete er den Stapel.

Jetzt betrachtete ich ihn auch. Trockenfleisch. Sonnenblumenkerne. Chips. Minidonuts. Mentos. Erdnussbuttercracker (Billie liebt Erdnussbuttercracker). Nicht ganz das Abendessen, auf das ich gehofft hatte, aber … »Die hier nehm ich auch noch.« Ich stellte zwei Flaschen Mineralwasser neben die anderen Sachen. »Meine Mutter nimmt nicht gern Medizin auf leeren Magen.«

Langsam scannte er die Waren ein. »Na, ich weiß ja nicht, ob sich das so gut mit Aspirin verträgt, aber …«

»Haben Sie irgendwas Gesünderes?«

Er schüttelte den Kopf. »Es sei denn, sie will bis morgen früh warten. Dann bieten wir ein Frühstück an. Allerdings besteht das auch nur aus Bagels und Haferflocken.«

»Ach so, Frühstück?«

»Ja, das gibts gratis zu jeder Übernachtung dazu. Hat Doreen euch das beim Einchecken nicht gesagt? Wie viele Nächte bleibt ihr denn?« Mitten im Scannen hielt er inne – er starrte mich an und seine Raupenbrauen zuckten, als wollten sie die Wahrheit erschnuppern.

Ich pulte an einer Kruste am Ellbogen. »Ach so, ja, ich glaub, sie hat es meiner Mom gesagt. Wir reisen morgen sowieso ab.«

Die Raupen hörten auf zu wackeln und er scannte weiter. »Wollt ihr rüber zum Grand Canyon? Nehmt ihr den Zug?«

»Hm. Ja. Das macht man doch hier. Oder?«

»Die Zugfahrt lohnt sich echt. Da kannst du meilenweit gucken. Woher kommt ihr?«

»Wir sind aus, ähm, Wichita.« Der Klang des Namens hatte mir immer gefallen – Wichita. Wer würde nicht gern aus einer Stadt namens Wichita kommen?

»Tatsächlich? Na dann, willkommen im Wilden Westen«, sagte er und seine Raupenbrauen wackelten. »Ich hab eine Enkelin in deinem Alter, musst du wissen. Sie kommt so gern zu Besuch her. Der Canyon gefällt euch ganz bestimmt, ihr müsst euch um diese Zeit nur vor der Texas-Klapperschlange in Acht nehmen. Es ist dieses Jahr ein bisschen kühl. Sie kommen scharenweise aus ihren Verstecken, also passt auf, wo ihr hintretet.«

Ich nickte.

»Das macht dann sechsunddreißig einundzwanzig. Soll ich es aufs Zimmer schreiben?«

Aufs Zimmer? Sollte ich es auf das Zimmer der Lavendeldame schreiben lassen? Ich wusste nicht mal, wie das ging. Hatte sie nicht 202 gesagt? Das konnte ich nicht bringen. Aber … Nein, auf keinen Fall.

Stattdessen holte ich ihr Geld aus der Hosentasche, zog zwei Zwanzigdollarscheine heraus und legte sie auf den Tresen. Die Spinnen in meinem Bauch beruhigten sich. Es ging jetzt einfach ums Überleben.

Er gab mir mein Wechselgeld. »Möchtest du eine Tragetasche?«

»Ja.« Auf der Uhr hinter der Kasse war es 22.34. Ich musste zurück zu Billie. Schnell nahm ich die Tüte und ging zum Ausgang.

»Zu den Zimmern geht es dort entlang«, sagte er und zeigte zum Flur. Die Raupen zogen sich ein kleines bisschen zusammen.

»Oh, Entschuldigung. Ich hab mich vertan«, sagte ich.

Er entspannte sich. »Ich hoffe, deiner Mutter geht es bald besser.«

»Bestimmt«, rief ich über die Schulter.

Er wirkte nett. Garantiert war er ein guter Opa. Einen Moment lang stellte ich mir vor, er wäre meiner. Und Billie und ich könnten einfach hier in dem Hotel wohnen und jederzeit zum Grand Canyon fahren. In dem Moment war es ein schönes Gefühl, einen Opa zu haben, der lebte und nicht tot war. Ich wusste nicht mal, ob ich überhaupt noch einen Opa hatte, der noch lebte. Als ich Dad nach seinem Vater fragte, sagte er, er hätte ihn nie kennengelernt, also könnte er vermutlich immer noch irgendwo rumlaufen. Es könnte jeder sein, sogar Raupenbraue!

Doch dann wurden meine Gedanken von etwas Erstaunlichem unterbrochen. Ich sah es aus dem Augenwinkel. Ein Telefon im Flur! Links von mir war ein Münztelefon, ganz unschuldig, als wüsste es gar nicht, wie wundervoll es war. Als wüsste es nicht, dass es die Lösung für all meine Probleme war. Wir konnten Julie anrufen. Ich konnte sie jetzt anrufen und sie würde kommen und uns abholen. Kein Cowboy. Kein Dad. Keine Trennung. Julie würde uns in unser altes Leben zurückbringen, in unsere alte Wohnung. Nur dass Mom nicht da sein würde. Trotzdem wäre es besser als das hier.

Ich hob den schwarzen Hörer ab und legte ihn ans Ohr. Selbst das Freizeichen klang hoffnungsvoll. Da fiel mir Billie ein, nass, im Dunkeln und mutterseelenallein am Pool. Die Spinnen in meinem Bauch drohten zu rebellieren. Ich musste zu ihr zurück. Als Erstes musste ich Billie holen, dann konnten wir anrufen. Ich rannte durch den Flur, die Plastiktüte schlug gegen mein Bein. Nichts war wichtig, nicht einmal unsere Rettung, solange Billie nicht bei mir war.

Überlebensstrategie #18:

MACH ES DIR NICHT BEQUEM

»Die mag ich am liebsten«, sagte Billie und schob sich ein paar Erdnussbuttercracker in den Mund. Crackerkrümel fielen ihr auf den Schoß. Sie leckte an einem Finger und pickte sie auf. Der Pool wirkte noch stiller als zuvor, falls das überhaupt möglich war. Wir saßen auf dem Liegestuhl, der neben der kaputten Lampe stand.

»Ich mmmeiß«, mümmelte ich und versuchte mich nicht an den drei ältlichen Minidonuts zu verschlucken, die ich mir in den Mund gestopft hatte. Ich leckte die wachsweiche Schokolade mit der Zunge von den Schneidezähnen; wahrscheinlich verkaufte Raupenbraue in seinem Shop nicht allzu viele Donuts. Aber sie waren nicht übel. Wir hatten heute noch nicht viel gegessen. Zum Frühstück hatte es Erdbeer-Pop-Tarts gegeben. Doch ich schob die Erinnerung daran beiseite.

Jetzt wollte ich nur noch an etwas Gutes denken.

Billie und mir würden nur noch gute Sachen passieren. Ich setzte die Kraft meiner Gedanken ein, damit es wahr wurde.

Billie hielt noch ein Päckchen Erdnussbuttercracker hoch. »Kann ich die auch haben?«

»Klar. Kaufe ich dir nicht jedes Mal zwei, wenn Dad mir Essensgeld gibt?«

»Ja.«

Das war meine Aufgabe. Billie zu füttern, als wäre sie mein Vogeljunges. Dad wollte damit nichts zu tun haben. Er gab mir immer das Geld und ich besorgte das Essen, meist an der Tankstelle. Manchmal gab es eine Raststätte für die Fernfahrer, aber Dad ging nicht gern in Raststätten. Zu viele Leute wahrscheinlich.

»Iss das hier auch noch«, sagte ich und hielt das Trockenfleisch hoch. »Du brauchst Eiweiß.«

Billie schüttelte den Kopf.

»Du brauchst das, Billie. Alle Tiere brauchen Eiweiß.«

»Ist es die scharfe Sorte?«

Ich schüttelte den Kopf.

Sie nahm ein Stück und steckte es sich in den Mund. »Erzähl mir, was Tiere sonst noch brauchen.«

Ich schluckte schwer. Das war einfach. »Sie brauchen Nahrung, einen Unterschlupf, Wasser, die meisten brauchen Sonne, und ...« Ich zögerte und dachte an die Ameisen heute Morgen. Wie sie alle mit ihren dürren Ameisenbeinchen den Kartoffelchip über den Parkplatz geschleppt und einander geholfen hatten wie eine richtige Familie. »Und sie brauchen einander, jemanden, der sich um sie kümmert.«

»Echt?«, fragte Billie.

Ich nickte. Klar brauchten sie einander, oder etwa nicht? Außer Meeresschildkröten vielleicht, aber bestimmt war die Mutter traurig, als sie ihre Eier verlassen hat.

»Wie kümmern sie sich umeinander?«

»So wie ich mich um dich kümmere.«

Sie verzog das Gesicht. »Ich weiß, aber wie machen das die Tiere?«

Ich zerknüllte die Donutpackung zu einem kleinen Ball und schaute mich am Pool um. Alles war still bis auf das gelegentliche Summen der Maschine neben dem Becken. Hinter der Hecke hatten wir ein sicheres Versteck. Und in nur wenigen Minuten würde ich Julie anrufen. Jetzt konnte ich fast aufatmen. Ich fuhr fort: »Na ja, Delfine reden mit anderen Delfinen, sie erzählen ihnen, wo es gute Fische gibt oder ob Gefahr droht.«

»Wie denn?«

»Mit Schnalzen und Pfiffen und so.«

Billie zwitscherte mit dem Mund voll Crackern.

»Schsch«, machte ich und lächelte. Sie wusste, dass Delfine meine Lieblingstiere waren. »Und Killerwale bleiben für immer zusammen – jedenfalls die Mütter und die Babys.«

»Was passiert mit den Vätern?«

»Die dürfen nicht dabei sein.«

»Warum nicht?«

»Ich weiß nicht. Vielleicht sind sie lieber für sich. Aber die

Mütter und Babys bilden eine Gruppe, die man Schule nennt, und sie bleiben zusammen, bis sie sterben.«

Ich knüllte die Packung der Erdnussbuttercracker zusammen.

Billie nickte wieder und ihre Augen glitzerten. »So wie wir. Wir sind eine Schule«, flüsterte sie. »Nur dass wir keine Mutter mehr haben.«

Auch wenn ich nie über Mom sprach, war sie doch immer in meinem Kopf, schwebte herum, versuchte meine Aufmerksamkeit auf sich zu lenken. Ich fragte mich, ob Billie wohl auch so oft an den schrecklichen Tag dachte wie ich.

Überlebensstrategie #19:

GEH NIE AN DIE TÜR

An dem Tag war das Klopfen an der Tür richtig laut. Und unsere Babysitterin Mrs Mason hörte es nicht, weil sie wieder vor der Kochsendung eingeschlafen war.

Es war Samstagmorgen und Mom musste jeden Moment von ihrer Nachtschicht im Krankenhaus kommen. Sie hatte Billie und mir versprochen, an dem Tag mit uns zum Strand zu fahren. Also war es mir egal, dass Mrs Mason gerade im Schlaf auf ihr Sweatshirt sabberte, genauso egal wie der gebackene Toast mit Crème brûlée im Fernsehen, der so lecker aussah, dass ich auch hätte sabbern können.

Das Klopfen hörte nicht auf, also ging ich an die Tür.

Wäre ich schlau gewesen – und normalerweise bin ich ziemlich schlau –, hätte ich die Tür nicht aufgemacht. Und ich hätte die beiden Polizisten für immer auf der Veranda sitzen lassen. Denn dann hätte ich nie hören müssen, was sie sagen wollten. Und Billie hätte es auch nicht erfahren müssen. Sie frühstückte gerade – eine Mischung aus Choco Krispies und Froot Loops.

Wir wussten nicht, was uns erwartete, als die Tür aufging.

Als sie aufging, wachte Mrs Mason auf. Und ein ziemlich kleiner Polizist mit Sonnenbrille erzählte es ihr zuerst. Weil sie eine Erwachsene ist. Und der Große mit dem Schnurrbart sah Billie und mich nicht mal an, aber nachdem sie mit Mrs Mason gesprochen hatten, sagten sie, Mom hätte einen schweren Unfall gehabt und wir müssten sofort zum Krankenhaus fahren.

Und Mrs Mason weinte, was mich wütend machte. Denn es war ja nicht ihre Mutter. Es ging nicht um jemanden, den sie lieb hatte. Es war nicht ihre Welt, die von einem Tornado verschluckt wurde.

Mrs Mason weinte und sagte: »O Gott.«

Ich weinte nicht. Nicht in dem Moment. Noch nicht.

Und Billie sagte: »Ich kann nicht weg«, weil sie es nicht verstand. Sie jammerte, als wir in Mrs Masons alten Cadillac stiegen, um zum Krankenhaus zu fahren. »Meine Choco Krispies werden weich«, sagte sie.

Es brachte nichts, darüber jetzt nachzudenken: Es tat nur in der Brust weh.

Im Kopf ging ich eine Liste durch, was ich alles über Klapperschlangen wusste.

1. leben in Wüsten und Bergen
2. halten Winterschlaf
3. gebären acht bis zehn Schlangen auf einmal

4. Babyklapperschlangen können noch nicht klappern
5. Babyklapperschlangen sind aggressiver und tödlicher als erwachsene

Es ging schnell, als Mom starb. Fast so, wie wenn man auf eine Klapperschlange tritt. Nur dass es keine Klapperschlange war, die sie erwischt hatte, es war ein Explorer. So hieß der Wagen, der sie überfuhr, als sie die Straße überquerte, Ford Explorer. Dann war sie für immer weg.

Als wir im Krankenhaus ankamen, war sie schon tot. Erst wollte der Arzt mich nicht zu ihr lassen. Aber Mrs Mason bestand darauf. Also erlaubten sie es, obwohl es kein besonders schöner Anblick war. Mrs Mason sagte, sonst könnte ich nicht damit abschließen. Doch nachdem ich mich verabschiedet hatte, erlaubte ich Billie nicht, Moms Gesicht zu sehen, nur ihre Füße. Ich wollte nicht, dass Moms verwundetes und blutiges Gesicht das Letzte war, woran Billie sich erinnerte. Sie sah überhaupt nicht aus wie sie selbst. Ich wünschte, es wäre nicht das Letzte, woran ich mich erinnerte.

Tot. Tödlich. Am tödlichsten.

Jetzt machte die Maschine am Hotelpool wieder ein surrendes Geräusch.

»Komm, Billie. Wir müssen weiter«, sagte ich, sammelte unseren Müll ein und stopfte alles in den Abfalleimer aus Beton.

Billie rieb sich die Augen und gähnte. Sie zog die Knie bis ans Kinn und das Handtuch spannte über ihren Beinen. »Sie ist hier, Liberty. Auch wenn du sie nicht sehen kannst. Ich weiß, dass sie uns zusieht.«

Ich schaute in den Himmel. Im bläulichen Dunkel erschienen die ersten Sterne, wahrscheinlich Planeten. Und der Vollmond zwinkerte mir zu. War Mom wirklich da oben? Es spielte keine Rolle, denn ich war diejenige, die uns retten musste.

Ich nahm Billies Klamotten vom Boden und schüttelte sie kräftig aus. Sie waren immer noch feucht und rochen nach Chlor, aber so musste es gehen.

»Zieh die Sachen an«, sagte ich und versuchte ihr das Sweatshirt über den Kopf zu ziehen.

»Die sind nass«, jammerte sie.

»Nur ein ganz bisschen«, flüsterte ich. »Und sei leise. Unsere Stimmen hallen.« Ich schob ihre Füße in die Shorts und zog sie hoch.

»Ich will die nicht anziehen«, sagte Billie und bekam ihren störrischen Gesichtsausdruck.

»Billie, wir haben nichts anderes.«

Da hörte ich Schritte.

Ich zog Billie zu der Hecke, wo wir unseren kleinen Picknickplatz hatten, und hielt ihr den Mund zu.

Wir schlichen zu der Stelle zwischen der Hecke und dem Zaun, als die Schritte näher kamen. Dann war es plötzlich still.

Ich hielt den Atem an. Ein Killerwal kann fünf Minuten

lang die Luft anhalten; fünf Minuten sind richtig lange, wenn man mal darüber nachdenkt. Schon bald waren die Schritte wieder zu hören – *klack-klack-klack*, sie entfernten sich von der Stelle, wo Billie und ich uns aneinanderkauerten. Manchmal brauchte ich einen Wink, um mich daran zu erinnern, wie wichtig unsere kleine Walschule war und dass wir uns unter keinen Umständen trennen durften.

»Komm«, flüsterte ich. »Ich hab ein Telefon gesehen. Wir rufen Julie an.«

Überlebensstrategie #20:

PANIK IST NICHT DEIN FREUND

Im dem Flur mit dem Münztelefon war es kühl und still. Mein Notizbuch war am Pool nass geworden. Die Ecken waren dick und aufgequollen. Ein bisschen Tinte war verlaufen wie eine Wunde und die Seiten klebten aneinander. Doch ich fand die Seite, die ich suchte.

»Hier, halt das und diktier mir die Nummer, wenn ich dich frage«, sagte ich zu Billie und zeigte auf die Ziffern.

Sie nickte ernst.

Dann kramte ich in der Plastiktüte nach dem Wechselgeld, das Raupenbraue mir gegeben hatte. Die Münzen waren warm und glatt. Ich hatte keine Ahnung, wie viel Geld ich überhaupt brauchte. Jeder Vierteldollar klimperte laut, als ich ihn in den Schlitz warf. In dem Spinnennest in meinem Bauch fing es an zu wimmeln. Wenn sie nun nicht dranging? Wenn sie Nein sagte? Wenn sie …

»Diktier mir die Nummer«, zischte ich und hielt im Flur nach einer Bewegung Ausschau. Als wir hereinkamen, war niemand an der Rezeption gewesen.

Ich tippte die Nummern ein. Eine Stimme sagte: »Bitte werfen Sie fünfundzwanzig Cent ein.«

Ich kam nicht an die Tüte zu meinen Füßen. »Billie, kipp die Tüte aus. Such noch ein paar Vierteldollarstücke raus.«

Billie drehte die Tüte auf den Kopf.

»Bitte werfen Sie fünfundzwanzig Cent ein«, wiederholte die nasale Stimme.

»Billie!«

»Hier.« Sie klatschte mir ein paar Münzen in die Hand.

Ich warf das Geld ein und wartete. Ob es jetzt schon bei Julie klingelte? Die Falte zwischen Billies Augen vertiefte sich. Dann ertönte das Freizeichen.

Billie zog an meinem T-Shirt. »Gib sie mir mal. Ich will ihr was erzählen.«

Ich konnte mich nicht konzentrieren. »Lass das«, sagte ich. »Hör auf an mir rumzuziehen.«

Auf einmal hörte ich Julies Stimme.

»Julie. Ich-bins-Liberty-und-Billie-wir-sind-hier-in-Arizona-und-ich-glaub-Dad-hat-uns-verlassen-und-du-musst-kommen-und-uns-abholen-weil-wir-nicht-wissen-wo-er-ist ...«

»... hinterlassen Sie eine Nachricht nach dem Piepton« und weg war sie. Ich hatte nicht damit gerechnet, nicht mit ihr sprechen zu können.

Schnell sprach ich eine Nachricht auf ihre Mailbox. »Julie, ich bins, Liberty. Wir sind in einem Hotel. Und Dad ist weg. Wir können ihn nicht finden. Du musst kommen und ...« Die Mailbox schnitt mir das Wort ab. Die Enttäuschung war schwer wie ein Nebel, durch den ich kaum atmen konnte.

»Ich wollte mit ihr reden«, sagte Billie, Verzweiflung und Müdigkeit im Blick. Es war schon nach elf. »Du hast gesagt, ich kann mit ihr reden!«

»Hab ich nicht.« Ich kniete mich hin und hob mein Notizbuch und das Geld zu meinen Füßen auf. Ich steckte alles zurück in die Tüte.

Tränen rollten Billie über das Gesicht. »Du hast es gesagt«, flüsterte sie und zeigte mit einem dünnen Finger auf mich. »Du hast gesagt, wir fahren nach Hause. Du hast gesagt, ich kann mit ihr reden.« Ihr warmer Atem vermischte sich mit der Enttäuschung in der Luft wie Stinktiersekret.

Ein lauter Knall ertönte hinter der Ecke. Offenbar kam jemand zurück zur Rezeption.

»Komm jetzt«, sagte ich, zog Billie am Arm und wollte mit ihr durch den Flur zum Ausgang, zurück zum Pool.

Da warf Billie sich einfach auf den schmutzigen Teppich. Ich zog sie am Arm, doch sie war wie eine dicke Robbe, fest entschlossen, sich nicht vom Fleck zu rühren. »Du hast es gesagt!« Sie weinte noch lauter.

Genau das hatte ich vermeiden wollen. Mom sagte immer, man könnte Billies Tobsuchtsanfälle auf der Richterskala verzeichnen. Aber ich wusste nie im Voraus, wann sie kamen.

Eine Zimmertür ging auf und ein Mann schaute heraus, mit müden und geröteten Augen, als hätten wir ihn im schönsten Schlaf gestört.

»Entschuldigung«, sagte ich und mein Gesicht wurde heiß. »Meine Schwester hat ihren Teddybären im Auto vergessen. Deswegen ist sie wütend.«

Ich fasste sie an den Armen und schleifte sie durch den Flur.

»Du hast es versprochen!«, schrie Billie, ihr Gesicht so rot wie die Ameisen, die ich heute Morgen gesehen hatte.

Der Mann sah uns finster an.

Mit der Hüfte stieß ich die Tür auf und versuchte mit Billie rauszugehen, aber sie hielt sich am Türrahmen fest und schrie: »Du hast gesagt, wir fahren nach Hause! Du hast gesagt, wir fahren *sofort*!«

Schweißperlen liefen mir den Nacken herunter.

Der Mann verschränkte die Arme und starrte uns wütend an. »Manche Leute würden gern schlafen.«

»Es tut mir leid. Wir gehen ja schon«, sagte ich, denn jetzt war er aus seinem Zimmer gekommen und stand im Flur. »Alles in Ordnung. Gehen Sie wieder schlafen.« Ich packte Billie, als wäre sie ein riesiges Baby, und ging hinaus, die Tür hielt ich immer noch mit der Hüfte auf. Der Mann machte ganz schmale Augen und knallte die Zimmertür zu.

Draußen riss Billie sich los und legte sich auf den Beton.

Ihre Stimme war ruhiger, aber rau. »Ich will nach Hause. Wo ist Daddy?«

Ich hob sie wieder hoch wie ein Baby, als hätte ich Superkräfte, und ging mit ihr zum Pool. »Ich halt dich, Billie. Du brauchst dir überhaupt keine Sorgen zu machen.«

Überlebensstrategie #21:

SEI GEDULDIG WIE EINE SCHNAPPSCHILDKRÖTE

»Alles wieder gut?«, fragte ich und wickelte das Handtuch noch fester um Billies Schultern. Ich streichelte ihren Arm und tat so, als ob natürlich alles wieder gut wäre. Es musste so sein.

Schließlich nickte sie.

»Willst du ein paar Fakten über Tiere hören?«, fragte ich.

Sie nickte wieder, sie hatte die Augen geschlossen und ihr Atem ging langsam. Erst da konnte ich die Sorge loslassen, die zwischen meinen Schulterblättern eingeklemmt war. Billie musste auf mich hören. Sie musste tun, was ich sagte, und sie konnte nicht so ausflippen, sonst bekamen wir richtig Ärger.

Billie öffnete die Augen einen kleinen Spalt weit.

»Okay«, flüsterte ich und blätterte in meinem Notizbuch.

Ich fand, was ich suchte: die nordamerikanische Schnappschildkröte. Ich hörte auf, Billies Arm zu streicheln, und holte tief Luft. »Die Schnappschildkröte ist eine der schlausten

Schildkröten der Erde«, sagte ich und versuchte die Fakten so klingen zu lassen wie eine Gutenachtgeschichte. »Sie tarnt sich, um ihre Beute zu fangen. Sie sitzt in einem Tümpel wie ein Stein und wartet darauf, dass eine Mahlzeit vorbeikommt.«

Billie fielen die Augen wieder zu.

»Frösche und Fische sind die Leibgerichte der Schnappschildkröte. Schnappschildkröten sind geduldig, denn das müssen sie sein. Sonst würden sie hungrig bleiben. Die Schildkröte sitzt da und ihr kleiner Kopf guckt aus dem Wasser heraus, bis ein Frosch vorbeigehüpft kommt und dann *zack!*«

Billie zuckte zusammen.

Noch leiser sprach ich weiter. »Sie schnappt sich den Frosch und verwandelt ihn schmatzend in einen saftigen Leckerbissen.«

Billie drehte sich auf die Seite, ihre Schultern bewegten sich mit jedem Atemzug auf und ab, sie war eingeschlafen.

Ich stand auf, zog den anderen Liegestuhl näher zu dem von Billie heran und legte mich so nah neben sie, dass ich das Chlor in ihren Haaren riechen konnte. Ich machte die Augen zu und versuchte zu schlafen, aber obwohl ich so müde war, konnte ich nicht. Wenn der Mann im Flur sich nun beschwerte? Wenn Julie nun nie ans Telefon ging? Wenn ihr etwas Schlimmes zugestoßen war, so wie Mom?

Billie drehte sich im Schlaf um und sagte »Daddy«. Fast jede Nacht redete sie im Schlaf.

Wenn Dad nur wüsste, wie gern wir ihn lieb gehabt hätten.

Ich schwang die Beine vom Liegestuhl und stellte die Füße leise auf den kratzigen Beton. Ich nahm mein Notizbuch und zog den Stift aus dem Buchrücken. Das Buch öffnete sich auf einer Seite, die ich mir schon länger nicht angesehen hatte. Obendrüber stand *Dad*. Darunter hatte ich Platz für alles frei gelassen, was ich über meinen Vater wusste. Ich hatte vor vielleicht einem Jahr angefangen. Die Liste war noch nicht sehr lang, aber es gab ein Foto, das ich mochte.

Ich strich das Foto von dem Eselspinguin glatt, das Dad in der Antarktis aufgenommen hatte. Der Pinguin starrte mich an. Es war mir nie zuvor aufgefallen, aber der Pinguin sah ziemlich traurig aus. Das Foto von dem Pinguin hatte ich in einer Schachtel unter Moms Bett versteckt gefunden, als ich acht war. Ich wollte nicht herumschnüffeln; ich hatte nur nach einem Schuhkarton gesucht, in dem die Monarchfalterraupe wohnen könnte, die ich gefunden hatte. Unser Babysitter sah fern. Mom war auf der Arbeit, wie immer. Und normalerweise hatte sie nichts dagegen, dass Billie und ich in ihr Schlafzimmer gingen. Ich machte den Karton auf und erst schien nichts Interessantes darin zu sein, aber dann sah ich ein altes Foto von Dad und mir. Auf dem Foto war ich vielleicht vier. Und es gab noch ein paar Fotos von Dad mit Billie als Baby und von Mom, bevor wir geboren wurden.

Außerdem waren Tierfotos darin, die aus Zeitschriften ausgeschnitten worden waren. Als ich genauer hinsah, erkannte ich, dass es Dads Fotos waren! Jedes einzelne aufgenommen von Sam Marshall. Er war in Indien, Australien, am Amazonas, in Costa Rica und in der Antarktis gewesen. Jetzt wusste ich, wo Dad war! Das war wie ein Hauptgewinn, als hätte ich ihn am Ende eines Regenbogens gefunden.

Ich stellte den Schuhkarton auf den Küchentisch und wartete, bis Mom nach Hause kam.

Als sie zur Tür hereintrat, sagte ich: »Ich dachte, du wüsstest nicht, wo Dad ist.«

»Ich weiß auch nicht, wo er ist«, fuhr sie mich an. Sie sah sehr müde aus und an einem Zipfel ihres Krankenhauskittels war vielleicht getrocknetes Blut.

»Aber auf dem Bild hier steht, dass er in der Antarktis war«, sagte ich und zeigte ihr das Foto von dem Eselspinguin.

Sie nahm es mir aus der Hand. »Das ist ein Jahr her. Und dann hat es wahrscheinlich noch mal ein halbes Jahr gedauert, bis es abgedruckt wurde.«

Ich nahm es ihr wieder weg. »Ich will ihm einen Brief schreiben. Oder vielleicht könnte ich ihm eine E-Mail an die Zeitschrift schreiben.«

Sie riss die Kühlschranktür auf. »Das hab ich schon versucht, Liberty. Vergeude nicht deine Zeit.«

»Aber …« Tränen traten mir in die Augen.

Mom machte die Kühlschranktür zu und legte einen Arm um mich. »Ich will nur nicht, dass du dir falsche Hoffnungen machst, Liberty. Es ist meine Aufgabe, dich davor zu bewahren. Ich bin deine Mutter.«

»Ich weiß«, sagte ich. »Ich will doch nur ...« Ich faltete das Foto in der Mitte. Wie konnte ich sagen, was ich wirklich wollte, ohne Mom wehzutun? Ich wollte nur meinen Vater.

»Dann schreib deinen Brief«, sagte sie. »Ich schicke ihn für dich ab.«

Ich schrieb zehn Briefe und schickte drei E-Mails, aber ich hörte nie etwas von ihm.

Daran dachte ich nicht gern.

Jetzt kamen die Sterne heraus und Billie murmelte wieder im Schlaf. Ich ging zu ihr, setzte mich neben sie auf ihren Liegestuhl und tätschelte ihr den Rücken. Wenn ich nur an Dad und Billie dachte und daran, was heute Morgen passiert war, schnürte sich meine Brust zusammen. Ich rieb die schmerzenden Knochen über meinem Herzen, aber es wurde nur noch schlimmer. Ich schaute wieder in den Himmel.

Liberty, atmen.

Billie seufzte.

War Mom wirklich da oben, wie Billie glaubte? Es spielte keine Rolle – aber es tat gut zu denken, dass die Zellen ihrer Seele immer noch in der Atmosphäre herumschwebten. Aber jetzt drehten meine Gedanken sich um Menschen mit einem echten Herzschlag und lebendigen Zellen. Wo war Dad? War er froh allein in seinem Camper zu sein, weil er jetzt Sachen fotografieren konnte, die nicht sprachen, aßen und weinten? Ob Julie meine Nachricht bekam?

Ich schlug eine neue Seite in meinem Notizbuch auf. Ich

hielt es zum Licht, das vom Hotel kam, und schrieb oben auf die Seite MEIN PLAN. Dann strich ich das durch und schrieb UNSER PLAN. Darunter schrieb ich meine Liste und hoffte, dass ich damit die Panik in Schach halten konnte, denn die Angst schlich langsam in meiner Brust herum und wartete nur darauf, mich entzweizureißen, wie ein Königstiger. Ich musste einfach nur ruhig bleiben und dafür sorgen, dass auch Billie ruhig blieb, sonst waren wir nichts als Beute.

Überlebensstrategie #22:

WENN DU LANGE GENUG HINSCHAUST, IST ES FAST NORMAL

Als Dad, Billie und ich in der Wüste waren, war es heiß, so heiß, dass wir Schweiß in den Augen und zwischen den Zehen hatten. Und ich musste unweigerlich an Antonio denken, der jetzt gerade wahrscheinlich mit seinem Bruder Salvy am Strand spielte. Antonio hatte gesagt, Dad würde uns nach ein paar Tagen zurückbringen, denn den ganzen Sommer mit zwei bekloppten Mädchen im Camper zu wohnen hätte man bald satt. Außerdem würden wir uns langweilen. Aber jetzt waren aus Wochen schon Monate geworden. Dad hatte uns immer noch nicht zurückgebracht, aber in einem Punkt hatte Antonio recht.

Wir langweilten uns.

Und ich war mir nicht so sicher, ob Dad nicht doch all das war, was Antonios Mutter behauptet hatte. Denn er hatte es wirklich gern ruhig. Und er war wirklich gern allein.

Würde ich je wieder König der Insel auf den Sandbergen spielen? Würde ich je wieder über riesigen Lagerfeuern Kekssandwiches mit Marshmallows grillen? Mom hatte immer noch Erdnussbutterpralinen zwischen die Kekse gelegt.

Manchmal machte Dad Feuer, aber Kekssandwiches hatte es noch nicht gegeben. Ich wollte ein großes Lagerfeuer. Und ich wollte Mom. Und Billie ging es genauso. Nachts, wenn wir eigentlich schlafen sollten, unterhielten wir uns flüsternd. Über Mom und den Ozean und zu Hause. Und dass wir vielleicht Julie anrufen sollten. Sie hatte ja gesagt, wir könnten anrufen. Aber irgendwie kam mir das vor wie Aufgeben. Wir mussten das mit Dad hinkriegen, denn wenn nicht, was war dann? Könnten wir bei Julie bleiben?

Dann sagte Dad irgendwann: »Schlaft jetzt.«

Wenigstens wir sollten schlafen, denn er selbst machte nach den ersten Wochen kaum noch ein Auge zu. Entweder fuhr er oder er las oder arbeitete. Alle Tiere müssen schlafen, selbst die nachtaktiven. Aber Dad nicht.

Einen Monat nachdem er uns abgeholt hatte, waren wir frühmorgens auf einen Campingplatz in Arizona gefahren. Dad hatte die ganze Nacht am Steuer gesessen, aber jetzt schlief er endlich in seinem Bett. Also aßen Billie und ich Pop-Tarts und spielten Quartett. Und ich sorgte dafür, dass sie sich die Zähne putzte. Und ich putzte mir auch die Zähne und spuckte in einen Pappbecher aus, der auf der Theke stand.

»Was findet man an einem kleinen Strand?«, fragte ich Billie.

Sie zuckte die Achseln und wischte sich Zahnpasta vom Mund.

»Mikrowellen!«

Sie starrte mich an.

»Verstehst du? Mikrowellen - kleine Wellen?«

»Ja, hab ich kapiert.«

Sie legte Koala ordentlich auf mein Kopfkissen. »Ich vermisse das Meer.«

Auf dem Campingplatz war es lavamäßig heiß, und das schon um neun Uhr morgens. Ich machte das Fenster auf, um frische Luft hereinzulassen, und da fiel das Fliegengitter heraus und landete im Dreck. Ich wollte es holen und als ich die Tür öffnete, hörte ich etwas. Ein Zwitschern und Tschilpen, aber hunderttausendmal lauter als sonst.

Billie steckte den Kopf zum Fenster hinaus. »Was ist das?«

»Ich weiß nicht. Klingt wie ... Vögel.«

Billie stieg aus dem Camper und wir folgten dem Krach zu den roten Felsen vor uns. Und als wir näher kamen, sahen wir Nester, Tausende runder Nester aus Lehm, beinahe übereinandergeklatscht, sie hingen an den Felsen wie Seepocken an einem Schiff. Vögel flatterten, krächzten und kämpften, flitzten zu ihren Nestern und wieder zurück und bemerkten uns gar nicht, als wir immer näher heranschlichen.

»Wow«, sagte Billie, strahlend und atemlos. »Eine Vogelstadt.«

»Ich weiß«, sagte ich, obwohl ich so etwas noch nie gesehen

hatte, nicht mal im Fernsehen. Und ich hielt den Atem an, aus Sorge, sie könnten einfach vor meinen Augen verschwinden wie ein Traum.

»Was macht ihr zwei denn hier draußen?«, fragte Dad, der leise wie ein Gepard an uns rangeschlichen war. Aber er hatte seine Kamera um den Hals und sah nicht wütend aus. Er starrte die Vögel genauso staunend an wie Billie.

»Wir haben sie gehört«, sagte Billie.

»So viele Klippenschwalben auf einmal hab ich noch nie gesehen.« Dad starrte zu dem Berg. »Das müssen Tausende sein.«

Er hielt die Kamera vors Auge und schon bald hörte ich das vertraute Klicken, als er versuchte, die Magie der Vogelstadt einzufangen.

»Billie«, sagte er. »Lauf zurück und hol mein Stativ. Ich hab es auf dem Bett liegen gelassen.«

Billie schaute zu mir und dann wieder zu Dad. Normalerweise wollte er nicht, dass wir seine Sachen anfassten.

Dad nahm die Kamera vom Gesicht. »Schnell. Ich will nicht die besten Aufnahmen verpassen.«

Ich nickte ihr zu und wollte ihr nachgehen, denn das Stativ war ziemlich schwer. Ich hatte es den Weg hochgeschleppt, als Dad uns das letzte Mal mitgenommen hatte.

Doch Dad sagte: »Guck mal, Liberty.« Er hielt mir die Kamera hin.

Dad hatte mich noch nie durch seine Kamera schauen lassen. Und ich hatte ein bisschen Angst, sie anzufassen, denn wenn ich nun irgendetwas Falsches anfasste oder sie verschmierte oder kaputt machte oder …

»Hier«, sagte er und hielt sie mir immer noch hin. »Du musst dir die Eier angucken.« Er kniff das linke Auge zusammen, sodass ich nur noch seine Wimpern sehen konnte.

Langsam näherte ich das Gesicht dem Sucher der Kamera, während Dad sie so hielt, dass ich hindurchgucken konnte. Und da sah ich sie, als wären sie nur wenige Zentimeter entfernt. Kleine weiße Eier mit schwarzen Tupfen, genau wie die Schokoladeneier, die Mom mir immer in den Osterkorb legte … nur dass diese eindeutig nicht aus Schokolade waren.

Sie waren wunderschön.

Und echt.

Und wurden geliebt.

Das erkannte ich sofort daran, wie all die Vogelmamas und -papas sie umkreisten und hin und her flitzten und jedes einzelne Ei beschützten.

»Siehst du sie?«, fragte Dad. So nah war ich ihm noch nie gewesen. Er roch nach ungewaschenen Haaren. »Durch die Kamera sieht alles schöner aus«, sagte er. Ich wusste, was er meinte. Die Eier waren so deutlich zu erkennen. So klar. Als könnte ich die Hand ausstrecken und sie berühren, wenn ich wollte.

»Hier«, sagte Billie und legte das Stativ mit einem dumpfen Geräusch zu Dads Füßen ab. Sie keuchte. Sie musste den ganzen Weg gerannt sein, nur damit er sich freute. Aber es funktionierte, denn er lächelte und richtete die Kamera auf sie.

»Perfektes Bild«, sagte er.

Billie lächelte, als Dad sie fotografierte.

»Weißt du, wie viel ich für diese Kamera ausgegeben habe? Tausende von Dollar. Durch sie sieht alles wahnsinnig toll aus. Und dieses Objektiv – siehst du die unglaubliche Tiefenschärfe?«, fragte er.

Wieder guckte ich durch den Sucher.

Da war Billie. Wunderschön. Golden. Reste von Erdbeer-Pop-Tarts an der Oberlippe. Das leuchtende Sonnenlicht hinter ihr.

»Das Geheimnis liegt in der Kamera«, sagte Dad, wandte seine ach so wertvolle Kamera ab und richtete sie wieder auf die Schwalben, die jetzt nicht mehr so interessant waren. »Die Kamera und der Fotograf gehen eine perfekte Verbindung ein«, sagte er.

Und ich hätte am liebsten gesagt: *Nein. Das Geheimnis liegt nicht in der Kamera. Es ist einfach Billie. Sie ist perfekt.*

Mom hatte das immer gesehen. Warum konnte er das nicht?

Überlebensstrategie #23:

FÜG DICH EIN

Der Duft nach Essen – nach echtem, leckerem gekochten Essen – weckte mich aus meiner unbequemen Position am Fußende von Billies Liegestuhl. Im ersten Moment hämmerte mein Herz. Aber da war sie, immer noch unter dem Handtuch zusammengerollt. Ich stand auf, reckte mich und pflückte einen Grashalm von meiner Wange. In dem kurzen Augenblick, als ich da stand, schien der Himmel heller zu werden, aber die Sonne war noch nicht aufgegangen.

Ich lief zum Kopfende und sah Billie ins Gesicht. Ihre Sorgenfalte schien tiefer geworden zu sein. Ich wollte mit dem Finger darüberfahren, zögerte jedoch. Vielleicht war sie glücklich in einem Traum, in dem Mom noch lebte und das, was wir jetzt erlebten, nur eine Geschichte war.

Schließlich rüttelte ich sie sanft am Arm. »Billie, wir müssen aufstehen.«

Sie stöhnte. »Noch nicht.«

Es war noch früh, halb sieben. Aber vor der Reihe von Fenstern, die alle zum Pool zeigten, kam ich mir vor wie auf dem Präsentierteller. Bei Tageslicht war das hier kein gutes Versteck für irgendein Tier, das etwas auf sich hielt.

»Billie, komm. Zeit fürs Frühstück.«

Da fuhr sie hoch, eine wirre Mähne weißes Haar. Mit jeder Kopfbewegung schwang es hin und her. Ich musste lächeln. »Komm«, sagte ich. »Ich kämme dir die Haare.«

Billie stand auf und taumelte auf mich zu. Das Handtuch hatte ein Muster auf ihrem Gesicht hinterlassen. Essen würde ihre Lebensgeister wieder wecken.

Ich zog die Plastiktüte mit unserem Geld, dem restlichen Essen und meinem Notizbuch näher heran. Mit dem Wissen, dass ich einen Plan hatte, fühlte ich mich gleich besser. Eher wie ein Raubtier als wie ein Beutetier.

Ich kämmte ihr die Haare mit den Fingern und machte sie mit ein wenig Wasser aus dem Pool nass. Mit dem Gummiband, das ich am Handgelenk trug, zauberte ich aus ihrem Wuschelkopf einen unordentlichen Haarknoten. »So«, sagte ich und versuchte vorsichtig ihre Stimmung auszuloten. »Jetzt bist du bereit für das königliche Mahl.«

Bitte, Billie, heute keine Tobsuchtsanfälle, bitte.

Sie streckte mir die Zunge raus, aber ihre Mundwinkel verzogen sich zu einem Lächeln.

Dann wendete ich mich meinem eigenen Äußeren zu und versuchte alle Spuren davon, dass ich in einem überchlorten Pool gebadet und in meinen Kleidern geschlafen hatte, auszulöschen. Ich band die Haare zu einem straffen Pferdeschwanz und fragte Billie: »Wie alt schätzt du mich?«

Billie, immer noch grummelig, aber noch nicht einem Tobsuchtsanfall nahe, sah mich an, als hätte ich sie nicht mehr alle. »Du bist zwölf«, sagte sie.

»Ich weiß.« Aber ich war groß für mein Alter, was zu den drei häufigsten Sachen gehörte, die die Leute sagten, wenn sie mich kennenlernten. Die anderen beiden waren, dass ich aussah wie Mom und dass ich mich für mein Alter sehr reif verhielt. Klar tat ich das. Mom arbeitete fast immer. Wie sollte ich mich anders verhalten als reif? Ich hoffte, dass ich vielleicht für vierzehn durchgehen konnte. »Aber wie alt sehe ich aus?«

Billie zuckte die Achseln. »Alt.«

»Na gut, komm«, sagte ich, nachdem ich unser Geld gezählt hatte. Ich dachte mir, wenn ich Julie nicht erreichte, könnten wir vielleicht mit dem Bus zurück nach San Diego fahren, falls hier Busse hielten. Wollten nicht alle den Grand Canyon sehen, vor allem Busreisende?

Billie steckte den kleinen Soldaten, den sie am Pool gefunden hatte, in die Tasche und folgte mir durch die Lücke im Zaun. Ich sagte lieber nichts dazu, dass sie so brav war. Sie war wie der launische Stachelleguan, den wir im Zion National Park gesehen hatten, und ich wollte sie nicht reizen.

Das Geräusch meiner Schuhe und das von Billies nacktem Fuß hallten durch die Morgenluft und das erinnerte mich daran, wie wichtig es war, dass wir uns einfügten. Wir waren

Hotelgäste wie alle anderen. Ich holte tief Luft. So tun, als ob, konnte ich. Das war jetzt meine Spezialität. In Gedanken ging ich noch mal meine Liste von gestern Nacht durch.

1. Frühstück gratis – wie Raupenbraue gesagt hat
2. Noch mal bei Julie anrufen
3.

Drittens musste ich mir noch überlegen. Drittens hing davon ab, wie zweitens lief. Und natürlich konnte ich zweitens nicht durchführen, wenn Billie wieder ausrastete. Und sie würde höchstwahrscheinlich nicht ausrasten, wenn ihr Bauch schön voll war. Aber als Erstes mussten wir eine Toilette suchen.

Nachdem wir auf dem Klo gewesen waren, konnten wir etwas essen. Der Duft von Zimt und Kaffee führte uns zum Frühstück. Es war in einem großen Raum neben der Rezeption aufgebaut. In der Mitte stand ein großer Tisch, voll beladen mit Donuts, Bagels, Teilchen, Joghurt, verschiedenen Sorten Cornflakes und Müsli, Obst, Säften und dampfenden Töpfen. Mein Magen knurrte. Ich setzte Billie an einen Tisch, wo ich sie im Auge behalten, sie aber auch ein wenig verstecken konnte, damit niemand ihre Füße sah. Erstaunlicherweise waren schon ein paar Familien da, sie trugen Shorts und T-Shirts und Wandersandalen. Wahrscheinlich wollten sie direkt los zum Grand Canyon.

Billie schaute hungrig zu den Köstlichkeiten.

»Warte hier«, sagte ich. »Ich hol dir was zu essen.«

Billie schüttelte den Kopf.

»Bleib hier«, sagte ich. »Du hast nur einen Schuh.«

»Na gut«, murmelte sie.

Ich füllte Donuts und Teilchen auf einen Teller und Obst und Joghurt auf einen anderen und stellte beide Teller vor Billie hin. Dann füllte ich zwei Schälchen mit dampfendem Zimt-Haferbrei, darin reichlich Rosinen und Äpfel. Er roch so lecker. Ich musste mich wahnsinnig beherrschen, um das Schälchen nicht einfach abzustellen und es aufzuschlabbern wie ein Hund. Der Inhalt der Schälchen schwappte hin und her, als ich mit beiden zurück zum Tisch gehen wollte. Eine große Frau mit Schürze kam an mir vorbei.

»Hungrig?«, fragte sie mit einem Blick auf meine vollgeladenen Schälchen.

Ich nickte.

Sie legte Blaubeermuffins auf das Tablett nach und wischte sich die Hände an der Schürze ab. »Warte, ich helfe dir«, sagte sie und wollte mir ein Schälchen abnehmen.

»Das geht schon«, sagte ich und zog die Schälchen weg.

»Sei nicht albern. Das ist mein Job.« Sie nahm mir die Schälchen ab und lächelte mich breit an. »Und, wo ist dein Platz?«

Ich zeigte auf Billie. »Da, bei meiner kleinen Schwester.«

Gehorsam folgte ich der Schürzenfrau.

Sie stellte unsere Schälchen auf den Tisch. »Hallo und guten Morgen«, sagte sie zu Billie. »Schmeckt dir dein Frühstück?«

Billie nickte, den Mund vollgestopft mit Teilchen.

»Das freut mich. Wir wollen es unseren Gästen so angenehm wie möglich machen.« Sie lächelte wieder und schaute sich um, vermutlich nach unseren Eltern.

Ich lächelte und winkte einem älteren Mann zu, der drei Muffins auf einem Teller balancierte. Ich hoffte, dass sie ihn für unseren Vater hielt. »Vielen Dank«, sagte ich zu der Frau.

Die Schürzenfrau schaute kurz zu dem Mann, dann zu uns, ich konnte förmlich sehen, wie es in ihrem Kopf ratterte. Dann lächelte sie mich an, als wäre sie zu einem guten Ergebnis gekommen. »Sagt Bescheid, wenn ich euch noch etwas bringen kann.«

»Okay«, sagte ich und sah ihr nach, wie sie zurück zum Buffet ging und noch mehr Muffins nachlegte. Es machte mich nervös, unter so vielen Leuten zu sein.

»Lecker«, sagte Billie zwischen zwei Bissen.

Ich schob ihr ein Schälchen mit Haferbrei hin. »Hier, iss das auch. Das ist gesund.«

Billie stopfte sich ein Stück Banane in den Mund. Sie war so selig im Land des unbegrenzten Frühstücks, dass sie mich kaum wahrnahm. Sie summte sogar.

Ich langte in unsere Plastiktüte, sammelte die Münzen ein, die unten drinlagen, und steckte sie in die Hosentasche. »Billie«, sagte ich, schob mir noch einen Löffel Haferbrei in den Mund und schluckte. »Billie.«

»Was ist?«

»Ich muss mal aufs Klo. Ich bin gleich wieder da.«

Sie nickte und wunderte sich nicht mal darüber, dass ich schon wieder aufs Klo musste, nachdem wir gerade erst gewesen waren. Das war genau der richtige Moment, um Julie anzurufen, ohne dass Billie eine Szene machen konnte. Ich nahm mein Notizbuch. Nach Billies Tobsuchtsanfall gestern Abend hatte ich versucht Julies Nummer auswendig zu lernen, aber ich brauchte es trotzdem für den Fall, dass mein Gedächtnis mich im Stich ließ.

Das Telefon war gleich um die Ecke, und während ich wählte, lauschte ich auf ungewöhnliche Geräusche aus dem Frühstücksraum. Billie würde sich ganz bestimmt bemerkbar machen, wenn jemand sie ärgerte. Wieder wählte ich Julies Handynummer und mir drehte sich der Magen um – der Haferbrei, den ich gerade gegessen hatte, drohte wieder hochzukommen.

Bitte sei da.

Es tutete und dann gab es eine Verbindung, doch es passierte dasselbe wie gestern Abend. Julies fröhliche Stimme auf der Mailbox, die mir sagte, ich solle eine Nachricht hinterlassen und sie würde mich zurückrufen. Im ersten Moment hätte ich am liebsten geheult, genau wie Billie, aber dann piepste es und ich wusste, dass ich diesmal genauere Informationen hinterlassen musste als gestern. Ich schlug mein Notizbuch an der Stelle auf, wo ich eine Landkarte eingelegt hatte, die es gratis an der Rezeption gab. Manchmal ist es die beste Strategie, vorbereitet zu sein, also sagte ich ihr genau, wo wir waren, ich gab sogar die Telefonnummer des Hotels durch, bevor die Mailbox mir das Wort abschnitt.

Dann rief ich bei ihr auf dem Festnetz an und hinterließ noch eine Nachricht. Jetzt hatte ich alles getan. Es war unmöglich, dass sie meine Nachrichten nicht bekam.

Ich legte den Hörer auf. Es war gut. Alles war gut. Julie hatte ihr Handy immer eingeschaltet außer bei der Arbeit; wahrscheinlich war sie noch auf der Nachtschicht oder so. Ich konnte beruhigt sein, jetzt, da jemand wusste, wo wir waren. Jemand, der kommen und uns abholen würde. Jetzt müsste es mir eigentlich viel besser gehen. Warum war das nicht so? Nach zwei Monaten mit meinem Vater in der Wüste hatte ich gelernt ein beunruhigendes Gefühl wahrzunehmen – als hätte jemand mit kaltem Finger eine krumme Linie auf meinen Rücken gezeichnet. Mein Instinkt wollte mir etwas sagen.

Ich starrte auf die Tür zum Frühstücksraum, ich hatte Angst, dass irgendwas mit Billie war. Schnell drehte ich mich um und stieß direkt gegen jemanden, der in einem Rollstuhl hinter mir saß. Jemand, den ich unmöglich vergessen konnte. Es war Orson, braun und schrumplig wie ein riesiges gegrilltes Marshmallow, er saß da und starrte mich nur an.

Und direkt hinter ihm stand die Lavendeldame.

»Entschuldigung«, stammelte ich und wollte schnell von ihnen weg.

Die Lavendeldame beachtete mich gar nicht, sie marschierte

geradewegs zur Rezeption. Doch Orsons trüber Blick traf meinen, wie der Blick einer Eule, nur dass er, anstatt im Dunkeln zu sehen, geradewegs in mein Innerstes sehen konnte. Als wüsste er alles – von unserer Fahrt als blinde Passagiere mit ihm im Auto, das mit dem Pipi und dem gestohlenen Geld. Irgendwie wusste er das alles.

Ich wich einen Schritt zurück, um mich mit einer Topfpflanze zu tarnen.

Die Lavendeldame schob seinen Rollstuhl an mir vorbei und stellte ihn neben der Rezeption ab, doch Orson drehte den Kopf herum, starrte mich an, ließ nicht locker. Langsam ging ich zur Tür.

Die Lavendeldame schlug mit der Hand auf den Empfangstresen. »Ich verlange den Geschäftsführer zu sprechen«, herrschte sie das junge Mädchen an, das hinter dem Tresen saß und ein Buch las.

Das Mädchen zuckte zusammen. »Der Geschäftsführer ist im Moment nicht da.« Sie klappte das Buch zu, hielt jedoch den Finger zwischen den Seiten. »Gibt es irgendwas, womit ich Ihnen vielleicht helfen kann?«

»Und ob es das gibt! Ich bin bestohlen worden. Das war bestimmt einer Ihrer Angestellten.«

Die Topfpflanze hinter mir kippte um. Die Lavendeldame merkte es kaum. Aber Orson starrte mich immer noch an.

Das Mädchen hinter dem Tresen legte das Buch weg und sah sich panisch um. »Warten Sie einen Moment«, sagte sie und verschwand durch eine kleine Tür hinter dem Tresen. Ich stellte den Blumentopf wieder hin, wischte die Erde auf und warf sie hinein. Die ganze Zeit brannten meine Wangen. Wie konnte ich dastehen und zulassen, dass sie jemand anderen beschuldigte, wo ich doch wusste, dass sich ihr Geld zum größten Teil, also der Teil, den ich noch nicht ausgegeben hatte, in einer Plastiktüte unter Billies schmutzigen Füßen befand?

»Jetzt holt sie den Geschäftsführer«, sagte die Lavendeldame zu Orson.

Orson wandte sich zu ihr und murmelte etwas.

»Den Geschäftsführer«, wiederholte sie.

Orson sah erregt aus. Er starrte mich an und sein Mund formte Wörter, die nur er verstehen konnte.

Die Lavendeldame presste die Lippen zu einer grimmigen Linie zusammen und klemmte die Handtasche fest unter den Arm. Das Mädchen hinter dem Tresen tat mir leid, aber ich wollte auf keinen Fall, dass sich der Wutstrahl der Lavendeldame auf mich richtete.

Orson hob den Arm in meine Richtung und murmelte lauter.

Die Lavendeldame tätschelte ihm die Schulter. »Ich weiß, dass das ärgerlich ist, aber wir müssen jetzt einfach warten, bis sich alles geklärt hat. *Orson. Einfach warten.*«

Überlebensstrategie #24:

LAUF WEG

Ich rannte in den Frühstücksraum, stieß dabei fast zwei Kinder am Saftspender um und setzte mich auf den Stuhl neben Billie. Mein Herz klopfte so wild, als könnte es direkt auf ihren fast leeren Teller springen. Billie sah zu mir und dann auf ihren Teller, empört, als wäre es meine Schuld, dass er fast leer war.

»Wieso hast du so lange gebraucht?«, fragte sie.

»Nur so.«

»Hol mir noch einen Blaubeermuffin«, sagte sie, als wäre sie die Königin.

Ich starrte zur Tür und wartete darauf, dass die Lavendeldame hereinstürmte und mich schüttelte, bis ich ihr jeden Cent zurückgegeben hätte.

»Noch einen Muffin«, verlangte Billie.

Ich sah sie kurz an. »Du hattest genug. Jetzt gibts keine Muffins mehr. Komm«, sagte ich und zog sie am Arm. »Wir müssen los.«

»Was? Warum? Ich bin noch nicht fertig.«

»Doch. Das ist dein dritter Teller. Beeil dich«, zischte ich und zog sie vom Stuhl hoch.

»Nein!«, sagte Billie. »Ich bin noch nicht fertig. Wieso bist du jetzt der Bestimmer?«

Ein paar Leute sahen zu uns herüber.

Ich setzte mich wieder hin. »Billie, lass das. Du weißt, warum ich das Sagen habe. Ich bin die Ältere.«

Billie spielte mit einer Kiwi auf ihrem Teller, die Augenbrauen tief über den Augen. »Das ist ungerecht«, sagte sie. »Immer kommandierst du mich rum.«

Ich hätte mich hinsetzen und ihr zuhören sollen. Ich hätte geduldig sein sollen. Ich hätte ihr einfach ihren Willen lassen sollen. Aber da kam ein Mann an unseren Tisch. Erst erkannte ich ihn nicht, doch als ich ihn mir im Bademantel und mit strubbeligen Haaren vorstellte, wusste ich, wer er war: der Kerl im Flur, den wir gestern Abend geweckt hatten, als Billie geschrien hatte wie ein Brüllaffe.

»Wart ihr das nicht letzte Nacht im Flur?«, fragte er und kniff die Augen zusammen, um uns besser betrachten zu können.

Ich tat so, als wäre er gar nicht da.

Billie wurde blass.

»Ja«, sagte er, als hätte er sich entschieden. »Das wart ihr.« Mit schmalen Augen sah er sich im Frühstücksraum um. »Ich würde gern mal mit euren Eltern sprechen.«

Ich starrte die weiße Nelke an, die zwischen Salz und Pfeffer auf dem Tisch stand, und wünschte mir ganz fest, dass er verschwand.

»Wo sind eure Eltern?«, fragte er und schaute sich suchend um.

Ich sprang auf. »Das geht nicht.«

»Ach nein?« Seine Lippen verzogen sich zu einem unbeholfenen Lächeln, als wären sie es nicht gewohnt, fröhlich zu sein. »Und wieso nicht?«

»Weil sie zur Toilette gegangen sind«, sagte ich und hoffte, dass es glaubwürdig klang.

Er verschränkte die Arme vor der Brust. »Dann warte ich eben.« Er grinste und stellte sich direkt vor unseren Tisch, so nah, dass ich den Kaffee und die Zigaretten in seinem Atem riechen konnte.

Auf einmal war Schürzenfrau da, die Hände vor der großen, schürzenbedeckten Brust verschränkt, und stellte sich neben den Mann. »Kann ich Ihnen helfen?«, fragte sie. Sie war so breit, wie er groß war, und wirkte ziemlich einschüchternd.

»Ich glaube nicht«, sagte er und versuchte freundlich zu gucken, aber so, wie er den Löffel mit der rechten Hand umklammerte, konnte ihm das kein Mensch abnehmen.

»Das lassen Sie mal lieber mich entscheiden. Was machen Sie da mit den Mädchen?«

Er fuhr sich mit den Händen durchs Haar, und anstatt zu lächeln, grinste er jetzt höhnisch. »Ich warte auf die Eltern dieser Mädchen. Die beiden haben mich mitten in der Nacht mit lautem Geschrei und Theater im Flur aus dem Schlaf gerissen. Ich wollte ein paar Takte mit den Leuten reden, die ihre Kinder wie wilde Tiere rumlaufen lassen. Mitten. In. Der. Nacht!« Zur Betonung stieß er mit dem Löffel in die Luft.

Die Schürzenfrau drehte sich um und beugte sich zu Billie und mir herunter. »Stimmt das?«, fragte sie, als hätte er uns beschuldigt, mit einem Raumschiff auf dem Parkplatz gelandet zu sein.

Ich schüttelte den Kopf.

Billie nickte.

Mit Puddingbeinen stand ich auf und zeigte auf Billie. »Wir wollten …« Mein Arm zitterte, als ich auf den Mann zeigte. »Er hat …«

Billie stand jetzt dicht hinter mir, das Gesicht in mein T-Shirt vergraben.

Die Schürzenfrau sah mich mit Sorge und einem kleinen Tüpfelchen Neugier im Blick an. Ich könnte ihr erzählen, was Billie und mir passiert war. Dass Dad uns verlassen hatte. Dass wir ganz allein waren. Vielleicht konnte ich es ihr sagen.

»Ich …« Ich zögerte, mein Körper bebte vor Adrenalin.

»Wenn Sie gegen so ein unverschämtes Betragen in Ihrem Hotel nichts unternehmen wollen, dann werde ich es tun«, unterbrach mich der Mann und packte mich am Arm. »Ich gehe nicht eher, als bis ich mit den Eltern von diesem Mädchen gesprochen habe.«

Und genau in diesem Moment traf ich eine Entscheidung,

wie viele gejagte Tiere es tun, sie handeln rein instinktiv. Erst trat ich dem Mann so fest ich konnte gegen das Knie. Dann fasste ich Billie bei der Hand.

»Au, au. Au!«, schrie er, knickte ein und fiel hin. Und den Bruchteil einer Sekunde sah ich aus dem Augenwinkel den geschockten Gesichtsausdruck der Schürzenfrau. Wir rannten aus dem Frühstücksraum und zur Rezeption, wo die Lavendeldame immer noch saß und sich bei einer brandneuen Person beschwerte, die ein offiziell aussehendes Klemmbrett hatte. Alle drehten sich um und starrten uns an.

»Lauf!«, rief ich Billie über die Schulter hinweg zu.

Stolpernd ließ sie sich von mir mitziehen, mein Griff wie der einer Boa constrictor. Wir liefen durch die Eingangstür und rannten zur Straße, die uns mit einem glühend heißen Hallo begrüßte. Unsere Antwort war das Klatschen von Billies nacktem Fuß auf dem Asphalt.

Überlebensstrategie #25:

VERSTECK DICH

»Stopp«, sagte Billie, nachdem wir ungefähr fünf Minuten gesprintet waren. Sie keuchte so heftig, dass ich sie kaum verstehen konnte. *»Bitte, bitte«*, sagte sie, fiel auf die Knie und atmete in großen Zügen Luft ein.

Ich lief langsamer. Es war kein Verfolger zu hören – kein Rufen, Rennen und keine trampelnden Schritte. Also blieb ich auch stehen und warf mich neben sie auf eine kleine Grünfläche vor einer Texaco-Tankstelle.

Billie lag mit dem Gesicht im Gras und murmelte etwas.

»Was ist?«, fragte ich und rückte näher zu ihr heran. Ich hatte immer noch Angst, es könnte jemand hinter uns her sein, und sah zum Hotel, doch mehrere große Büsche versperrten mir die Sicht. Ich konnte jedenfalls niemanden hören. Aber ich kriegte das gruselige Grinsen von dem Mann nicht aus dem Kopf. Warum wollte er uns unbedingt Ärger machen? Ich spürte immer noch den Druck seiner Finger am Arm.

Billie murmelte wieder.

»Was ist?«, fragte ich und drehte sie um, damit ich sie verstehen konnte.

Sie war so rot wie ein Himbeerbonbon. Sie holte ein bisschen Gras aus ihrem Mund. »Wann kommt Julie?«

Sie sah so erbarmungswürdig aus, ich konnte ihr unmöglich sagen, dass ich keine Ahnung hatte. »Bald.«

»Wann?«, fragte sie.

»Ziemlich bald.«

Dann hörte ich Schritte auf dem Gehweg, von dem wir gekommen waren. »Los«, sagte ich und zog Billie hoch.

»Was ist denn?«

»Da kommt jemand.«

Jetzt sah ich Beine und Schuhe. Eine hellbraune Hose und glänzende schwarze Schuhe. War das der Kerl aus dem Hotel? Ich wusste nicht mehr, was er anhatte – ich erinnerte mich nur an den Löffel in seiner Hand.

»Komm«, flüsterte ich. Billie und ich liefen zur Tankstelle und versteckten uns hinter einem parkenden Auto. Billies Gesicht war verkniffen, genau wie damals, als der Arzt uns das mit Mom gesagt hatte. Ich war diesen Gesichtsausdruck so leid, ich konnte ihn kaum ertragen.

»Bestimmt ist das nur irgendein Typ«, sagte ich, zwang mich zu lächeln und versuchte fröhlich zu klingen. »Ich geh nur auf Nummer sicher, okay?«

Billie nickte und spähte an meinem Rücken vorbei zum Gehweg.

Da tauchte er auf. Mit den Händen auf den Hüften starrte er wütend auf die Straße, dann auf den Gehweg und schließlich zur Tankstelle. Sein Blick zoomte auf das Auto, hinter dem wir uns versteckten. Er war es. Der verrückte Löffelmann aus dem Hotel.

Ich zog Billie wieder an die Wand. »Ich fass es nicht«, sagte ich.

»Was?«, fragte Billie.

Ich führte sie hinter das Tankstellengebäude. »Es ist der Mann aus dem Hotel.«

»Was?« Jetzt versteinerte ihr Gesicht noch mehr. Wieso hatte ich das bloß erzählt?

Wir schlichen an der Wand entlang, bis wir an der Rückseite der Tankstelle waren, hoffentlich vom Schatten getarnt.

»Pass auf«, sagte ich und zeigte auf eine schwarze Pfütze direkt zu unseren Füßen.

Billie nickte.

Als wir aus dem Blickfeld vom Löffelmann waren, schlug mein Herz allmählich wieder normal. Hierher würde er uns nicht nachlaufen. Oder?

Tiere auf der Flucht müssen alles in ihrer Umgebung nutzen, um sich zu retten. Neben dem Parkplatz der Tankstelle waren einige Wohnblocks. Es juckte mir in den Fingern, mein Notizbuch aus der hinteren Hosentasche zu holen, damit ich unseren nächsten Schritt planen könnte, aber dafür hatten wir keine Zeit. Hier gab es:

1. einen Typ an einer Maschine mit der Aufschrift Luft, der sich an seinen Reifen zu schaffen machte
2. einen Jungen in meinem Alter, der mit seinem Rad Kreise fuhr
3. einen schwarzen Sattelschlepper samt Anhänger, der mit offener Motorhaube an der Seite geparkt war

Auf der Tür des Sattelschleppers stand Spedition Fire Brothers – Barstow, CA, mit schönen leuchtenden Flammen um die Wörter, als könnte der Wagen jeden Moment Feuer fangen. Die Tür vom Fahrerhaus stand offen und ich konnte niemanden im Wagen sehen.

Billie winkte dem Jungen auf dem Fahrrad zu.

»Lass das«, sagte ich und zog ihren Arm runter.

Sie guckte auf ihre Füße und flüsterte: »Er hat zuerst gewinkt.«

Der Junge lächelte uns zu und trat kräftiger in die Pedale, als er den Mann umkreiste, der seine Reifen aufpumpte.

»Wir winken keinen fremden Leuten zu.«

»Hast du beim Frühstück aber auch gemacht.«

»Hab ich nicht.« Da fiel mir ein, dass ich dem Mann mit den Muffins zugewinkt hatte. »Das war was anderes, der Mann hat mich gar nicht gesehen und ich musste winken, weil ich so tun wollte, als wär er unser …« Ich verstummte.

Billie wirkte manchmal so viel jünger, als sie war.

»Du hast recht«, sagte ich. »Ich hab gewinkt. Aber das war

ein Fehler. Also sagen wir, dass wir ab jetzt fremden Leuten nicht mehr zuwinken und nicht mit ihnen reden, okay?« Damit schien sie zufrieden zu sein.

Der Junge fuhr mit seinem Fahrrad jetzt näher an uns vorbei. Die rostige Kette quietschte gewaltig.

»Hey«, sagte er und blieb einen halben Meter vor uns stehen. Er hatte einen Schmutzstreifen über der rechten Augenbraue.

Ich guckte stur geradeaus und tat so, als ob er nicht da wäre.

»Hi«, sagte Billie.

»Billie«, zischte ich. »Was hab ich gerade gesagt?«

Sie zuckte die Achseln und wurde rot.

»Was ist los?«, fragte der Junge. Er hatte dicke rote Haare, die in alle Himmelsrichtungen abstanden. Sein Gesicht war mit Sommersprossen übersät. Er wackelte mit den Knien, als müsste er dringend aufs Klo. Und es wurde schwieriger, so zu tun, als wäre er nicht da.

»Kannst du nicht sprechen?«, fragte er mich und wischte sich den Schweiß aus den Augen, direkt in den Schmutzstreifen hinein. »Na, ich weiß, dass du sprechen kannst, ich hab nämlich gehört, wie du mit ihr geredet hast.« Er zeigte mit einem fleischigen Finger, der mit einem Pflaster umwickelt war, auf Billie.

»Weißt du nicht, dass es sich nicht gehört, mit dem Finger auf Leute zu zeigen?«, fragte ich.

Er ließ den Arm sinken. Er wischte sich die Hand an seinem Star-Wars-T-Shirt ab und zuckte die Schultern auf eine Art, die mich an einen Fünfjährigen erinnerte, obwohl er ungefähr so alt aussah wie ich.

Hau ab.

Aber er ging immer noch nicht. Er schaute zu dem Sattelschlepper hinüber, an dem nun ein Mann arbeitete, und versuchte gelangweilt auszusehen.

Der Sattelschleppertyp hatte wahnsinnig viele Tattoos, so etwas hatte ich noch nie gesehen. Auf seinem Arm war ein Bild von einer Zunge mit einem Piercing mittendurch. Es schauderte mich schon beim Hinsehen. Er ging vorn um seinen Laster herum, dann verschwand er halb unter der Motorhaube.

»Was macht ihr?«, fragte der Junge und wandte sich wieder zu uns. Die Sommersprossen in seinem Gesicht wurden tiefrot.

Billie lächelte nur.

»Nichts«, sagte ich.

Er zuckte die Schultern auf seine nervige Art und starrte uns an. Dabei kaute er ein riesiges Kaugummi.

»Und außerdem geht es dich gar nichts an, was wir machen«, sagte ich.

»Okay. Was ist mit ihrem Schuh passiert?«, fragte er, während er mit einem Fuß am Pedal herumspielte.

»Der ist durchgebrochen«, sagte Billie.

»Dann brauchst du einen neuen.«

»Ja, das wissen wir selber. Vielen Dank auch«, sagte ich und kehrte ihm den Rücken zu in der Hoffnung, er würde den Wink verstehen.

Aber er blieb.

Ich zog Billie näher zu mir heran.

Dann sagte er: »Und, habt ihr Lust, was zu machen?«

»Ja«, sagte Billie.

Ich fuhr hoch, jetzt war ich richtig sauer. Ich wünschte, ich hätte Bartagamenstacheln, die ich schwenken könnte, damit er endlich abhaute. »Natürlich nicht«, sagte ich. »Verzieh dich.«

Völlig unbeeindruckt zuckte er die Achseln. Er schaute zu den Wohnblocks, dann machte er eine große Kaugummiblase. Als sie platzte, sagte er: »Warum sitzt ihr denn bloß hier rum? Was macht ihr?«

Langsam entstand eine Idee in meinem Kopf.

»Wir verstecken uns«, sagte ich. Manchmal helfen sogar Tiere einander. Wie der Delfin, der einmal einen Wal und sein Junges aus zu flachem Wasser geführt hatte. Manchmal helfen sie sich gegenseitig.

»Vor wem?«, fragte er und beugte sich näher heran, ganz begeistert, in das Geheimnis eingeweiht zu werden.

»Vor einem merkwürdigen Typ«, sagte ich. »Er ist an der Tankstelle. Der ist total gruselig.«

Der Junge nickte, als wären gruselige Tankstellentypen das Normalste auf der Welt. Er holte eine Packung Kaugummis aus der Tasche. »Möchtet ihr eins?«

»Nein«, sagte ich.

Billie nickte. Sie schob sich das lilafarbene Kaugummi in den Mund und ihre Kiefer mussten sich ziemlich mühen, um es zu zerkauen. Schließlich hatte sie es geschafft und machte eine riesige Blase.

»Willst du echt keins?«, fragte er und hielt mir eins hin.

Ich schüttelte den Kopf.

»Soll ich jetzt mal nachgucken, ob er noch da ist?«, fragte er, nachdem er die Kaugummipackung wieder in die Tasche gesteckt hatte.

»Ja.« Ich nickte leicht. »Genau das sollst du tun. Kannst du nachgucken?«

Jetzt richtete er sich zu seiner vollen Größe auf. »Wozu trägt Luke Skywalker ein Lichtschwert? Klar kann ich nachgucken. Wie sieht er aus?«

»Hm ... Er ist ziemlich dünn.«

»Und hat nicht viele Haare«, mischte Billie sich ein. »In der Mitte vom Kopf hat er keine Haare.«

Ich starrte sie an.

»Was?«, sagte sie und nahm die Hand vom Kopf. »Hat er echt nicht.«

Der Junge sah ernst aus. »Okay, ihr zwei wartet hier. Ich geh nachsehen.« Er verschwand um die Ecke.

»Ich dachte, wir reden nicht mit fremden Leuten«, sagte Billie, während sie ihm nachsah.

»Tun wir auch nicht. Außer wenn sie in Ordnung sind.«

Sie hatte ein dümmliches Lächeln im Gesicht. »Ich wusste sofort, dass er in Ordnung ist.«

Überlebensstrategie #26:

NUTZ JEDEN AUS

Billie und ich warteten immer noch darauf, dass Star Wars Kid zurückkam. Wir saßen vor der Tankstelle und sahen zu, wie Tattooman sich abmühte unter seinen Laster zu kriechen.

»Was ist orange und spaziert durch die Berge?«, fragte ich.

»Was?«, fragte Billie.

»Eine Wanderine.«

Billie nickte zerstreut. Normalerweise musste sie bei dem Witz grinsen.

»Wieso ist der Mann hinter uns her?«, fragte sie.

»Ist er nicht«, sagte ich, um die Sorge aus ihrem Blick zu verscheuchen. »Der hat nur Hunger auf Pommes von der Tankstelle oder so.« Ich war eine großartige Lügnerin, aber der Klumpen in meinem Bauch verriet mir, dass ich mir selber nichts vormachen konnte.

Billie lächelte. »Ich auch.«

»Du kannst unmöglich Hunger haben, nach all den Muffins, die du gefuttert hast.«

Ich behielt die Ecke im Blick und wartete darauf, dass der Junge zurückkam. Aber vielleicht kam stattdessen der Löffelmann. Meine Haut kribbelte überall.

Tattooman stand auf und zog ein Taschentuch aus der Gesäßtasche. Als er sich die Stirn damit abwischte, bewegten sich seine Armmuskeln, die ein Stacheldraht-Tattoo zierte. Er hatte so viele Tattoos, dass man kaum ein freies Stück Haut sehen konnte; er sah kein bisschen nett aus. Als könnte er Gedanken lesen, drehte er sich um und starrte uns an, dann machte er wieder scheppernde Geräusche unter seiner Motorhaube.

Ich stand auf.

»Wo willst du hin?«, fragte Billie und nahm meine Hand.

»Nirgendwohin«, sagte ich und umfasste ihre Finger. Das Innere des Fahrerhauses sah ziemlich geräumig aus. Als könnte Antonios ganze Familie hinten reinpassen.

Tattooman hustete.

Schließlich kam Star Wars Kid mit seinem Rad zurück, seine Brust aufgebläht, als wäre er der Jedi-Ritter auf seinem T-Shirt.

»Ja, er ist da. Steht bei den Zeitschriften. Weißes T-Shirt, stimmts?«

Ich sah das gruselige Gesicht des Löffelmanns vor mir, aber an die Farbe seines T-Shirts konnte ich mich nicht erinnern. Ich nickte. »Ich glaub schon.«

Der Junge steckte die Hände in die Hosentaschen und balancierte das Fahrrad zwischen den Beinen. »Tja. Was machen wir jetzt?«

»Wir?«

»Klar. Jetzt muss ich euch helfen.« Er schien stolz auf sich zu sein.

Tattooman drehte den Zündschlüssel herum. Knatternd sprang der Motor an und verstummte sofort wieder. Tattooman fluchte und trat gegen die Tür. Ich fragte mich, wie lange er wohl schon versuchte den Sattelschlepper zu reparieren.

»Ich wohne gleich da drüben.« Der Junge zeigte zu den Wohnblocks. »Wollt ihr mitkommen? Ich meine, bis der Kerl verschwunden ist?«

Ich schüttelte den Kopf. Billie nickte.

Aber ich konnte nicht. Ich konnte mich nicht konzentrieren. Billie und ich, wir saßen in der Falle. Am liebsten hätte ich mit irgendwas geworfen. Oder auf irgendwas draufgehauen. Oder mich vielleicht einfach hingesetzt und einen Tobsuchtsanfall bekommen wie Billie, weil ich so wütend war.

Ich wandte mich zu Star Wars Kid. »Guck noch mal nach.«

»Hab ich doch eben erst.«

»Ich weiß. Guck trotzdem noch mal. Ich muss wissen, ob der komische Typ jetzt weg ist.«

»Aber ich war grad da drin …«

»Na schön, wenn du uns nicht helfen willst, verschwinde.«

Das traf ihn. Er kniff die Augen zu. »Ich helfe euch doch.«

»Bitte«, sagte Billie und sah mich flehend an.

Ich hasste es, jemanden um Hilfe zu bitten. »Na gut«, sagte ich. »Bitte, ja?«

»Okay, okay.« Er wendete sein Fahrrad. »Hat dir schon mal jemand gesagt, dass du andere Leute ganz schön rumkommandierst?«, fragte er.

Billie nickte.

Und wennschon. Wenn ich uns durch Rumkommandieren retten und Billie und mich zusammenhalten konnte, sollte es mir recht sein.

Er bog um die Ecke und war verschwunden. Jetzt waren Billie und ich allein. Der Reifentyp war weg. Tattooman weg. Star Wars Kid weg.

Billie machte noch eine Kaugummiblase, dann stach sie hinein, sodass ihr Finger von Kaugummi umgeben war.

Die Blätter über uns hingen schlapp und müde an den Bäumen, die Hitze saugte allen Lebewesen die Energie heraus.

»Hey.«

Ich drehte mich um.

Star Wars Kid kam mit dem Rad wieder auf uns zu. Er sah alarmiert aus. »Er kommt.«

»Wer?« Er konnte unmöglich den Löffelmann meinen.

»Na wer wohl? Der Typ, nach dem ich Ausschau halten sollte. Er ist grad im Anmarsch und läuft um das Gebäude herum hierher. Los, mir nach.« Er steuerte die Wohnblocks an.

Billie fasste meine Hand.

Ich hatte keine Sekunde Zeit, mir etwas Besseres zu überlegen, also folgten wir Star Wars Kid.

Vor einem hohen Gebüsch blieb er stehen, schob sein Rad

mitten hinein und versteckte sich dann dahinter. »Kommt«, sagte er, schob Zweige beiseite und winkte uns. »Hier drin sind wir in Sicherheit.«

Weil mir nichts anderes einfiel, schob ich Billie zuerst rein und ging dann gleich hinterher. Die Zweige peitschten mir ins Gesicht und zerkratzten mir die Wange, als hätte der Busch Krallen, mit denen er sich gegen Kinder wehrte, die in ihn eindringen wollten. Von hier aus hatten wir die Rückseite der Tankstelle perfekt im Blick. Und genau in dem Moment tauchte der Löffelmann auf.

»Aua«, sagte Billie und hob den Fuß hoch. »Ich bin auf irgendwas getreten.«

»Schsch«, machte Star Wars Kid. Seine Augen wurden schmal und dann grinste er und wischte sich mit den schmutzigen Fingern den Schweiß aus den Augen. Wahrscheinlich hatte er seit Wochen nicht so viel Spaß gehabt. »Leise.«

Wir kauerten uns hin wie Star Wars Kid und warteten. Für ihn war es ein Spiel, aber für uns war es hundertprozentig real.

Überlebensstrategie #27:

VERTRAU NIE LUKE SKYWALKER

»Seht ihr, wie ichs euch gesagt habe«, sagte Star Wars Kid. Er hielt einige Zweige zur Seite, damit ich den Löffelmann besser sehen konnte. Mit den Händen auf den Hüften schaute er sich auf dem Parkplatz um.

»Kommt«, sagte Star Wars Kid und wühlte sich tiefer ins Gebüsch, in einen kleinen Tunnel aus Zweigen, wie ein Biber, der sich einen Gang gräbt. »Macht euch keine Sorgen wegen meinem Rad«, sagte er. »Das findet hier keiner. Ich komme es später holen.«

Diesen Gang hatte eindeutig jemand gebaut und ich hatte den starken Verdacht, dass dieser Jemand Star Wars Kid war. Auf Händen und Knien krochen wir durchs Gebüsch, bis wir um die Ecke des Wohnblocks waren. Star Wars Kid blieb stehen und spähte durch die Büsche nach draußen. »Okay, die Luft ist rein.«

Er vollführte eine merkwürdige Judorolle und kam auf dem Gehweg heraus.

Billie starrte ihm nach, sie schien zu überlegen, ob sie das Gleiche machen musste.

Ich schob mich an ihr vorbei. »Na los, du musst keinen Purzelbaum schlagen.« Ich krabbelte hindurch, stand auf und wischte mir den Dreck von Händen und Knien.

Billies Gesicht lugte aus dem Gebüsch hervor. »Aber wenn ich will?«

»Billie.« Wir hatten jetzt keine Zeit für Judorollen.

»Guck«, sagte Star Wars Kid. »Du ziehst den Kopf einfach zur Brust und dann lässt du dich rollen.« Er machte noch so eine alberne Rolle, um zu zeigen, dass er es konnte.

»Billie, wir müssen weiter!«

Aber sie hörte nicht auf mich. Es raschelte im Gebüsch, ein paar Zweige knackten und sie plumpste auf den Gehweg, wo sie auf dem Rücken landete.

Ich hob sie hoch und pflückte ihr einen Zweig aus den Haaren. »Hat das nicht wehgetan?«

Sie schüttelte den Kopf, ihre Augen funkelten. »Ich habs geschafft!«

Star Wars Kid klatschte sie ab.

»Ja, gut gemacht.« Ich sah mich um und überlegte, was wir als Nächstes tun sollen.

»Kommt«, sagte Star Wars Kid. »Ihr könnt mit zu mir kommen. Meine Mutter ist auf der Arbeit.«

»Okay«, sagte Billie und ging ihm hinterher.

»Nein, wartet mal. Ich muss kurz überlegen.« So hatte ich das alles nicht geplant. Wir hatten keine Zeit für komische Jungs und Wohnblocks.

Billie sah mich an, und zum ersten Mal seit Dad uns verlassen hatte, schien sie Spaß zu haben. »Na komm«, sagte sie.

»Mögt ihr Oreo-Kekse? Ich hab zwei Packungen unter dem Bett und mein Bruder hat keine Ahnung.« Star Wars Kid grinste.

»Okay«, sagte Billie.

»Dürfen wir mal euer Telefon benutzen?«, fragte ich.

Er zuckte die Achseln. »Klar. Müsst ihr eurer Mutter Bescheid sagen, dass sie euch abholen soll?«

»So ähnlich.«

Wir wollten gerade um eine weitere Ecke biegen, als hinter uns jemand brüllte: »Hey, Idiot!«

Drei Jungs, vielleicht neunte Klasse, kamen auf uns zugerannt.

»Das sind mein Bruder und seine Darth-Freunde. Sie hassen mich!« Star Wars Kid sprintete voraus. »Lauft weg!«

Überlebensstrategie #28:

AUCH KEKSE KÖNNEN GEFÄHRLICH SEIN

Jetzt waren wir verloren in einem Bau aus identischen Wohnblocks und kauerten uns hinter eine Mülltonne. Ich hatte keinen Schimmer, wo wir waren.

»Billie«, flüsterte ich und zog sie nah zu mir heran. Ihre nackten Füße waren kirschsaftrot vom Rennen. Sie brauchte dringend einen zweiten Schuh.

»Schsch«, zischte Star Wars Kid keuchend. Die Panik stand ihm in das sommersprossige Gesicht geschrieben. Hinter der Mülltonne stank es nach schmutzigen Windeln. Star Wars Kid lag auf der Lauer, aber ich konnte es hier keinen Augenblick länger aushalten.

»Ich glaub, sie sind weg«, sagte ich und stand auf.

»Nein, duck dich wieder. Manchmal tauchen sie aus dem Nichts auf«, flüsterte er und zog mich hinter sich.

Billie war wieder ganz blass, und diesmal sah die Falte zwischen ihren Augenbrauen so aus, als könnte sie sie entzweischneiden. »Warum jagen sie dich?«, fragte sie.

Star Wars Kid zuckte die Achseln. »Einfach nur so.«

»Und was passiert, wenn sie dich kriegen?«

»Das willst du nicht wissen«, flüsterte er.

Billies Augen wurden noch größer. Ich wollte nicht zulassen, dass irgend so ein dahergelaufener Junge ihr Angst machte, nur weil er Stress mit seinem fiesen Bruder hatte.

Ich zog die Hand von ihm weg. »Wir hauen ab.«

»Komm«, sagte ich zu Billie.

»Nein«, piepste er. »Wartet.« Manchmal tun Tiere so, als ob, nur um sich aus einer bedrohlichen Situation zu retten. Vielleicht machte Star Wars Kid das jetzt gerade. Denn was kümmerte es ihn, ob wir bei ihm blieben oder nicht? Hatte er uns reingelegt, nur damit wir ihn vor seinem Bruder beschützten?

Ich packte Billie an der Hand und steuerte den Gehweg an, der, wie ich dachte, zurück zur Tankstelle führte. Der Löffelmann musste jetzt weg sein, also konnten wir einfach zur Tankstelle gehen und Julie anrufen.

Aber Star Wars Kid lief uns nach, wobei er andauernd über die Schulter guckte. »Okay«, stammelte er. »Lasst uns zu mir nach Hause gehen. Na kommt, es ist gleich um die Ecke.«

»Hör mal«, sagte ich, drehte mich um und sah ihn an. »Ich weiß nicht, was zwischen dir und deinem Bruder abgeht, aber halt uns da raus, ja? Lass uns einfach in Ruhe.«

»Aber …«

»Echt. Mir ist das egal.« Ich konnte mir keine Sorgen um einen Jungen machen, den ich überhaupt nicht kannte.

»Aber wenn ihr dabei seid, dann wird er vielleicht nicht …« Jetzt hatte er so einen Hundeblick.

»Was wird er dann vielleicht nicht?«

Er zuckte die Schultern. »Schon gut.«

»Okay. Dann eben nicht«, sagte ich.

Er sah gekränkt aus, dann murmelte er rasend schnell: »Ich dachte nur, wenn ihr Zeugen seid, verprügelt er mich vielleicht nicht.«

Seine Augen glitzerten. Er schien wirklich Angst zu haben. Vielleicht sagte er die Wahrheit.

Billie glaubte ihm wahrscheinlich bereits. Sie tätschelte ihm die Hand, als könnte sie alles verstehen. Es war nicht meine Aufgabe, ihn zu beschützen. Ich konnte mich da nicht reinziehen lassen. Meine Aufgabe war es, auf meine Schwester aufzupassen.

Wir kamen an einem alten Treppenhaus vorbei. Das Geländer war brüchig und die Farbe blätterte ab.

»Hier«, sagte er und trat auf die erste Stufe. »Hier ist es. Hier wohne ich.« Er hielt inne und guckte unter die Treppe. Dann atmete er tief durch. »Alles in Ordnung. Ich glaube, jetzt sind sie weg.« Er strich über sein Star-Wars-T-Shirt, als ob es ihm Mut verliehe.

Aber natürlich roch ich meilenweit, dass er nur so tat, als ob, und dass es ihn seine ganze Selbstbeherrschung kostete, sich zu benehmen, als wäre alles in Ordnung.

»Ihr müsst doch mal telefonieren, oder? Dann kommt mit, es ist gleich hier.« Er ging noch mal drei Stufen hoch und zeigte auf die Tür vor ihm.

Ich zögerte. Es wäre das Beste, einfach zurück zur Tankstelle zu gehen und diesen Jungen zu vergessen. »Wie heißt du?«, fragte ich.

»Roger.«

»Ich bin Billie«, sagte Billie. Sie zeigte auf mich. »Das ist Liberty.«

Er nickte, sah aber angespannt aus. »Kommt mit. Das Telefon ist in der Küche. Beeilt euch.«

Er machte die Tür auf und ging hinein. Billie hüpfte die Stufen hoch.

»Warte«, sagte ich, den Fuß auf der untersten Stufe. Manchmal ist das mit dem Instinkt kompliziert. Man weiß dann nicht genau, ob der Kopf oder das Herz davor warnt, etwas zu tun. Und jetzt gerade wusste ich nicht, was von beiden es war, aber …

»Wie ist die Nummer?«, rief er.

»Na komm«, sagte Billie, nahm meine Hand und führte mich nach oben. Es war ja nur ganz kurz, nur schnell Julie anrufen und dann konnten wir an der Tankstelle auf sie warten. Ich fragte mich, wie lange sie wohl mit dem Auto bis hierher brauchen würde. Acht Stunden? Zehn?

Die Wohnung war dunkel, und meine Augen mussten sich erst einen Moment daran gewöhnen. Hier müsste mal gelüftet werden, dachte ich. Es roch nach alter Wurst.

Billie setzte sich an den Küchentisch. In der Mitte stand eine riesige Keramikschüssel mit Legosteinen, und auf dem Tisch verstreut lagen halb gebaute Autos und Schiffe. Sie nahm ein Legomännchen mit einer Axt.

»Hier«, sagte er und reichte mir das Telefon. »Ach, das sind nur ein paar Sachen, die ich gerade baue«, sagte er zu Billie.

Sie sah beeindruckt aus.

Ich nahm das Telefon. »Danke.« Ich holte mein Notizbuch heraus und wählte Julies Handynummer, aber statt des Freizeichens war nur ein Klicken zu hören, gefolgt von einem Piepton.

Was war das denn?

Star Wars Kid starrte mich an.

»Was ist?«, fragte ich.

»'tschuldigung. Nichts.« Er wandte sich zum Wohnzimmer. »Wollt ihr fernsehen oder so? Ich hab sämtliche Star-Wars-Filme. Sogar die Making-of-Movies.« Er zog einen DVD-Schuber heraus.

Ich schüttelte den Kopf.

Wenn Julie nun nie ans Telefon ging? Sollte ich Antonio anrufen? Tja, das wäre wohl ratsam, aber schon die Vorstellung, wie er gucken würde – als hätte er immer schon gewusst, dass Dad ein Loser war –, machte mich wütend.

Dann versuchte ich es bei Julie zu Hause. Das Freizeichen ertönte und der Anrufbeantworter sprang an. Ich hörte nur mit halbem Ohr hin, als Billie sagte: »Was ist denn jetzt mit den Oreos?«

»Billie«, zischte ich. »Wir essen hier nichts.«

Aber dann war ich vom Telefon abgelenkt und Billie verschwand mit Star Wars Kid im Flur.

Ich musste eine Nachricht hinterlassen. »Hey!«, rief ich. »Was ist das hier für eine Adresse?«

Aber ich bekam keine Antwort.

Ich sagte wieder, dass wir irgendwo in der Nähe vom Grand Canyon wären und dass ich versuchen würde noch mal anzurufen, dann legte ich auf.

»Billie.« Ich ging in den Flur. Da waren drei Türen, alle zu.

»Billie!«, schrie ich und riss die erste Tür auf. Das war das Bad. Dann machte ich die nächste Tür auf, das war ein Schlafzimmer mit sehr ordentlich gemachtem Bett wie in einem Hotel, wahrscheinlich das Zimmer der Mutter.

»Billie Marshall, komm sofort hierher!« Das Blut rauschte mir durch die Adern. Ihr durfte nichts passieren. Ich hatte die Verantwortung. Ich wusste ja gar nichts über den Jungen. Ich legte die Hand auf die Türklinke vor mir.

Da machte Billie die Tür von innen auf. Ihr Mund war mit Schokolade verschmiert. Sie stand in einem Zimmer mit zwei Betten. »Was ist?«, fragte sie.

Die eine Hälfte des Zimmers war voll mit Star-Wars-Sachen

und die andere Hälfte war richtig unordentlich, mit Klamotten und Süßigkeitenpapier überall.

»Wieso rufst du so laut? Ich bin doch hier.«

Star Wars Kid stand hinter ihr, eine Packung Oreos in der Hand. »Was ist los? War deine Mutter zu Hause?«

Ich hätte ihm die Kekse am liebsten aus der Hand geschlagen. »Sie darf hier nicht rein.« Ich zog Billie aus dem Zimmer, dorthin zurück, woher wir gekommen waren.

»Er hat gesagt, ich darf noch einen Keks haben.«

»Nein«, sagte ich. »Wir gehen jetzt.«

Star Wars Kid kam mir nach. »Ich hab ihr versprochen, dass sie noch einen kriegt. Willst du auch einen?«, fragte er. Seine Lippen waren voller schwarzer Kekskrümel.

»Sie darf ohne mich überhaupt nirgendwo hingehen, schon gar nicht mit dir in ein Zimmer. Wir kennen dich ja gar nicht«, sagte ich so laut, dass ich selbst ein bisschen erschrak.

Star Wars Kid ging einen Schritt zurück und lehnte sich an die Wand. »'tschuldige«, sagte er und zuckte die Schultern. »Sie wollte bloß einen Oreo.«

»Und wennschon.« Ich drehte mich um und packte Billie am Arm. »Wir gehen jetzt.« Wir marschierten durch den Flur und bogen um die Ecke in die Küche. Dort fuhren wir zusammen, denn an der Wohnungstür stand ein großer Junge. Der Bruder von Star Wars Kid. Vor dem wir auf der Flucht waren.

»Was geht?«, sagte er und drehte seine Basecap nach hinten. Er hatte einen Nasenring. Und er lächelte nicht. Sein Blick streifte kurz Billie und mich und richtete sich dann voll auf Star Wars Kid. Er machte die Augen schmal. Ich sah sofort, dass er fies war.

Als mein Instinkt sich einschaltete, schauderte ich. Sowohl mein Kopf als auch mein Herz sagten mir, dass wir abhauen mussten.

Überlebensstrategie #29:

SEI KEIN HELD

»Hau ab, Jax«, sagte Star Wars Kid. »Mom hat gesagt, du sollst mich in Ruhe lassen.«

Billie und ich wichen zurück und standen jetzt direkt neben ihm.

Der Gedanke an seine Mutter schien Jax nicht sonderlich zu beeindrucken. Er drehte sich um und verriegelte die Wohnungstür. »Wo kommen die Mädchen her?«, fragte er.

»Das sind meine Freunde.«

Jax lachte. »Du hast keine Freunde.«

Star Wars Kid wurde knallrot. Dann flüsterte er: »Hab ich wohl.«

Jax' Lachen war so kalt wie das Innere des Eiscrushers an der Tankstelle. »Was?«, fragte er und legte eine Hand ans Ohr. »Lauter, du Schwachkopf. Ich kann dich nicht verstehen.«

Star Wars Kid guckte nach unten, seine Nase lief. Er wischte sie an seinem T-Shirt ab. Jetzt waren das S und das T mit Rotz verschmiert.

»Wir sind seine Freunde«, sagte Billie und trat einen Schritt vor.

Ich schüttelte den Kopf und zog sie hinter mich. Jax legte klassisches Raubtierverhalten an den Tag. Wenn wir uns einfach still verhielten, ließ er uns vielleicht in Ruhe.

»Das kann nicht sein.« Er kam einen Schritt auf uns zu.

Ich konnte den Blick nicht von der verschlossenen Tür lösen und bekam kaum noch Luft. Jetzt stand Jax direkt vor uns. Sein T-Shirt war verknittert, als hätte er darin geschlafen, und sein Atem roch nach Nachos.

Er wandte sich zu Star Wars Kid. »Du bist ein Versager. Keiner will mit einem Versager befreundet sein.« Er zeigte auf Billie. »Brauchst du eine Sechsjährige, die dich beschützt?«

Star Wars Kid schaute auf seine Füße. Eine Träne lief ihm über die Wange und fiel auf seinen Tennisschuh. Er hielt die Oreo-Packung so fest, als wollte er die Kekse ermorden. Die andere Hand machte er auf und zu, als könnte er sich nicht entscheiden, was er damit tun sollte.

Nicht schlagen, dachte ich. Gegen seinen Bruder kam Star Wars Kid auf keinen Fall an. Jax war fast so groß wie Dad.

»Hab ich nicht recht?« Jax stach Star Wars Kid richtig fest in die Brust. Die Kekse fielen auf den Boden und Star Wars Kid sackte gegen das Regal mit dem Fernseher.

»Ich bin nicht sechs, ich bin acht«, sagte Billie und guckte hinter mir hervor.

»Billie«, flüsterte ich und schob sie wieder zurück. »Sei still.«

Wenn wir doch nur zum Ausgang kämen, dann könnten wir abhauen. Ich rückte näher an die Tür.

Da sah Jax mich an und seine Augen erinnerten mich an die toten Fische, die wir an dem Tag von Moms Bestattung im Hafen gesehen hatten. »Halts Maul«, sagte er und versuchte um mich herum zu Billie zu gucken.

Ich richtete mich auf und starrte ihm in die Augen. *Hau ab.*

Er lachte. »Ohhh. Ist ja nett. Du findest dich wohl richtig cool? Das gefällt mir.« Jax wandte sich wieder zu Star Wars Kid und ging mit seinem Gesicht so nah an ihn heran, dass sie dieselbe Nacho-Luft atmen mussten. »Aber der hier ist ein Weichei. Wer interessiert sich schon für dich?«, sagte er und dann spuckte er Star Wars Kid ins Gesicht. Und einen Moment lang wusste ich nicht genau, was passierte, weil es so schnell ging.

Star Wars Kid flippte aus wie ein wildes Tier, wie eine Bartagame. Wenn ein Tier immer weiter bedrängt wird, rastet es irgendwann aus. Er schrie und sprang auf seinen Bruder drauf und hieb mit Fäusten auf ihn ein. Doch Jax schlug Star Wars Kid mit der Faust gegen den Kopf und dann waren sie nur noch ein Wirrwarr aus Armen, Beinen und Zähnen und ich konnte nicht sagen, was genau passierte, außer dass Star Wars Kid keine Chance hatte.

»Komm!«, schrie ich Billie zu und zog sie zur Wohnungstür.

Billies Augen waren so groß wie Lenkräder. »Wir müssen ihm helfen.«

Ich zog sie weiter. »Auf keinen Fall. Das ist die Gelegenheit.« Ich drehte den Riegel herum und riss die Tür auf. Eine Brise kam herein und wehte unsere Haare zurück, als wir die Treppe hinunterliefen. Selbst von hier aus hörte ich Star Wars Kid weinen. Ganz kurz blieb ich stehen. Billie sah mich an, ihr Blick voller – was? Hoffnung? Angst? Ich wusste es nicht, aber sie nickte mir zu.

»Genau!«, schie Jax. »Du miese kleine Ratte, wenn du noch einmal …«

In diesem Moment traf ich die Entscheidung. Und es war, als könnte ich fast fliegen, denn mit einem riesigen Satz war ich oben an der Treppe und schob die Tür auf.

»Hör auf!«, schrie ich.

Aber nichts hörte auf. Jax schlug immer noch auf Star Wars Kid ein. Star Wars Kid weinte lauter. Ich musste das beenden, sonst passierte etwas Schlimmes. Ich dachte an Billies Wange und Dads Hand. Ich musste das beenden.

Da fiel mein Blick auf die riesige Legoschüssel auf dem Küchentisch. Mit zitternden Händen packte ich sie und bevor ich mir einen Plan überlegen konnte, war ich schon zu den beiden rübermarschiert. Jax saß immer noch auf seinem Bruder. Star Wars Kid strampelte mit den Beinen.

»Lass ihn in Ruhe!«, schrie ich. Aber er hörte nicht auf. Da warf ich die Schale, so fest ich konnte. Mit einem dumpfen Schlag knallte sie Jax auf den Rücken. Er rollte von Star Wars Kid herunter. Er war benommen oder verwirrt. Vielleicht auch beides. Jedenfalls lag er einen Augenblick einfach nur wie erstarrt da.

»Komm«, sagte ich und fasste Star Wars Kid bei der Hand.

Billie starrte uns von der Tür aus an.

Da rappelte Jax sich wieder auf. Und wir warteten nicht ab, wie es weiterging. Wir rannten einfach, als hätten wir die Flügel eines Wüstenadlers oder spezielle Jedikräfte oder einfach nur einen wahnsinnigen Adrenalinschub im Blut. Was es auch war, wir rannten, als müssten wir niemals wieder stehen bleiben.

Star Wars Kid hastete humpelnd voran. »Ins Gebüsch!«, schrie er.

Und in diesem Moment war ich echt froh, dass wir diesem komischen Jungen begegnet waren, denn er war ein Überlebenskünstler, genau wie wir. Und vielleicht brauchten wir einander.

Überlebensstrategie #30:

GEH ZURÜCK ZUM ANFANG

Das Fahrrad von Star Wars Kid stand immer noch im Gebüsch, als wäre nichts passiert. Aber es war ein Gefühl, als hätte sich alles verändert. Er hatte einen großen blutenden Kratzer quer über der Stirn.

»Tut das weh?«, flüsterte Billie und versuchte eine bequeme Haltung zu finden, als sie sich an die Hauswand hockte. Sie hatte Blätter im Haar. Jetzt wusste ich, warum Star Wars Kid all diese Tunnel bauen musste. Das war die einzige Möglichkeit, wie er sich retten konnte.

»Was?«, fragte er.

»Dein Kopf.« Billie zeigte darauf.

Er wischte mit der Hand über die Stirn und verschmierte das Blut. »Das? Nein, alles in Ordnung.« Er war immer noch rot im Gesicht und seine Locken sahen noch wilder aus, als hätte er mit einem Tiger gekämpft. Was es ja auch ganz gut traf.

Wir mussten ja eigentlich auf den Löffelmann achten, aber ich konnte nur noch an Star Wars Kid denken.

»Geht es wirklich?«, fragte ich.

Er nickte und zuckte gleichzeitig die Schultern. »Ja. Ich meine, ich bin irgendwie dran gewöhnt.«

Trotz der Hitze bekam ich Gänsehaut an den Armen. »Hast du keine Angst, dass dein Bruder uns findet?« Er hatte ziemlich sauer ausgesehen, als er nach meinem Angriff mit der Schüssel aufstand.

»Nein, Jax hat keine Ahnung, dass ich das Versteck hier hab.« Star Wars Kid holte eine Plastikdose heraus, die zur Hälfte in der Erde vergraben gewesen war, und öffnete sie. Darin lag alles Mögliche: Star-Wars-Figuren, eine Taschenlampe, Schnur, ein Jo-Jo, eine ungeöffnete Dose Sprite, ein benutztes Pflaster. Er nahm eine Packung Kaugummi und hielt es uns hin. »Wollt ihr?«

Wir schüttelten den Kopf. Ausnahmsweise einmal interessierte Billie sich nicht für ihren Bauch. Sie holte den Soldaten, den sie am Pool gefunden hatte, aus der Tasche und gab ihn Star Wars Kid. »Hier«, sagte sie. Er nahm ihn wortlos und legte ihn in die Dose.

»Warum ist dein Bruder so gemein?«, fragte sie.

Star Wars Kid zuckte die Achseln und verschloss die Dose mit dem Deckel. »Er ist schon eine ganze Weile so. Normalerweise bleibe ich draußen, wenn er zu Hause ist. Tut mir leid, er ist ein Blödmann.«

Billie und ich sagten nichts, denn was soll man sagen, wenn jemand ein Blödmann ist und man nichts daran ändern kann?

»Wann kommt eure Mutter?«, fragte er.

»Sie ist tot«, sagte Billie. Ich wollte ihr sagen, dass sie still sein sollte, aber dann hatte ich das Gefühl, dass wir ihm nach alldem die Wahrheit schuldig waren.

Er sah verwirrt aus. »Wen hast du dann angerufen?«

»Die Freundin von meiner Mutter«, sagte ich.

»Ach so.«

Und es war auf einmal ein komisches Gefühl, mit Star Wars Kid im Gebüsch zu hocken. Als würden wir einer den Atem des anderen atmen. Ich richtete mich ein wenig auf – meine Beine wurden steif.

»Unser Vater hat uns verlassen«, sagte Billie und beim letzten Wort versagte ihre Stimme.

»Billie …« Aber dann sagte ich nichts mehr. Irgendjemand musste die Wahrheit erfahren.

Star Wars Kid nickte. »Mein Vater auch.«

»Nein«, sagte Billie. »Er hat uns an der Tankstelle zurückgelassen, aber er kommt wahrscheinlich wieder. Jeden Moment. Ich wette, er sucht uns jetzt gerade.« Sie starrte mich mit Laserblick an.

Ich schüttelte den Kopf. »Das glaub ich nicht.«

»Doch«, sagte sie.

»Moment mal«, sagte Star Wars Kid. »Jetzt gerade? Er hat euch hier an der Tankstelle zurückgelassen?« Er zeigte auf den Parkplatz.

Wahrscheinlich war es besser, wenn er das glaubte. Es klang

so viel schlimmer, wenn wir erklärten, dass es gestern an einer anderen Tankstelle gewesen war, vor vielen Stunden. Ich krabbelte zum Ausgang des Verstecks.

»Das ist schon okay. Ich hab alles im Griff. Vergiss es einfach. Danke, dass wir euer Telefon benutzen durften.« Ich wandte mich zu Billie. »Komm.«

Sie kroch zu mir. »Ja, und danke für die Kekse. Das sind meine Lieblingskekse.«

»Wartet«, sagte Star Wars Kid. »Ihr könnt nicht einfach gehen. Ihr braucht Hilfe.«

Ich spähte aus unserem Versteck. Die Tankstelle sah unverändert aus und der Sattelschlepper war immer noch da, vermutlich immer noch kaputt. Jetzt wäre es mir lieber gewesen, wenn Billie nichts gesagt hätte. »Bei uns ist alles okay. Wie gesagt, ich hab die Freundin meiner Mutter angerufen. Sie holt uns ab, wahrscheinlich wartet sie schon auf uns.« Ich schluckte. So zu tun, als ob, bereitete mir manchmal Halsschmerzen.

Star Wars Kid beruhigte sich. »Na gut, aber nur, wenn du dir sicher bist, dass sie kommt. Nämlich, wenn nicht, ich meine … dann könnt ihr bei mir bleiben.«

Jax' Gesicht schob sich vor mein inneres Auge. »Nein, sie ist unterwegs.«

»Okay«, sagte er und pulte an dem getrockneten Rotz auf seinem T-Shirt. »Aber ich gucke wenigstens nach, ob der komische Typ weg ist.« Er steckte kurz den Kopf aus dem Gebüsch und zog ihn dann wieder rein. Er lächelte mit den Augen und machte eine unbeholfene kleine Verbeugung. »Die Luft ist rein.«

Es war schön zu sehen, dass Star Wars Kid nach alldem so langsam wieder der Alte wurde.

Billie krabbelte als Erste raus, dann wollte ich ihr hinterher, als Star Wars Kid mir eine Hand auf die Schulter legte.

»Danke«, sagte er.

Ich zuckte die Achseln. »Das hättest du für mich auch getan.«

»Ja.« Er legte eine Hand aufs Herz, schloss die Augen und blähte die Nasenlöcher. »Möge die Macht mit dir sein.«

»Okay. Wird sie bestimmt. Danke, Star Wa… ich meine, Roger.« Ich lächelte. Es war ein gutes Gefühl, seinen Namen auszusprechen. Nach allem, was wir durchgemacht hatten, hatte er das verdient. Dann ging ich hinter Billie her zum Gehweg.

Roger blieb im Gebüsch, stieß jedoch eine Siegerfaust zwischen den Blättern hindurch. »Siege und herrsche!«, schrie er.

Ich lachte. Und machte auch eine Siegerfaust. Ich fragte mich, wie lange er wohl warten musste, bis er wieder nach Hause konnte. Ob Jax da war und ihn noch mal verprügeln wollte?

»Komm«, sagte ich zu Billie. »Wir warten an der Tankstelle.« Wir wurden richtig gut im Warten.

Billie ließ die Schultern hängen, aber sie folgte mir.

Wir gingen zur Tankstelle. Die rechte Seite war von Bäumen verdeckt, aber ich sah die Hinterräder des Sattelschlepperanhängers. Wir wollten gerade an den Bäumen vorbei, als jemand rief. »Hey!«

Billie und ich drehten uns um.

Es war Jax.

Er stand auf dem Gehweg, direkt vor Rogers Versteck. Und dann kam er auf uns zugerannt.

Roger tauchte aus dem Gebüsch auf. Es sah aus, als würde sein Kopf in einem Meer aus grünen Blättern schweben. »Lauft!«, schrie er.

Jax wirbelte herum.

Da sprang Roger aus dem Gebüsch und griff seinen Bruder an.

Billie und ich flitzten an den Bäumen vorbei und bogen um die Ecke. Die Tür des Sattelschleppers stand weit offen und Tattooman war nirgends zu sehen.

»Los«, sagte ich und schob Billie die Stufen zum Wagen hoch. Uns blieben nur wenige Sekunden, bis Jax sich von Roger befreite.

Billie stolperte in den Wagen, ich folgte ihr auf den Fersen.

»Hinten rein«, sagte ich und schob sie hinter die beiden Vordersitze. Wir hockten uns neben einen kleinen Ausziehtisch und eine Bank. Außer uns war niemand im Fahrerhaus.

Eine Weile hockten wir da, dann kroch ich nach vorn und versuchte aus dem Fenster zu gucken. Jax lief auf dem Parkplatz herum. Was war mit Roger? Ich schauderte. Nur um uns zu helfen, hatte er sein Versteck verraten. Mein Herz pochte.

Es fühlte sich gut an, einen Freund zu haben, wenn es auch nur für eine Weile war.

Jax schaute hinter die Druckluftpumpen, dann ging er zu dem Sattelschlepper. Er schaute darunter und ging gerade zu der offenen Tür, als Tattooman um die Ecke bog.

»Hey!«, schrie er Jax an. »Finger weg!«

Jax zuckte zusammen. »Leck mich doch«, sagte er, dann rannte er zu den Wohnblocks und verschwand.

Tattooman fluchte.

Er durfte uns nicht in seinem Wagen entdecken.

Tattooman knallte die Tür zu.

Nein, nein. Nicht die Tür verriegeln. Ich sprang zurück zu Billie. Wir mussten hier hocken und warten. Sobald er wieder an dem Motor arbeitete, konnten wir uns rausschleichen.

»Hier hinten ist eine Katze«, sagte Billie. »Eine schwarzweiße.«

»Sei still«, flüsterte ich. »Der Fahrer darf uns nicht erwischen.«

Billie nickte.

In dem Moment huschte die Katze nach vorn, um es sich auf dem Beifahrersitz gemütlich zu machen. Sie sah mich mit ihren leuchtend gelben Augen an, all ihre Sinne in höchster Alarmbereitschaft. Sie fragte sich wohl, ob wir eine Bedrohung darstellten. Kurz darauf rollte sie sich auf dem Sitz zusammen, die gelben Augen immer noch auf mich gerichtet, aber sie sah jetzt entspannter aus.

»Ich liebe Katzen«, flüsterte Billie.

»Schscht«, machte ich.

Das Fahrerhaus wackelte, dann hörten wir den Motor scheppern und knallen.

Das war unsere Chance. Ich kroch näher zur Tür und sah aus dem Fenster, um mich zu vergewissern, dass keine Gefahr drohte.

»Was macht sie hier drin?«, fragte Billie und streckte zwei Finger nach der Katze aus. »Komm her, Miezie, komm.«

»Lass das«, flüsterte ich.

Wir rückten weiter nach vorn, sodass ich aus dem Fenster schauen konnte.

Die Katze tat so, als würde sie uns ignorieren, aber sie beobachtete uns.

»Hier hinten ist es wie in einem kleinen Camper«, flüsterte Billie. »Es gibt ein Tischchen und Bänke und einen Fernseher und ein Waschbecken und einen kleinen Kühlschrank ...«

Das erinnerte mich daran, wie wir zum ersten Mal in Dads Camper gestiegen waren.

»... und ich glaube, da oben ist ein Bett.« Sie zeigte auf eine Leiter über dem Tisch. »Cool.«

Mein Herz hämmerte. »Komm, wir müssen hier raus.« Ich legte die Hand an den Türgriff, doch bevor ich daran zog, sah ich noch mal raus. Es hörte sich so an, als ob Tattooman immer noch an seinem Motor arbeitete. Wenn er uns nun fand? Womöglich war er so einer wie Jax oder noch schlimmer.

Gerade als ich die Tür aufmachen wollte, hörte ich Schritte.

»Schnell, er kommt«, sagte ich und schob Billie nach hinten zum Tisch, aber das schien mir kein gutes Versteck zu sein.

Die Katze stand auf dem Beifahrersitz und miaute.

»Komm«, flüsterte ich und zeigte auf die Leiter. Ich schob Billie hinauf. Wir kletterten die Leiter hoch und landeten auf dem Bett hoch über dem Esstisch.

Die Tür ging auf und Tattooman setzte sich auf den Fahrersitz. Er legte die Hände ans Steuer, sie waren ganz schwarz vor Schmiere. Er drehte den Schlüssel im Zündschloss. Das Radio ging an, laute kreischige Musik erklang. Der Motor rumpelte und wollte wieder ausgehen wie die anderen Male, aber da trat Tattooman ganz fest auf etwas am Boden und es kam wieder Leben in den Motor.

»Yes!«, rief er und schlug auf das Armaturenbrett. Der Motor röhrte weiter. Tattooman ließ den Motor laufen und stieg wieder aus.

Nein. Nein. Nein. Wir konnten hier nicht bleiben. Nicht mit dem unheimlichen Tattooman. Einen Moment lang vermisste ich die Lavendeldame und Orson. Ich schlich zur Leiter und schwang ein Bein nach unten, doch ehe ich runterklettern konnte, stieg er wieder ein und schlug die Tür zu.

Wir saßen in der Falle.

Ich kroch die Leiter wieder hoch und dann krabbelten wir so weit wie möglich auf die Seite des Sattelschleppers, auf der auch Tattooman saß, damit er uns nicht sehen konnte, falls er sich umdrehte. Ich musste mir blitzschnell einen neuen Plan überlegen.

Billie fasste meine Hand. »Was machen wir jetzt?«, flüsterte sie.

Schnell. Schnell. Schnell.

Ich hatte ein Gefühl, als könnte ich in tausend kleine Stücke zerspringen. Mein Herz schien voller kleiner Falter zu sein, die mit ihren Flügeln gegen meine Aorta schlugen. Ich legte mir eine Hand auf die Brust. Ich brauchte einen Plan.

»Alles ist gut«, sagte ich zu Billie. Ich machte die Augen zu und flehte mein Gehirn um irgendeinen genialen Einfall an. Was auch immer uns retten konnte – unser Instinkt, ein Geistesblitz –, ich brauchte es jetzt.

Billie drückte meine Hand.

1. Wenn er das erste Mal anhielt, könnten wir uns rausschleichen. An einer weiteren Tankstelle?
2. Wir konnten noch mal versuchen Julie anzurufen, aber ich hatte keine Ahnung, ob sie je ans Telefon gehen würde.
3. Ich musste jetzt Antonios Mutter anrufen. Auch wenn ich ihr damit zeigte, dass alles stimmte, was sie über Dad gesagt hatte.
4. Vielleicht ein Busticket kaufen oder so.

Mehr fiel mir unter diesen Umständen nicht ein. Ich fasste in die Hosentasche, um das Geld noch mal zu zählen, aber die Plastiktüte war weg.

Tattooman fuhr weiter und die Musik war jetzt noch lauter. Er musste das Radio aufgedreht haben.

»Billie, hast du unsere Tüte gesehen?«, fragte ich und versuchte die Panik in meiner Stimme zu verbergen.

Sie schüttelte den Kopf.

Ich tastete das ganze Bett danach ab und hob die schmuddeligen Kopfkissen hoch. Nichts. Ich schaute aus dem kleinen Fenster an der Seite vom Bett. Vielleicht war sie mir aus der Tasche gefallen und auf dem Parkplatz gelandet, aber da war nichts.

War sie in Rogers Wohnung rausgefallen? Oder vielleicht hatte ich sie verloren, als wir durch das Gebüsch gekrabbelt waren.

Der Sattelschlepper machte einen Ruck, er war gegen irgendwas auf der Straße gefahren. Tattooman fluchte.

»Wann hast du die Tüte zuletzt gesehen?«, flüsterte ich und versuchte so zu wirken, als hätte ich alles im Griff.

»Was?«, fragte sie. Die Musik war so laut.

»Hast du die Plastiktüte? Die mit dem Geld?«

Sie schüttelte den Kopf. Katzenhaare klebten an ihren Lippen. »Die lag unter dem Tisch, als wir beim Frühstück waren.«

Und da fiel mir ein, dass ich sie im Hotel unter unseren Tisch gelegt hatte. Alles, das ganze Geld, lag im Frühstücksraum unter unserem Tisch. Ich hatte es gar nicht mit zu Roger genommen.

Irgendwas in meinem Innern fiel in sich zusammen. Wie sollten wir ohne das Geld irgendwo hinkommen? Und wenn Julie nie ans Telefon ging, wie sollten wir dann zurück zu unserer Wohnung kommen? Zwischen uns und San Diego lag ein Universum. Wie sollte ich uns jetzt retten?

Überlebensstrategie #31:

HÜTE DICH VOR HAIEN

»Was ist?«, fragte Billie.

»Nichts.«

Mein Magen fühlte sich plötzlich an, als wären lauter Steine darin, die mich so fest auf die Matratze drückten, dass ich nie wieder aufstehen konnte. Wir brauchten das Geld.

Die Katze miaute noch lauter. Sie saß schon seit mindestens zehn Minuten unten an der Leiter und miaute. Sie versuchte Tattooman zu sagen, dass wir hier oben waren, das war klar.

»Still jetzt!«, rief Tattooman.

Ich zog Billie näher zu mir heran und legte ihr einen Finger auf die Lippen.

Sie nickte, ihre strähnigen Haare hingen ihr in den Wimpern. Liebe, süße Billie. Am Ende machte sie doch immer, was ich sagte. Jedenfalls meistens. Wir waren ein Team. Ich fasste ihre Hand und verschränkte ihre Finger mit meinen. »Es ist alles gut«, flüsterte ich. »Alles wird gut. Mach dir keine Sorgen.«

Billie legte den Kopf auf meine Schulter und kuschelte sich an mich.

Der Motor dröhnte und das Bett wackelte unter uns. Wir fuhren weiter, rumpelten über Schlaglöcher.

Die Katze miaute immer weiter.

»Was ist denn?«, rief Tattooman und seine Stimme drang über die Musik und das Miauen hinweg zu uns nach oben.

Billie vergrub das Gesicht in meinem Arm und dämpfte ein Niesen.

Schscht.

»Ich konnte nichts dafür«, flüsterte sie.

Natürlich nicht. Keine von uns beiden konnte etwas dafür.

Die Katze miaute weiter.

Verrat es ihm nicht, Katze. Behalt dein Gemaunze für dich.

Billie und ich hatten noch eine lange Reise vor uns. So eine Wanderung dauert immer lange, genau wie bei einem Gänseschwarm. Das konnte Monate dauern. Auch Wale wandern. Manchmal kommt es dabei zu Verzögerungen durch Fischerboote oder durch den Wechsel der Wassertemperatur oder einen Haischwarm.

Haie sind nicht immer so gefährlich, wie es in Filmen dargestellt wird. Als ich noch nicht auf der Welt war, ist Mom einmal mit Haien geschwommen. Das hat sie mir erzählt, als ich in der vierten Klasse war und in Bio ein Referat über den Ammenhai halten musste. Es war einer der seltenen Tage, an denen wir Mom ganz für uns hatten. Sie machte mit uns meinen

Lieblingsausflug, ins Aquarium. Ich hatte das Gesicht an die Scheibe des Haibeckens gedrückt und mein Atem hinterließ lange Dunstspuren auf dem Glas, aber Mom sagte nicht, ich solle das sein lassen.

Wir sahen den Haien schon eine ganze Weile zu.

»Die sehen ganz schön unheimlich aus, was?«, sagte ich.

Mom lächelte ein Lächeln, das ich nicht an ihr kannte. »Och, manche Haie sind gar nicht so übel.«

»Ja, bis du mal im Meer einen direkt vor der Nase hast, der dich angrinst«, sagte ich.

»Ich hatte schon mal einen Hai vor der Nase.«

»Was?«, sagte ich. »Wann?«

»Vor langer Zeit, als ich mit deinem Vater nach Australien gereist bin. Es war seine Idee. Er wollte mit seiner Unterwasserkamera üben. Also haben wir das gemacht und ich war natürlich blöd und wollte ihn beeindrucken, also hab ich so getan, als wär es keine große Sache.«

»Hattest du keine Angst?« Die Haie flitzten an mir vorbei, erst nach links und dann nach rechts, als könnten sie sich nicht entscheiden, wo sie eigentlich hinwollten.

Sie guckte mich an und lachte. »Klar hatte ich Angst. Hättest du keine Angst?«

Ich nickte. Die Haie im Aquarium sahen nicht so schlimm aus, aber in einer Tiersendung wurde mal gezeigt, was Haie machen, wenn sie Hunger haben.

»Erst war es schrecklich. Aber als ich mich daran gewöhnt

hatte, war es großartig. Sandhaie interessieren sich nicht die Bohne für Menschen«, sagte Mom.

Dann verstummte sie, als wäre ihr plötzlich eingefallen, dass sie ja eigentlich nie über meinen Vater sprach. Der glückliche Ausdruck verschwand aus ihren Augen und jetzt lag darin wieder der leere Blick wie immer, wenn von meinem Vater die Rede war.

»Sehen wir Dad je wieder?«, fragte ich.

Die Haie im Becken schienen schneller zu schwimmen. »Wahrscheinlich nicht«, sagte sie.

»Warum nicht?«

»Glaub mir, Liberty, es ist besser so. Besser für uns alle. Er ist nicht mehr derselbe. Er hat sich verändert.«

»Wie denn?«

Sie steckte mir eine Haarsträhne hinter das Ohr. »Verändert eben. Er hat viele Probleme.«

»Was denn für Probleme?«

Während sie sprach, starrte sie die Haie an. »Es ist schwer zu erklären. Dein Vater kommt mit der Welt nicht zurecht. Er fühlt sich in einem normalen Leben nicht wohl. Er ist nicht mehr derselbe, den ich damals kennengelernt habe.«

Das verstand ich nicht. Wie konnte sich jemand so sehr verändern?

»So als würde er sich tarnen?«, fragte ich. Ich wusste, dass es eine Heuschrecke gab, die aussehen konnte wie ein Stock.

Sie guckte unsicher. »So ähnlich.« Aber dann richtete sie die

Aufmerksamkeit wieder auf die Haie. »Welcher ist dein Lieblingshai, abgesehen vom Ammenhai?«

Thema Dad beendet.

Und seit Mom gestorben war, war überhaupt nichts Gutes mehr passiert. Außer Billie. Dass es sie gab, war das einzig Gute. Und Mom hatte recht. Dad war wie ein Hai, aus der Ferne interessant zu beobachten, aber komm ihm lieber nicht zu nah, sonst wird es dir leidtun.

Überlebensstrategie #32:

AUCH TRÄUME SIND GEFÄHRLICH

Ich glitt durch das Wasser des tiefen Ozeans wie ein Delfin. Mit meinen Glupschaugen sah ich alles so viel klarer als an Land. Hier passte alles zusammen. Die Fische, das Seegras, die Korallen, leuchtend und voller Spannung, alles war ein Teil von mir. Ganz vorsichtig hielt ich das sahneweiße Ei, damit die Schale nicht kaputtging, tauchte hinab in das schwarze Wasser und berührte den Sandboden, nur um zu beweisen, dass ich es konnte.

Ich hatte eine Mission. Die Meeresschildkröte, die ich am Strand gesehen hatte – ich musste sie finden. Ich hatte das zerbrechliche Ei bei mir, das sie im Sand zurückgelassen hatte. Bestimmt wollte sie es wiederhaben. Wenn sie erst einmal begriff, was ich da trug, wollte sie es ganz bestimmt haben.

Sie musste es wollen.

Doch die Schildkröte schwamm davon und verschwand in einem Algenbett; Luftblasen folgten ihr und zerplatzten. Ich war allein mit dem Ei. Ich war dafür verantwortlich. Wie sollte ich mich bloß um ein Schildkrötenbaby kümmern? Ich war nicht seine Mutter. Woher sollte ich wissen, was zu tun war?

Überlebensstrategie #33:

UNFÄLLE KOMMEN VOR

»Hallo Kollege, hab verstanden, ich seh dich links von mir. Dann geh ich mal runter vom Gas. Danke für die Info. Over.«

Statisches Rauschen drang in mein Bewusstsein, es pochte und brummte. Mein Kopf machte mich wahnsinnig.

»Bist du wach?«, flüsterte Billie.

Ich konnte nicht geschlafen haben. Ich hatte die Verantwortung.

»Liberty«, flüsterte Billie.

Genervt drehte ich mich um. Ich war mit etwas Wichtigem beschäftigt gewesen, aber jetzt wusste ich nicht mehr, was es war.

»Was ist?«

Billie sah erschrocken aus. »Du hast im Schlaf geredet. Du bist zu laut.«

Ich setzte mich auf und zog das Kissen unter dem Kopf weg. Es roch vergammelt. Da fiel mir alles wieder ein: das Warten an der Tankstelle, Leuchtbirne, die Lavendeldame, der Löffelmann und Roger und sein schrecklicher Bruder Jax. Und irgendwie machte mich der Gedanke an Roger noch trauriger, als ich sowieso schon war. Und dann war da natürlich das verlorene Geld. Mein Magen krampfte sich zusammen.

Wir bretterten über die Straße, dass die Wände des Sattelschleppers schwankten. Der schlechte Empfang des Radios und das Dröhnen des Motors taten mir in den Ohren weh. Ich legte mich flach auf die Matratze und starrte an die Plastikdecke mit den kleinen weißen Tupfen. Die Sorge nagte an meinen Zehen, bis ein Loch entstand, durch das sie in meinen Körper kriechen konnte. Sie drang in meinen Blutkreislauf, strömte durch die Adern in mein Gehirn und füllte meinen Kopf mit allen möglichen schlimmen Gedanken.

1. Wir schaffen das nicht.
2. Wir kommen nie wieder in unsere Wohnung.
3. Unser Vater hat uns verlassen.
4. Unsere Mutter auch.
5. Julie will uns nicht haben.
6. Niemand will uns haben.

Ich holte mein Notizbuch aus der Tasche und schmiss es quer übers Bett. Tränen liefen mir übers Gesicht.

»Weinst du?«, flüsterte Billie. Ihr Gesicht war ganz nah an meinem, in ihren Augen sah ich die Sorge wie in einem Spiegel. Sie brauchte nicht zu flüstern, ich hörte kaum etwas anderes als das Brummen der Straße, das Radio und den Motor, der uns weitertrieb.

Ich drehte mich auf den Bauch und wischte mir mit dem Handrücken die Tränen weg. »Nein, ich glaube, das liegt an der Katze. Die macht mir zu schaffen. Wahrscheinlich bin ich allergisch wie Mom.«

Billie nickte langsam und sah mich prüfend an, als suchte sie nach Anzeichen für Allergien. Ihre Mundwinkel verzogen sich leicht nach oben, als sie einen kleinen Vorhang am Fenster rechts zurückzog.

»Guck mal. Ein Fenster.«

Doch ich wandte mich ab. Ich wollte nicht in einem Ort, in dem ich noch nie gewesen war, auf eine Straße sehen, deren Namen ich nicht kannte und die irgendwohin führte, wo es kein einziges bekanntes Gesicht gab, das uns begrüßen könnte. Ich zog die Knie an die Brust, damit mein Magen sich nicht immer weiter zu einem festen Knoten zusammenschnürte.

»Als du geschlafen hast, hab ich einen toten Hund am Straßenrand gesehen«, sagte Billie leise und reckte den Hals, um hinter uns auf die Straße zu gucken. Die Sonne stand am Himmel wie ein Heliumballon an einer Schnur. Ich sah auf die Uhr. 14.45 Uhr.

»Er sah gar nicht tot aus. Er sah aus, als ob er ein Nickerchen halten würde, wenn da nicht das Blut gewesen wäre«, fuhr sie fort.

»Echt?«, sagte ich und versuchte den Kloß im Hals runterzuschlucken. Ich beugte mich zu Billie und nahm sie in die Arme. »Das tut mir leid.« Die Worte kamen verkehrt heraus und wurden durch ihre Haare gedämpft. Ich versuchte die Tränen wegzublinzeln.

Sie lehnte sich zurück, um mir ins Gesicht zu sehen, dann legte sie mir ganz langsam eine kleine Hand auf die Wange. »Mach dir keine Sorgen. Du bist super, Liberty.«

Ich schüttelte den Kopf. Nein. War ich nicht. Man brauchte sich ja nur mal anzusehen, was mit uns passiert war. Das war mein Fehler. Ganz klar.

»Liberty, du bist wirklich super.« Ein Lächeln schlich sich in ihre Mundwinkel und blieb dort.

Miau. Miau.

Billie und ich beugten uns über die Bettkante und schauten nach unten. Die Katze stand am Fuß der Leiter und maunzte uns an. Zum Glück waren wir so weit oben, dass sie nicht hochspringen konnte. Ich wollte Tattooman keinen Grund geben hochzukommen.

»Kusch!«, flüsterte ich und wedelte mit der Hand.

»Lass mal«, sagte Billie. »Die ist nur einsam.« Ihr Blick war weich.

So war mein Blick früher auch, weich wie Häschenpuschen. Jetzt nicht mehr. Nicht nach alldem. Ich versuchte zu erkennen, ob Tattooman sich von dem Miauen stören ließ. Aber ich sah nur einen Ärmel von seinem Hemd und den Arm mit lauter Schnörkeln und Linien und gespenstischen Gesichtern darauf.

»Was soll das Rumgejaule?«, rief er. Einen Moment lang war es, als würde mir das Blut in den Adern gefrieren, weil ich dachte, er meint uns, aber er redete nur mit der Katze. Da wurde seine Stimme ganz sanft. »Komm zu mir, Mr Sprinkles. Komm schon.« Seine Stimme erinnerte mich an die schokoladige Milch, die übrig bleibt, wenn man ein Schälchen Choco Krispies gegessen hat.

»Mr Sprinkles!«, rief er.

Der Kater drehte sich zu ihm um und leckte sich die Schnurrhaare.

»Na komm, Mr Sprinkles. Komm und gib Küsschen.« Er sprach mit seinem Kater wie mit einem Baby.

Billie hielt sich die Hand vor den Mund und flüsterte: »Das ist ja albern.«

Vielleicht konnte jemand, der seinen Kater Mr Sprinkles nannte, doch nicht so schlimm sein.

Ganz plötzlich fuhr der Wagen langsamer. Billie hielt sich an mir fest und ich hielt mich an der Wand fest, sonst wären wir vom Bett gefallen. Ich hielt mich ganz fest. Wenn wir auf Mr Sprinkles drauffallen würden, wäre er platt wie eine Flunder.

»Hallo Kollege im Waterford, wieso gehts da vorn so langsam voran?«, fragte Tattooman. Das Rauschen vom CB-Funk tat mir in den Ohren weh. Schon bald erfüllte eine andere Stimme das Fahrerhaus, mal leise, mal laut, aber wegen der lärmenden Musik konnte ich nur Wortfetzen verstehen.

Die Musik stoppte im selben Moment wie die riesigen Räder. Wir standen still, was nach der ständigen Bewegung ein seltsames Gefühl war.

»Ich soll was machen, Kollege?«, fragte Tattooman.

Die Stimme meldete sich wieder. »Direkt vor dir gehts nicht weiter, rechte Seite. Da ist ein Fahrzeug umgekippt, Liegt auf dem Rücken. Überall Zeugs auf der Straße. Pass gut auf.«

»Roger! Vielen Dank, Kollege.« Dann ging die Musik wieder an. Der Laster kroch so langsam vorwärts wie eine Strandschnecke. Das Getriebe knirschte.

Billie und ich krabbelten über das Bett zum Fenster.

»Was hat er gesagt?«, fragte Billie.

»Schscht«, flüsterte ich, denn jetzt war es viel leiser im Wagen. »Vor uns ist ein Unfall passiert oder so. Auf der rechten Spur.« Wir krabbelten beide zum anderen Fenster auf der rechten Seite des Fahrerhauses.

Billie zog einen Vorhang zurück. Wir reckten den Hals und drückten das Gesicht an die Scheibe, um etwas zu erkennen. Rote und blaue Lichter blitzten auf, aber wir konnten noch nicht viel sehen. Der Wagen kroch weiter und blieb dann wieder stehen.

Tattooman kurbelte das Fenster herunter. »Ist es schlimm, Officer?«

Schon bei dem Wort *Officer* bekam ich Gänsehaut.

»Halten Sie sich links«, sagte der Polizist. »Wir haben die Straße fast freigeräumt, aber der Camper liegt noch auf der

Seite. Seien Sie am Ende der rechten Spur vorsichtig, vor allem mit dieser Fracht. Wohin fahren Sie?«

»Nach Barstow. Na ja, ich bringe die Fracht heute Abend nach Barstow, aber kurz vorher lege ich einen Stopp in Junction ein.«

»Okay. Seien Sie vorsichtig an der Wiegestation dort. Das ist ein Irrenhaus.«

»Mach ich«, sagte Tattooman.

In meinem Kopf drehte sich alles. Auf der Straße lag ein Camper auf der Seite? Mein Herz bebte wie der Motor des Sattelschleppers. Wenn das nun Dad war, der den Unfall hatte? Wenn er tot auf der Straße lag? Ich umklammerte den Griff über dem Fenster.

Mr Sprinkles fing wieder an zu maunzen.

»Komm her, Katerchen«, sagte Tattooman. »Ja, wir sind gleich da, keine Panik. Da wirds dir gefallen. Garantiert. Ist das reinste Katzenparadies.« Während wir langsam vorankrochen, redete er weiter mit seinem Kater.

»Was ist?«, flüsterte Billie.

Ich konnte den Blick nicht vom Fenster wenden. Ich musste es mit eigenen Augen sehen. Ich musste den Camper sehen, der über die Landstraße geschleudert worden war. Ich musste sichergehen, dass es nicht unserer war.

»Nichts. Bloß ein schlimmer Unfall. Wir müssen nur warten.«

»Okay«, sagte Billie und verschwand noch weiter in der Lücke zwischen Wand und Matratze, bis ich sie kaum noch sehen konnte. Die Matratze war groß, so breit wie das ganze Fahrerhaus.

Mein Herz fing an zu hämmern, mit jeder Minute, die verstrich, wurde es lauter.

Wenn er es nun ist? Wenn er es nun ist?

Im Schneckentempo bewegten wir uns vorwärts. Es roch furchtbar nach Abgasen. Ich sehnte mich danach, dass der Laster wieder Gas gab und der Fahrtwind alles Eklige wegwehte.

Und dann waren wir da und rollten langsam an der Unfallstelle vorbei.

Eine zerbrochene Kühlbox, ein Campingstuhl, Cornflakespackungen verstreut auf der Straße, ein paar Decken, ein kaputtes Radio, dazu irgendwas, das nach Servietten aussah, ein Tennisschuh und noch lauter anderer Krempel, den ich nicht identifizieren konnte. Alles über die Straße verteilt wie verschütteter Sand.

»Gehören die Sachen jemandem?«, fragte Billie und zeigte auf einen zerdellten Koffer mit abgerissenen Scharnieren.

Ich nickte.

»Waren Leute in dem Camper?«, fragte sie.

Ich schluckte. »Wahrscheinlich.«

Wir kamen an einem Rettungswagen vorbei. Wenn nun jemand gestorben war? Wenn da ein Toter lag? Ich hielt Billie eine Hand über die Augen.

»Was soll das?« Sie schob meine Hand weg. »Ich will das sehen.«

»Na gut«, sagte ich.

Jetzt sahen wir Menschen. Ein weiterer Polizist leitete den Verkehr und zwei Männer waren an die Seite gefahren und guckten sich das Ganze an wie eine Fernsehshow. Am Straßenrand saßen drei Leute – ein Mann mit Blut im Gesicht, eine weinende Frau und ein Kind mit nackten Füßen. Sie starrten auf die Straße, als könnten sie es nicht fassen – eben noch hatten sie vielleicht ganz harmlos an ihrem kleinen Küchentisch Quartett gespielt und Chips geknabbert und jetzt saßen sie auf der Straße und alle ihre Sachen waren kaputt. Als hätte ein Tornado sie erwischt. Oder ein Erdbeben. Oder ein Explorer, das Auto, das meine Mom getötet hat.

Im einen Augenblick ist alles schön. Und im nächsten stehst du ohne Schuhe auf der Straße und das Blut läuft dir übers Gesicht. Der Instinkt sagt uns, dass wir immer die Augen offen halten sollen. Pass auf, sonst *zack* – so schnell kann alles ganz anders sein.

Billie starrte aus dem Fenster, ihre Wange war nicht mehr ganz so blau wie gestern. Glaubt mir, alles, was ihr kennt, kann sich mit einem Wimpernschlag ändern.

Das Getriebe des Sattelschleppers knarzte, als Tattooman noch einen Gang runterschaltete. Da sahen wir den Camper: rot – nicht schwarz wie der von Dad –, auf der Seite liegend, der hintere Teil in der Mitte geborsten, als hätte ein Riesenbär ihn mit einer gigantischen Kralle aufgeschlitzt. *Wumm*, tschüs, Wände. *Wumm*, tschüs, Fenster. *Wumm*, tschüs, verschlossene Tür, die dich in der Nacht beschützt hat. Verwundet und traurig lag der Camper da, als täte es ihm leid, dass er nur noch der klägliche Rest eines Campers war. Als würde er darum bitten, dass man ihn von seinem Elend erlöst.

Wenn Dad nun irgendwo mitten auf der Straße mit unserem kaputten Camper läge und auf den Notarzt wartete?

Na und? Vielleicht würde ich mich gar nicht darum scheren. Wieso sollte ich? Er scherte sich ja auch nicht um uns.

Meine Brust fühlte sich schwer an.

Kaum waren wir an dem Camper vorbei, floss der Verkehr wieder und wir atmeten endlich Luft, die nicht nach Abgasen roch, und unsere Räder surrten über die Landstraße nach … was hatte er gesagt, wohin wir fuhren? Barstow. Und ich wusste, dass Barstow in Kalifornien lag, denn dort hatte Dad getankt und etwas zu essen gekauft, als wir aus San Diego rausfuhren. Barstow klang gut. In Barstow würden wir irgendwie noch mal bei Julie anrufen. Aber warum ging sie nicht ans Telefon?

Ich versuchte nicht an Mom und den Explorer zu denken, aber ich konnte nichts dagegen tun. Wenn so etwas nun auch Julie passiert war?

Überlebensstrategie #34:

VERSTECK DICH NICHT, GEH ANS LICHT

»Wo sind wir?«, flüsterte Billie.

»Ich weiß nicht«, sagte ich und guckte immer noch aus dem Fenster. Es war 16.45 Uhr.

Wir waren ein paar Stunden lang gefahren und dann von der Landstraße in eine kleine Straße eingebogen, die nicht so aussah, als würde sie irgendwo hinführen, höchstens vielleicht zu einer entlegenen Sandgrube. Riesige Staubwolken wirbelten auf, während wir fuhren. Hin und wieder kamen wir an Baracken mit lauter Gerümpel im Garten vorbei, Autos, Matratzen und verrosteten Schaukeln. Und in allen Himmelsrichtungen waren wir von Wüste umgeben. Von dem meilenweiten Nichts zu allen Seiten tat mir der Kopf weh.

Tattooman parkte seinen Laster vor einem Haus mit drei verblichenen Flamingos im Garten und einer riesigen Satellitenschüssel neben der Haustür. Sie wogte im Wind, als wollte sie abheben und von diesem leblosen, verdorrten Ort wegfliegen. War das Haus vom Himmel gefallen und zufällig hier gelandet? Niemand würde freiwillig hier zwischen Gestrüpp, Kakteen und nichts leben wollen.

Tattooman nahm Mr Sprinkles und ging in das kleine Haus.

Wieder und wieder zählte ich im Kopf die Flamingos.

»Wann kommt er zurück?«, fragte Billie.

Ich zuckte die Schultern. Im Wagen war es heiß. Ich machte das Fenster am Bett auf, doch die Luft, die hereinkam, war genauso heiß.

»Ich hab Hunger«, sagte Billie. Sie hatte heute Morgen zwar Berge von Zeug in sich hineingeschaufelt, aber es war schon längst wieder Zeit zu essen. »Guck mal da rein«, sagte sie und zeigte auf den kleinen Kühlschrank an der Seite.

Ich schaute wieder zu dem kleinen Haus. Da regte sich immer noch nichts. Auf einmal sah ich, wie Mr Sprinkles am Haus vorbeiflitzte, als wäre er auf der Jagd. Er sauste ins Gebüsch und schlug zu. Der hatte anscheinend sein Abendessen gefunden. Mein Magen knurrte.

»Okay.« Langsam kletterte ich die Leiter hinunter, immer noch ängstlich. Ich schlich zum Kühlschrank.

Jetzt kam auch Billie die Leiter hinunter. »Ich hab Durst.«

Ich machte den Kühlschrank auf. Es roch nach saurer Milch. Da waren alte Milch, ein Apfel, der schon bessere Zeiten gesehen hatte, und eine halbe Dose Katzenfutter. Billie drängte sich vor und rümpfte die Nase. »Was isst er den ganzen Tag?«

»Anscheinend isst er auswärts.«

Sie schnappte sich den Apfel.

»Gibt es nichts anderes zu trinken?«

Ich schüttelte den Kopf.

Billie rieb den Apfel an ihrem T-Shirt ab und biss hinein. Dann reichte sie ihn mir und ich biss auch hinein. Der Apfel war mürbe, aber besser als nichts.

»Hätten wir bloß die Wasserflasche mitgenommen«, sagte Billie und wischte sich mit dem Handrücken den Schweiß aus dem Gesicht.

Ich nickte. Wir hätten so vieles tun sollen. Ich öffnete ein Fach über dem Kühlschrank in der Hoffnung, dass Tattooman da vielleicht noch irgendwas drin hatte, und wurde mit einer halben Packung Fruit Loops belohnt. »Guck mal«, sagte ich und rappelte mit der Packung. »Die magst du doch so gern.«

Billie zuckte die Achseln. »Sind da auch Wasserflaschen drin?«

»Nein, aber die hier lenken dich von deinem Durst ab.« Ich schüttete ihr ein paar Fruit Loops in die ausgestreckte Hand.

Sie schob sie in den Mund, ein paar fielen auf den Boden.

»Nicht so hastig«, sagte ich. Aber ich schob mir auch ein paar von den alten Fruit Loops in den Mund und kaute darauf herum. Immer noch besser als nichts.

Als wir alle Fruit Loops aufgegessen hatten, standen wir

eine Weile da und ich schaute aus dem Fenster. Starrte auf das Nichts. Keine Menschen. Keine Häuser. Meilenweit nur öde Wüste.

Schließlich sagte Billie: »Warum braucht er so lange? Ich muss was trinken.« Schweißperlen standen ihr auf der Stirn.

Ein Schweißtropfen kullerte mir den Hals herunter. »Ich weiß nicht.«

»Was machen wir als Nächstes?«

»An der nächsten Tankstelle versuchen wir noch mal Julie zu erreichen.«

»Wann?«, fragte Billie. Ihr Gesicht war rot von der Hitze.

»Sobald wir hier rauskommen.«

Billie strich sich die Haare aus den Augen. »Mir ist so heiß.«

»Ich weiß.« In San Diego hatten sie mal in den Nachrichten von einem Baby berichtet, das im Autositz eingeschlafen war, und anstatt es zur Krippe zu bringen, war sein Vater einfach zur Arbeit gefahren. Er hatte vergessen, dass sein kleines, süßes Baby in seinem Auto schlief. Es war ein heißer Tag und er schloss einfach die Autotür ab und ging zur Arbeit, ohne einen Augenblick daran zu denken, dass er etwas tat, was er nie für möglich gehalten hätte. Und das arme Baby starb innerhalb von zwanzig Minuten oder so, weil es so heiß war. Und der Vater wurde bestimmt seines Lebens nicht mehr froh.

Wie könnte er, nach so etwas?

Ich verscheuchte das Bild aus meinem Kopf, aber es war schwer, nicht daran zu denken, wenn ich Billies rotes, verschwitztes Gesicht sah. Es wurde mit jedem Moment heißer, als würden wir bei lebendigem Leib gegart. Wenn wir nun ohnmächtig wurden und nie mehr aufwachten?

Schließlich sagte ich: »Komm. Wir müssen hier raus.« Ich öffnete die Tür, an der vom Haus abgewandten Seite. Heiße Luft strömte herein, aber es war trotzdem viel besser, als in dem Lastwagen festzusitzen.

Als ich auf dem Boden stand, drehte ich mich um und half Billie die Treppe hinunter. Die erste Stufe war schwierig, weil sie so weit von der zweiten entfernt war, und die Stufe darunter war noch schlimmer, weil der Abstand noch größer war.

Ich streckte die Arme aus. »Komm, ich hebe dich runter.«

Sie fühlte sich so leicht an, vielleicht ungefähr wie ein Robbenbaby. Ich stellte sie auf den Boden; sie hielt sich auf einem Fuß. Den anderen Fuß, den ohne Flip-Flop, hielt sie hoch. An der Ferse hatte sie so etwas wie getrockneten Teer und an der großen Zehe getrocknetes Blut.

Sie stolperte und stellte den nackten Fuß auf den Boden. »Au.«

Ich stützte sie und untersuchte ihre Fußsohle. Der Boden hier war hart, mit vielen Steinen, die ihre Spitzen emporreckten, als wollten sie sich vor etwas schützen. Das würden Steine machen, wenn sie lebendig wären.

»Hier«, sagte ich und zog meinen Schuh aus. Ich wusste nicht, weshalb ich nicht schon früher darauf gekommen war. »Zieh meinen an.«

»Der ist mir doch zu groß.«

»Ich weiß, aber wenn du ihn ganz fest zubindest, müsste es gehen.« Ihr winziger Fuß wackelte in meinem Schuh hin und her. Ich hatte mit acht bestimmt größere Füße gehabt als sie. Ich band die Schnürsenkel, dann sagte ich ihr, sie solle mal ein paar Schritte gehen. Es funktionierte gut.

»Das fühlt sich viel besser an«, sagte sie. »Aber was ist mit deinem Fuß?«

»Das geht schon.« Vorsichtig setzte ich den Fuß auf; die Steine wehrten sich und piksten. »Na bitte«, sagte ich. »Das geht super. Ich glaube, meine Füße sind abgehärteter als deine, weil ich älter bin.«

Billie strahlte. »Echt? Toll.«

Der Sattelschlepper warf seinen Schatten auf uns. Der Schatten und die Brise waren wie eine von diesen kleinen Überraschungen auf dem Boden einer Cornflakesschachtel. Hier konnten wir wenigstens atmen.

»Gehen wir rein?« Billie guckte zu dem Haus. Es war aus blauem Holz, das gesplittert und verblichen war, rundherum ein kaputter Maschendrahtzaun. Eine Plastiktüte, die in einer Raute des Zauns steckte, flatterte wie eine Fahne.

Ich schüttelte den Kopf. »Nein. Wir warten hier, bis er rauskommt, und dann verschwinden wir schnell wieder im Wagen, bevor er uns sieht.«

»Okay.«

In dem Haus war es still, aber ich hatte ein komisches Gefühl, als würde da etwas nicht stimmen. Das unheimliche Gefühl krabbelte mein Rückgrat hoch. Ich drehte mich um. Ein Steppenläufer rollte über die Straße und prallte dann gegen das Wüstengestrüpp.

Billie verschränkte ihre Finger mit meinen und starrte wütend zu dem Haus. »Die ganze Zeit warten wir nur. Was dauert da so lange?«

»Ich weiß nicht.« Die Sonne stand jetzt näher am Horizont. Mr Sprinkles sprang durch das Gebüsch. Wenn Tattooman nun die ganze Nacht blieb? Was sollten wir dann machen? Nein – er hatte zu dem Polizisten gesagt, dass er seine Ladung heute Abend abliefern musste.

Billie setzte sich auf den Boden und lehnte sich gegen eins der riesigen Räder des Lastwagens. Es war fast doppelt so hoch wie sie.

»Wo bist du?«, flüsterte sie. Es war keine richtige Frage, eher eine Botschaft, die der Wind einhüllen und zu Dad tragen könnte. Und wenn er sie hörte?

1. Nichts dann.
2. Es war ihm egal.

Ich fasste in die Gesäßtasche und tastete nach meinem Notizbuch. Es war in Sicherheit. Es erinnerte mich daran, dass ich in der Lage war, mich um mich selbst und auch um Billie zu kümmern.

Allerdings waren wir irgendwie darauf angewiesen, dass Tattooman uns zur nächsten Tankstelle oder nach Barstow brachte, je nachdem, was eher kam. Ich drehte mich um und starrte zum hunderttausendsten Mal zu dem Haus. Was machte er bloß da drin?

»Iiiieh!«, sagte Billie, sprang auf und schob sich noch enger an das riesige Rad. »Wie eklig. Was ist das denn?«

Überlebensstrategie #35:

NIMM DICH VOR ÜBERRASCHUNGS-GESCHENKEN IN ACHT

»Was?«, fragte ich.

Mr Sprinkles war wieder da. Jetzt saß er zu Billies Füßen und sah zu ihr hoch, als ob er etwas erwartete.

Da sah ich es. Neben Mr Sprinkles lag ein pelziges, verfilztes Etwas. Ich stupste es mit meinem einen Schuh an. Es bewegte sich nicht. Tot. Eine dicke, fette Ratte, blutig und ohne Kopf. Mr Sprinkles sah wahnsinnig stolz aus. Und hätte er grinsen können wie die Grinsekatze, hätte er das garantiert getan.

»Widerlich. Warum hat Mr Sprinkles das gemacht?« Billie hielt sich die Augen zu.

Ich nahm einen Stock und berührte die Ratte damit, schob sie von Billie weg. Dann hob ich sie hoch und warf sie in die Wüste. Jetzt war sie von einem kleinen Hügel verborgen.

»Guck«, sagte ich und wischte mir die Hände an meinen Shorts ab. »Weg ist sie.«

Billie nahm die Hand von den Augen und sah Mr Sprinkles wütend an. Er leckte sich die Pfoten und die Schnurrhaare. »Du gemeiner Kater. Kusch!«

Mr Sprinkles stutzte nur kurz, dann putzte er sich weiter. Bestimmt hatte er fürstlich gespeist.

»Mr Sprinkles kann nichts dafür. Er tut das, was alle Katzen tun. Irgendwas in ihm drin sagt ihm, dass er kleine Tiere jagen und fressen soll. Sei nicht so streng mit ihm.«

»Ich finde es schrecklich«, sagte sie und ihre Schultern entspannten sich etwas.

Da fiel mir etwas ein, was Julie mir mal erklärt hatte, als ihre Katze ihr einen toten Vogel auf die Fußmatte gelegt hatte. »Außerdem heißt das, dass Mr Sprinkles dich mag.«

»Er hat das Vieh getötet, weil er mich mag?«, fragte Billie mit großen Augen.

»Er hat eine Ratte getötet und sie dir als Geschenk gebracht. Dich mag er viel lieber als mich – ich hab keine Ratte bekommen.«

Billie schauderte, sagte aber nichts. Sie sah Mr Sprinkles an, der sich jetzt nicht mehr putzte und an Billies Bein entlangstrich.

Plötzlich hörten wir Stimmen aus dem Haus, laut und wütend.

»Nein. Nein!«, schrie eine Frau. Es hörte sich an, als ob sie weinte und am Rande eines Billie-mäßigen Nervenzusammenbruchs wäre.

»Ich mach das nicht! Ich habs mir anders überlegt.«

Dann hörte ich die Stimme eines Mannes – das musste Tattooman sein. Ich konnte nicht verstehen, was er sagte, denn er schrie nicht.

»Nein. Ich kann sie nicht zurücklassen. Du verlangst von mir, dass ich meine Babys verlasse. Sie brauchen mich. Sie sterben sonst. Ich mach das nicht!«

Billies Augen wurden so rund wie Zwiebelringe. »Babys«, flüsterte sie.

Ich nickte. »Komm.« Wir schlichen zum Haus. Wir mussten. Die Frau hatte *Babys* und *sterben* gesagt. Was hatte Tattooman vor? Wir hockten uns unter das geöffnete Fenster, direkt neben einen Gartenschlauch, der angenagt aussah. Er hing notdürftig mit ein paar Bindfäden befestigt am Wasserhahn.

Billie hielt sich die Nase zu. »Was ist das für ein Gestank?«

Tränen traten mir in die Augen. Irgendwas im Haus oder draußen roch nach Verwesung. Oder nach Dixiklo. Oder noch schlimmer.

Billie machte ein Würgegeräusch, als müsste sie sich übergeben. »Bah!«, sagte sie.

»Billie, sei still«, flüsterte ich.

»Aber das stinkt so.« Billie hielt sich am Fenstersims fest und versuchte sich auf einen Stein unter dem Fenster zu stellen, um hineinsehen zu können, aber sie war zu klein.

Ich schlich näher heran. Das Fenstersims war zersplittert und mit Kratzspuren bedeckt. Vor dem durchlöcherten Fliegengitter hing ein Pu-der-Bär-Laken als Vorhang und flatterte im Wind. Ein Stück mit I-Aahs Gesicht ragte jedes Mal, wenn der Wind sich drehte, durch ein größeres Loch. Ich spähte hindurch und versuchte meine Augen auf die Dunkelheit im Haus einzustellen.

»Na los, Sharlee.« Tattoomans Stimme erfüllte den Raum, aber er sprach sanft, wie zu Mr Sprinkles. »Du hast gesagt, du kommst mit. Mom wünscht sich, dass du kommst. Vielleicht ist das die letzte Gelegenheit für dich, sie zu sehen.«

In dem Raum gab es nichts als ein Sofa in einer Ecke und einige Schälchen, die auf dem Boden verteilt waren. An den Wänden hingen ein paar gerahmte Fotos von einem kleinen Mädchen, sonst nichts. Tattooman ging über den Holzfußboden, lehnte sich an die Wand und redete mit einer Frau, die Sharlee sein musste. Sie saß zusammengekauert auf dem Sofa und etwas Dunkles saß auf ihrem Schoß. Es sah aus wie eine Katze. Sie hielt die Hände vors Gesicht, ihre Schultern bebten.

»Ich kann nicht. Sie sind mein Ein und Alles. Seit Katelyn gestorben ist, hab ich niemanden mehr.« Sie seufzte. »Sie trösten mich sehr.« Sie wandte sich von Tattooman ab und redete in Babysprache mit der Katze auf ihrem Schoß. »Du bist meine Prinzessin, stimmts? Du bist mein kleiner Liebling, weißt du das?«

Tattooman schloss die Augen. Er rieb sich über das Gesicht,

als wollte er es waschen. Schließlich sagte er: »Bedeutet Mom dir denn gar nichts?« Er starrte das Tier auf ihrem Schoß an, als würde er den üblen Geruch jetzt auch wahrnehmen. »Mom hat mich gebeten herzukommen und dich abzuholen. Sie macht sich Sorgen.«

Sharlee wurde ganz steif und setzte sich gerade hin. »Mir geht es gut«, sagte sie und streichelte die Katze.

»Dann lass mich wenigstens nach deinem Wagen sehen. Du kannst nicht hier draußen wohnen und nicht mal ein funktionstüchtiges Fahrzeug haben. Was ist, wenn mal irgendwas passiert?«

Sharlee zuckte die Schultern. »Bob kommt her und bringt mir alles, was ich brauche.«

Billie zupfte an meinem T-Shirt. »Was ist da? Wo ist das Baby?«

Ich schob sie weg. »Ich weiß nicht.« Ich sah mich wieder in dem Raum um.

Tattooman ließ die Schultern hängen, als hätte er einen Kampf verloren.

Sharlee saß stumm und steif da. Eine Weile war alles still bis auf den Wind, der hin und wieder das Laken flattern ließ, und mein pochendes Herz und noch irgendwas anderes. Aber das konnte ich nicht einordnen. Da war ein Hintergrundgeräusch, wie das Meeresrauschen am Strand oder das Geräusch im Radio, wenn der Sender verschwindet. Irgendwas summte in der Wohnung.

Ich schaute wieder durch das Fenster und sah, dass sich in den Ecken des Zimmers etwas bewegte. Kleine dunkle Gestalten purzelten übereinander.

»Na gut, wenn ich dich nicht überreden kann«, sagte Tattooman.

Sharlee schüttelte den Kopf hin und her.

Er fasste in die Hosentasche. »Hast du genug Geld?«

»Heb mich hoch«, sagte Billie und zog wieder an meinem T-Shirt. »Ich will auch mal gucken.«

Ich trat vom Fenster zurück, ging in die Hocke und untersuchte den Boden.

»Was ist das für ein Geräusch?«, fragte ich Billie. Ich spähte in das dunkle Loch, das in die Holzwand gekratzt war. Ich beugte mich näher heran und Billie stieß einen kleinen Schrei aus.

Überlebensstrategie #36:

MANCHMAL MACHT DER INSTINKT ÄRGER

»Achtung!«, sagte sie. »Da ist eine Maus!«

Ich sprang zurück und genau in dem Moment kam eine große Ratte aus dem Loch gekrochen und lief über meine Füße.

»Das ist keine Maus.« Ich wich zurück, mein Fuß kam mir auf einmal zu nackt vor. Die Ratte schlich an der Hauswand entlang und verschwand um die Ecke. In dem Moment kapierte ich, was das Geräusch war. Kleine Krallen, Hunderte, die zwischen den Wänden kratzten. Ich sah zum Fenster hinein. Unzählige Ratten machten sich über eine Schale auf dem Boden her.

Da kroch mir etwas Warmes, Haariges über den nackten Fuß und ich konnte den Schrei, der aus meinem Mund wollte, kaum zurückhalten. Aber es war nur Mr Sprinkles, der noch mal Hallo sagen wollte.

Billie hatte anscheinend schon halb vergessen, dass er gerade eine Ratte getötet hatte. Sie beugte sich hinunter, um ihn zu streicheln. Er rollte sich zu ihren Füßen zusammen und Billie gab ihm, ohne zu zögern, einen Kuss auf den Kopf.

»Lass das«, flüsterte ich. »Er ist voller Rattenbazillen.«

»Warum denkst du immer, alles hätte Bazillen? Er ist so süß.«

Die Ränder von Mr Sprinkles' Maul waren braun verschmiert. Mir drehte sich der Magen um beim Gedanken daran, wie viele Innereien von Ratten er schon zerbissen hatte. Aber wie gesagt, er machte nur das, was alle Katzen machen. Instinkt. Theoretisch sollen Ratten genauso freundlich und intelligent wie Hunde sein, aber wenn ich das Rattennest in Sharlees Haus sah, schüttelte es mich.

Ich ging einen Schritt näher heran und zog mich am Fenstersims hoch, um noch mal reinzuschauen.

Tattooman ging zur Haustür.

Sharlee saß immer noch auf dem Sofa, summte ein Schlaflied und streichelte das Tier auf ihrem Schoß. Jetzt wusste ich, dass es keine Katze war, die in ihren Rock gekuschelt dasaß, sondern eine Ratte. Sharlee war wie die Tigermama, die sich um die Ferkel kümmerte, weil sie so viel Liebe hatte und kein eigenes Kind.

An der Tür zögerte Tattooman. »Ich seh mal nach deinem Wagen.« Dann ging er.

»Nein, lass das«, sagte Sharlee zu dem leeren Zimmer.

Mir war ein altes Auto auf der anderen Seite des Hauses aufgefallen. Jetzt hörte ich, wie Tattooman versuchte einen Motor zu starten.

Sharlee saß immer noch da. Sie schaute auf die Ratte in ihrem Schoß, als wäre sie das Einzige auf der großen weiten Welt, auf das es ankam. Als wollte sie sie festhalten und nie mehr loslassen. Das Bedürfnis konnte ich verstehen.

»Komm«, sagte ich schließlich zu Billie. »Wir müssen wieder in den Wagen.«

Sie gab keine Antwort.

Ich drehte mich um. Sie war weg. Und mit ihr Mr Sprinkles.

»Billie«, zischte ich. Ein schmaler Weg führte durch das Gebüsch zur Rückseite des Hauses. Wahrscheinlich eine Rattenspur. »Billie!« Ich bog um die Ecke.

Da war sie, sie kauerte mit geschlossenen Augen am Boden und stöhnte.

Mr Sprinkles saß neben ihr und maunzte.

Ich rannte zu ihr. »Was ist?«

»In die Hand gebissen.« Sie hob die Hand hoch über den Kopf.

Ich sah zu Mr Sprinkles. »Ich hab dir doch gesagt, du sollst von der Katze wegbleiben. Lass mal sehen.« Ich wollte ihre Hand nehmen, doch sie zog sie weg.

»Nein. Eine Ratte hat mich gebissen.«

Mir wurde übel. In der sechsten Klasse hatte unsere Lehrerin Mrs Mortensen uns vom Mittelalter erzählt, davon, dass damals fast alle an der Beulenpest gestorben waren, einer Krankheit, die von Rattenflöhen übertragen wurde.

Billies Hand war blutverschmiert und an ihrem Zeigefinger

war die Haut eingerissen. »Welche Ratte?« Ich sah mich auf dem Boden um. Ich musste sie finden. Wenn sie nun krank war? Wenn sie die Pest hatte? Nein, nicht die Pest. Die Pest war ausgestorben, aber was war mit Tollwut? Die Ratte konnte Tollwut haben oder vielleicht eine noch schlimmere Krankheit, die ich gar nicht kannte. Kann man an einem Rattenbiss sterben?

»Da drüben.« Billie zeigte ins Gebüsch. »Mr Sprinkles hat sie gejagt und hatte sie am Schwanz. Ich wollte ihn dazu bringen, dass er sie freilässt, aber sie hat mich gebissen.«

Sie steckte den Finger in den Mund.

Ich schlug ihre Hand weg. »Lass das. Der ist schmutzig. Du weißt nicht, was für Bazillen die Ratte hat.«

Billie verzog das Gesicht, Tränen liefen ihr über die Wangen. »Ich will keine Bazillen.«

Ich nahm sie hoch, als wäre sie vier Jahre alt. »Schscht. Alles wird gut.«

Sie hängte sich an meinen Hals wie ein Koalababy, während ich schwankend um das Haus herumging. Mir zitterten die Beine. Als ich an dem Rattenloch hinter dem Gartenschlauch vorbeikam, hatte ich das Gefühl, mir könnte jederzeit eine Ratte ins Bein beißen. Ich ging weiter, bis wir fast wieder an der Vorderseite des Hauses waren. Der Wind war stärker geworden, er blies die Steppenläufer in alle Richtungen.

Billie weinte und schluckte jede Menge Luft.

»Alles ist gut. Das wird schon wieder.« Aber ich konnte nur daran denken, dass sie womöglich die Tollwut im Blut hatte.

Ich spähte um die Ecke. Tattooman stand mit dem Rücken zu uns unter der Motorhaube vom Wagen seiner Schwester. Der Sattelschlepper kam mir so weit weg vor wie San Diego. Ich veränderte meinen Griff, aber Billie rutschte herunter. Als ich einen Schritt machte, stach mir ein Dorn in den nackten Fuß. Ich setzte Billie ab, tastete meine Fußsohle nach dem Dorn ab und zog ihn heraus.

Jetzt stand Tattooman auf und ging um das Auto herum zur Fahrerseite. Er setzte sich hinein und startete den Motor. Der Motor sprang an, dann erstarb er wieder. Tattooman fluchte. Der Wind blies kräftiger und noch mehr Steppenläufer tanzten durch den Garten.

Ich lehnte mich an die Seitenwand des Hauses. Billie weinte und ich nahm sie wieder auf den Arm. Ich war dankbar für den Wind, der ihr Schluchzen verschluckte und weit, weit weg wehte.

»Schsch«, machte ich.

Vielleicht wirkte in genau diesem Augenblick das Gift der Ratte. Ich durfte nicht länger warten. Sie konnte jeden Moment ausflippen und ich hatte das Gefühl, meine Arme würden gleich brechen.

Wieder spähte ich um die Ecke. Tattooman war unter der Motorhaube. Vielleicht sollte ich ihn um Hilfe bitten. Ich machte einen Schritt, dann blieb ich stehen und kauerte mich ans Haus. Das konnte ich nicht machen. Er würde total sauer werden. Er würde die Polizei rufen.

Ich musste einfach wieder in den Lastwagen. Dann konnte ich mir etwas überlegen.

»Okay, ich renne jetzt los. Kannst du mit mir rennen?« Ich stellte Billie auf den Boden und fasste ihre gesunde Hand.

Sie schüttelte den Kopf.

»Komm schon, Billie.«

Sie weinte nur noch mehr.

»Weißt du noch, gestern, als du ein Gepard warst? Du warst so schnell! So machen wir das jetzt auch.«

»Mein Finger tut weh«, jammerte sie.

Ich hielt ihr den Mund zu.

»Billie, du darfst jetzt nicht schreien. Nicht wie gestern Nacht. Du musst leise sein.« Ich sah das wütende Gesicht von dem Löffelmann vor mir.

Tränen standen ihr in den Augen. Sie quollen aus den Augenwinkeln und liefen ihr in schmutzigen Streifen über das Gesicht.

»Wenn ich dich trage, bist du dann still?«

Sie nickte.

Ich wischte mir die Hände an den Shorts ab und hob Billie wieder hoch. Meine Beine waren immer noch zittrig und jetzt hatte ich auch noch verschwitzte Hände.

Da miaute Mr Sprinkles. Er saß vor Sharlees Auto, als hätte er keine Ahnung, dass er an Billies Tollwut schuld war. Er drehte sich um und sah mich an. Dann miaute er weiter. In diesem Moment hasste ich ihn.

»Was ist denn, Mr Sprinkles?«, rief Tattooman. Sein Kopf steckte unter der Motorhaube, er blickte nicht mal auf.

»Jetzt«, sagte ich zu Billie.

Ich stürzte zum Sattelschlepper und hoffte, dass meine Gedanken mir Kraft verliehen.

Ich darf sie nicht fallen lassen. Ich darf sie nicht fallen lassen.

Irgendwas stach mir wieder in den Fuß. Mein Gehirn sagte mir, dass ich stehen bleiben und es herausziehen sollte, aber das ging nicht. Ich biss die Zähne zusammen und hoffte, dass es bald vorüber war. Jeder Schritt schien Superkräfte zu erfordern. Ich beschwor mein Adrenalin herauf, hoffte, es würde durch meine Adern strömen und mir übermenschliche Kräfte verleihen.

Doch mit jedem Schritt wurden meine Hände schwächer. Billies Haut fühlte sich an wie schleimige Fischschuppen. Ich grub die Fingernägel in ihre Beine. Ein Rad des Lastwagens ragte vor mir auf. *Wenn ich es nur bis zu dem Rad schaffe …*

»Liberty!«, schrie Billie. »Du tust mir weh. Ich falle.«

Und als wir fast da waren, konnte ich sie nicht länger halten. Meine Arme schienen in Stücke zu zerfallen. Beim letzten Schritt brach ich zusammen.

Billie knallte auf die Erde. Eine Staubwolke umwirbelte uns, als wären wir in einem Traum. Der Staub drang mir in die Lunge. Einen Augenblick hoffte ich, er würde uns einhüllen wie ein Tarnmantel und uns vor dem verbergen, was als Nächstes kam.

Überlebensstrategie #37:

HILF DIR SELBST

Und dann schien die Kraft meiner Gedanken zu wirken, denn der Wind heulte weiter und wirbelte um uns herum und einen solchen Staubsturm hatte ich überhaupt noch nie gesehen. Billie schrie, aber der Wind verschluckte ihren Schrei und verwandelte ihre Stimme in reine Luft. Billies Anfall im Hotel war schon schlimm gewesen, aber der hier war noch zehnmal schlimmer. Sie verdrehte die Augen. Lag das an dem Rattenbiss? Hatte sie schon die Tollwut?

»Billie, sei still!« Ich schüttelte sie, versuchte sie zur Vernunft zu bringen. Der Staub wirbelte herum, ich konnte nicht mal Tattooman oder das kleine Haus sehen. Ich schüttelte sie noch fester und grub die Finger in ihre Arme. Aber sie schrie immer weiter, als wüsste sie nicht mal, dass ich ihre Schwester war. Als wäre sie gar nicht auf diesem Planeten, als hätte ein Rattenparasit von ihrem Körper Besitz ergriffen.

Ich ließ sie los und umarmte mich selbst, damit das Zittern aufhörte. Ich musste die Verantwortung übernehmen. Jetzt war keine Zeit für Notizbücher und Fakten. Eine kleine Stimme in meinem Kopf sagte mir: *Du schaffst das nicht allein. Hol Hilfe.* Aber ich wollte Tattooman mit seinen Flüchen, seinen Tattoos und seinem wütenden Gesicht nicht um Hilfe bitten. Nein. Ich konnte mich nur auf mich selbst verlassen.

Instinktiv holte ich mein Notizbuch heraus und blätterte darin herum. Allein das beruhigte mich schon. Ich musste etwas übersehen haben. Ich sah zum Garten: die rissigen Flamingos, der verfallene Zaun, das kaputte Auto …

Das Auto.

Tattooman hatte es repariert, oder? Die Motorhaube war zu. Er musste ins Haus gegangen sein.

Die Sitze im Auto wurden nur mühsam von zernagtem Stoff zusammengehalten. Überall ragten Sprungfedern heraus. Aber da sah ich die Schlüssel auf dem Sitz. Und ehe ich mich zurückhalten konnte, hatte ich einen Entschluss gefasst. Ich steckte das Notizbuch in die Tasche. Manchmal muss man etwas tun, von dem man nie gedacht hätte, dass man es tun würde, nur um alles wieder zusammenzufügen.

Ich schlich ins Auto. Wir würden nicht auf die Schlange warten und einen Herzinfarkt bekommen wie die Präriehunde.

Überlebensstrategie #38:

FLIEH

Mein Herz saß irgendwo unter meinem Kehldeckel. Ich hatte das Gefühl zu ersticken.

Ich warf einen Blick zur Haustür. Immer noch zu.

Ich stellte mir vor, wie es Tattooman in den Händen juckte, jemanden zu erwürgen. Ich musste etwas tun. Es musste *jetzt etwas* geschehen.

Und bevor ich richtig nachdenken konnte, hatte ich schon den Schlüssel ins Schloss gesteckt.

Ich musste es tun.

Es war, als würde das Auto mich darum bitten. Als wollte es von mir befreit werden. Es wollte, dass ich Billie und mich zusammen mit ihm von diesem toten Ort wegbrachte, der einem, wenn man es zuließ, das Leben aussaugte wie einen lauwarmen Schokoladenmilchshake. Man brauchte nur an Tattoomans Schwester zu denken – wie sie allein auf dem Sofa saß und die Ratten streichelte, als wäre sie schon tot.

Ich drehte den Schlüssel herum. Das Auto schnaufte, als

würde es aus dem Grab auferstehen. Aber dann erstarb es. Ich drehte den Schlüssel wieder herum und diesmal blieb der Motor an. Ich war noch nie Auto gefahren, aber ich hatte Mom tausendmal dabei zugesehen. So schwer konnte das nicht sein. Ich trat auf das große Pedal am Boden. Nichts passierte. Dann trat ich auf das Pedal rechts und das Auto jaulte auf.

In diesem Moment schrie jemand: *»Hey!«*

Tattooman stand mit geballten Fäusten vor dem Haus. Sharlee stand neben ihm, eine Ratte auf jeder Schulter.

Ich zog den Hebel am Lenkrad zum Buchstaben D, knallte den Fuß auf das Pedal und das Auto machte einen Satz nach vorn, direkt auf die beiden und das Haus zu.

Tattooman und Sharlee sprangen zur Seite. Und die Ratten garantiert auch.

Und da fuhr ich auch schon – *wamm!* – gegen das Geländer der Veranda. Mein Kopf flog nach vorn und knallte auf das Lenkrad.

Und dann wurde alles still.

Als würde die Welt tief Luft holen. So ruhig und ausgiebig, dass die Stille für lange Zeit blieb. Als wären wir auf dem Meeresgrund. Wir schwebten, Billie und ich, unbesiegbar mit unseren Schildkrötenpanzern. Nichts konnte uns etwas anhaben, niemals.

Ich tastete nach Billie. Aber sie war ja nicht da, das hatte ich vergessen. Und ich konnte nur an Mr Sprinkles und sein dummes Gemaunze denken. Und dass Billie nicht krank wäre, wenn er und seine blöden Ratten nicht gewesen wären.

Und dann kam es.

Das Supererdbeben. Alles in meinem Innern zitterte, als würden sich die tektonischen Platten verschieben, und ein Schmerz in meinem Herzen brach hervor, der vielleicht nie mehr aufhören würde.

Überlebensstrategie #39:

MANCHMAL KOMMEN SIE ZURÜCK

Und ehe ich daran zweifeln konnte, sah ich ihn durch den Staub. Da war er.

Dad.

Erst konnte ich es nicht glauben. Aber er war es. Er hatte uns gefunden. Die Meeresschildkröte hatte es sich anders überlegt und war Tausende von Meilen weit zu ihren Eiern zurückgeschwommen, denn wie hatte sie ihre Eier auch so hilflos zurücklassen können? Manchmal scheint selbst die Natur nicht natürlich zu sein, denn Eltern und Babys gehören immer zusammen.

»Alles in Ordnung?«, fragte er und machte die Autotür auf.

Mir tat nichts weh außer meinem Kopf. Aber das machte nichts, weil er endlich da war. Und das bedeutete, dass wir nach Hause konnten. Wir waren in Sicherheit. Wir waren eine Familie.

»Kannst du mich hören?«

Ich nickte und lächelte. Jedenfalls hoffte ich, dass ich lächelte, denn ich war echt glücklich. Und wenn man glücklich ist, soll man lächeln. Lächeln ist das, was Tiere nicht können. Na ja, abgesehen von Affen. Aber wenn man Affen nicht mitzählt, womit ich nicht sagen will, dass man sie nicht mitzählen soll, ist das eine Eigenschaft, die uns Menschen ausmacht. Wenn man etwas empfindet, soll man es zeigen. Nicht so tun, als ob, denn das bringt überhaupt nichts. Ich brauchte nicht mehr so zu tun, als ob. Ich war glücklich.

»Billie«, sagte ich.

»Ich sehe sie. Keine Sorge.« Und er zog mich aus dem Auto und legte mich auf den Boden, der sich jetzt weich und angenehm anfühlte. Und ich war nicht im Meer, denn da war der Himmel. Ziemlich blau. Mit kleinen Schäfchenwolken. Und es fühlte sich verkehrt und gleichzeitig vertraut an.

Und da sah ich es.

Der Drache mit dem Schwert durchs Herz und ein Schlüssel und ein Teil vom Gesicht einer schönen Frau. Sein Arm, vom Handgelenk bis ich weiß nicht wo, mit Tattoos bedeckt. Und das war das Schlimmste.

Denn jetzt war der Traum zerstört. Ich kannte die Wahrheit.

Es war nicht Dad.

Er war nicht gekommen. Und es machte mich wütend, dass ich mir das einen kleinen Moment lang gewünscht hatte.

Überlebensstrategie #40:

MANCHMAL KOMMT HILFE VON EINEM TYP MIT TATTOOS

Tattooman legte für uns eine Decke draußen neben den Sattelschlepper. Er sagte, im Wagen sei es zu heiß und Billie bräuchte ein bisschen Luft. Der Wind hatte sich gelegt, aber hier und da gab es noch kleine Staubwirbel. Ich sah auf die Uhr. Es war 18.42 Uhr. Sharlee war wieder ins Haus gegangen, weil wir, wie sie sagte, ihre Babys störten.

Es waren erst zehn Minuten vergangen und Tattooman sah immer noch so aus, als wäre ihm Bigfoot begegnet.

Oder vielleicht eine Meerjungfrau. Oder ein Ufo (was eigentlich nicht so abwegig war, denn wahrscheinlich gibt es Leben auf anderen Planeten). Er starrte mich die ganze Zeit an, als könnte ich verschwinden, wenn er mal wegguckte. Und er sagte, dass der Lattenzaun sowieso hinüber war. Und dass eine Macke mehr an Sharlees Auto auch nichts mehr ausmachte. Er wollte bloß nett sein.

»Es tut mir leid«, sagte ich.

Er zuckte die Schultern.

»Das tut weh«, sagte ich und nahm die Eispackung von der Stirn. Ich hielt sie ihm hin.

»Nein, hinterher wirst du froh sein, dass du sie gekühlt hast. Du hast eine ganz schöne Beule an der Stirn. Nur noch ein bisschen«, sagte er.

Er erzählte, dass er einen Kurs in Wiederbelebung und Erster Hilfe absolviert hätte, denn als Fernfahrer sei er manchmal als Erster an einer Unfallstelle. Und er wollte gerne darüber Bescheid wissen, was im Notfall zu tun wäre. Er sagte, er sei auf alles vorbereitet. Auf Billie und mich war er wohl trotzdem nicht so richtig vorbereitet.

Ich hatte Tattooman schon fast alles erzählt: dass Dad uns verlassen hatte, dass wir versucht hatten Julie anzurufen und warum wir uns in seinem Laster versteckt hatten.

Jetzt gerade benahm Billie sich normal, aber man konnte nie wissen. Ich sah sie immer mal wieder von der Seite an, um zu sehen, ob das Gift der Ratte schon wirkte. Aber abgesehen von dem Biss schien sie ganz munter zu sein. Ihr Finger sah aus, als müsste er genäht werden, wie einmal bei Mom, als sie sich beim Zerteilen einer Wassermelone in die Hand geschnitten hatte.

Und jetzt hatte Billie wahrscheinlich sowieso schon die Tollwut.

Erst hatte Billie neben dem Sattelschlepper auf dem Boden gelegen. Jetzt war sie wach und bat um Wasser. Sie hatte schon drei Flaschen getrunken, ich eine. Und Tattooman sagte, sie sei wahrscheinlich nicht wegen dem Rattenbiss ohnmächtig geworden, sondern weil sie dehydriert war. Aber er war der Meinung, dass die Wunde genäht werden musste. Und dass wir Billie zu einem Arzt bringen mussten.

Tattooman sammelte die leeren Wasserflaschen ein und warf sie in den Lastwagen. »Wir müssen jetzt mal weiter.« Er wandte sich zu Billie. »Schaffst du das? Du reiherst mir doch nicht in den Wagen, oder?«

Billie schüttelte den Kopf.

Tattooman wusste gar nicht, wie nah er der Wahrheit kam.

Jetzt wirkte er gar nicht mehr so unheimlich.

»Rufen Sie einen Krankenwagen?«, fragte ich.

»Nein. Ihr zwei braucht keinen Krankenwagen, nur einen guten altmodischen Arzt. Wir sind hier am Arsch der Welt und ein Krankenwagen würde doppelt so lange brauchen, um euch ins Krankenhaus zu fahren. Ich bringe euch hin.«

Tattooman zwickte sich in die Haut mitten auf der Stirn, als könnte sie sich sonst spalten.

»Und wann hat euer Vater euch verlassen?«, fragte er und versuchte seine Verwunderung zu verbergen, aber ich hörte sie doch heraus, wie eine Anklage – als würde er denken *Was muss das für ein Mädchen sein, das von ihrem Vater in der Wüste zurückgelassen wird?*

Aus dem Augenwinkel guckte ich zu Billie, sie sah immer noch normal aus, nur irgendwie fertig.

Ich tat so, als würde ich Tattooman zuhören und über die Frage nachdenken. Normalerweise war ich gut darin, Fragen zu beantworten, wie in der Schule. Aber mein Kopf tat weh.

»Was?«, fragte ich.

»Wann ist euer Vater weggefahren?«

Die Frage hing zwischen uns wie ein zartes Spinnennetz. Ich wollte mit der Hand hindurchfahren und all die kleinen Fäden zerreißen.

»Gestern.«

Nach einer Weile fragte er: »Und wo wart ihr, als er … hm … als er nicht mehr wiederkam?«

Billie mischte sich ein. »Er hat uns an der Tankstelle gelassen. Liberty hat gesagt, er ist Eis kaufen gefahren. Und Mom kann uns nicht holen kommen, weil sie im Ozean ist.«

»Billie, still«, sagte ich. Und zu Tattooman: »Ich glaub, wir waren irgendwo in der Nähe von Four Corners.«

Er wurde ein bisschen blass. »Four Corners ist Stunden von hier entfernt.«

Ich schluckte schwer. Einen kleinen Moment wünschte ich, wir säßen immer noch hinten im Wagen der Lavendeldame, auf den Boden gekauert und vor allem verborgen.

»Wie weit ist es bis nach San Diego?«, fragte ich.

»Bei dem Verkehr würde ich sagen, vier bis fünf Stunden.«

Ich räusperte mich. Immer noch fünf Stunden weit weg. Ich wollte nicht, dass Tattooman dachte, er hätte uns jetzt an der Backe. »Keine Sorge. Julie kommt auf jeden Fall. Wir müssen sie mal anrufen. Aber ich glaub nicht, dass unser Vater zurückkommt.« Mein Hals fühlte sich plötzlich wund und rau an. Ich pulte an etwas Blumenförmigem, das unter meiner Fußsohle klebte.

Billies Augen füllten sich mit Tränen. »Das glaube ich jetzt auch.«

Schließlich sagte Tattooman: »Ich bring euch erst mal zu einem Arzt.« Er wandte sich zum Haus seiner Schwester. »Ich kann für die Ratte, die sie gebissen hat, meine Hand nicht ins Feuer legen. Meine Schwester kümmert sich nicht sehr gut um ihre Haustiere.«

»Haustiere?«, fragte ich.

»Sie hat gesagt, das sind ihre Babys«, sagte Billie. Sie wischte sich Tränen und Rotz auf den Arm. Es glänzte wie Schneckenschleimspuren.

»Ja, so was in der Art«, sagte Tattooman.

Er hob mich hoch und setzte mich auf den Beifahrersitz des Sattelschleppers, dann trug er auch Billie zum Wagen. Sie wollte auch auf meinen Sitz.

»Hier kannst du nicht sitzen«, sagte ich. »Das ist zu gefährlich. Dafür muss man zwölf sein.«

Sie schüttelte den Kopf. »Er hat aber schon gesagt, dass ich darf.«

Tattooman stieg auf der anderen Seite ein. Er hielt Mr Sprinkles wie ein Baby in einem Arm. Er zwinkerte uns zu, nahm das Steuer und scheuchte den Kater runter. Dann warf er mir sein Handy zu. »Ruf deine Julie an. Sag ihr, wo ihr seid.«

Jetzt waren die Steine in meinem Bauch wieder da. Noch eine Nachricht für Julie. Wo steckte sie nur?

»Kommt Ihre Schwester mit?«, fragte Billie und zeigte zu dem kleinen Haus.

Er schüttelte den Kopf. »Nein. Ich kann nicht viel für sie tun. Sie weigert sich das Haus zu verlassen. Ich wünschte, sie würde es sich anders überlegen, aber sie ist, wie sie ist.«

Mr Sprinkles sprang auf Billies Schoß und rollte sich zusammen, als wollte er den ganzen Tag schlafen.

Tattooman lächelte Billie an. »Pass auf deine Hand auf. Halt sie hoch und weg von Mr Sprinkles. Was ist mit der Serviette, die ich dir gegeben hab?«

»Die ist weggeweht.«

»Warte mal, ich glaube, ich hab da was.« Er beugte sich vor und fummelte unter seinem Sitz herum. Er zog einen Erste-Hilfe-Koffer heraus. Er klappte den Deckel auf und kramte herum, bis er gefunden hatte, was er suchte. »Hier, zeig mal deinen Finger.«

Billie stand auf und streckte ihm den Finger hin.

Tattooman öffnete eine Verpackung und heraus kam ein Pflaster mit vier langen Enden, die aussahen wie Flügel. Es erinnerte mich an einen Schmetterling, den ich mal in einer Zeitschrift gesehen hatte: den Leoparden-Netzflügler, der in Singapur lebt. Als Raupe hat der Leoparden-Netzflügler am ganzen Körper riesige Stacheln, doch wenn er schlüpft, verwandelt er sich in einen der schönsten Schmetterlinge, die ich je gesehen habe. Ich würde gern eines Tages mal nach Singapur, um einen Leoparden-Netzflügler persönlich zu sehen.

Tattooman wickelte die Pflasterflügel um Billies Finger und zog die Haut dabei wieder zusammen. »Tut das weh?«

Billie schüttelte den Kopf.

»Mit ein paar Stichen kriegen wir das schnell wieder hin.«

Das kleine S zwischen Billies Augen vertiefte sich. Würde sie ausflippen? Ich wartete darauf, dass der Rattendämon herauskam.

»Du hast doch keine Angst vorm Nähen, oder?«, fragte Tattooman und ließ den Motor an.

»Doch«, sagte Billie.

»Vor so winzig kleinen Stichen? Das ist doch gar nichts. Guck dir das hier an.« Er zog einen Ärmel hoch und zum Vorschein kam eine hässliche, verwachsene Narbe. Sie lief über seine Schulter wie brennende Lava.

»Motorradunfall. Vor zwei Jahren«, sagte er, während er anfuhr. »Mein rechtes Bein sieht genauso aus. Sagen wir mal, an dem Tag hatte ich ziemlich großes Glück und das weiß ich auch.«

Billie nickte, sie saugte jedes einzelne Wort auf.

»Nicht jeder hat Glück«, sagte ich. »Wir haben keins.« Das war mir einfach so rausgerutscht. Ich hätte es gern wieder runtergeschluckt, aber es war zu spät. Ich wartete auf einen der blöden Sätze, die Leute sagen, wenn sie wollen, dass man sich nicht mehr leidtut. Als Mom gestorben ist, hab ich alle möglichen *Tut-mir-leids* zu hören bekommen, und nichts davon klang echt.

Tattooman seufzte. »Da hast du vielleicht recht. Ihr zwei habt grad echt kein Glück, was?«

Überrascht zeigte ich auf Billie. »Ich finde es nicht gut, wenn sie hier vorn neben mir sitzt. Das ist gefährlich.«

Er grinste und zwinkerte Billie zu. »Ach, da passiert schon nichts, nur dieses eine Mal. Schnallt euch mal an. Wir müssen eure Glückstheorie testen.«

Der Sattelschlepper fuhr über die Schotterpiste.

»Kommt eine dicke Frau zum Bäcker«, sagte Billie.

Ich sah zu ihr hin, aber sie meinte Tattooman.

»Und sagt: ›Ich möchte gern Rumkugeln!‹ Darauf der Bäcker: ›Aber nicht in meinem Laden!‹« Billie lachte.

Tattooman lachte auch. »Der ist echt gut.« Grinsend lenkte er den Wagen um ein kleines Loch in der Schotterpiste. Er runzelte die Stirn. »Ich glaub, ich kenne keine jugendfreien Witze.«

»Haben Sie Kinder?«, fragte Billie.

Ich tat so, als ob mich das nicht interessierte, aber ich wollte die Antwort hören. Hatte Tattooman irgendwo ein Kind, das er nicht beachtete und mit dem er nie redete, genau wie unser Vater?

»Ich?« Tattooman lachte. »Nee. Nicht dass ich wüsste. Ich glaub, ich bin nicht der Typ für Kinder.«

Billie zuckte die Schultern. »Ich glaub, Sie könnten das ziemlich gut.«

»Meinst du?«, fragte er.

Billie nickte.

Ich zog mein Notizbuch aus der Gesäßtasche und blätterte darin herum. Da war es: das Foto von dem Eselspinguin, das mein Vater gemacht hatte. Ich pulte an den Ecken und zog. Es riss mittendurch und machte dabei ein befriedigendes Geräusch. Jetzt waren von dem Pinguin nur noch Teile seines Rückens, seines Schnabels und ein Fuß übrig. Ich riss auch die andere Seite ab, wobei sich ein bisschen Papier vom Notizbuch löste. Wie oft hatte ich das Foto angesehen und mir vorzustellen versucht, was Dad in dem Moment machte? Ich zerknüllte das Foto zu einem kleinen Ball.

»Ich hab Hunger!«, rief Billie. Sie hatte das Fenster heruntergekurbelt.

Es war Zeit fürs Abendessen.

Ich steckte das zerknüllte Foto in die Hosentasche. »Ich nicht.«

Billie drehte sich um und starrte mich an. »Hast du wohl. Wir haben den ganzen Tag noch gar nichts Richtiges gegessen.«

Ich schickte ihr einen wütenden Blick.

Die Schotterpiste verwandelte sich in eine breitere Schotterstraße. Wir kamen an einem heruntergekommenen alten Haus vorbei und neben der Veranda sah ich etwas Orangefarbenes aufblitzen. Eine Rettungsweste in der Farbe von Pinguinfüßen hing über dem Tor und schwamm gegen den Wind.

Ich beugte mich über Billie und steckte den Kopf zum Fenster raus. Der Wind peitschte mir die Haare ins Gesicht.

»Was machst du da? Du zerquetschst mich«, sagte sie und stach mir mit zwei dünnen Fingern in die Seite.

Ich holte die Schnipsel des Pinguinfotos aus der Tasche und hielt sie aus dem Fenster, mein Herz klopfte so schnell, wie die Wagenräder sich drehten. Dann ließ ich sie frei. Sie flogen auseinander wie bei einer Explosion und verschwanden dann, als hätte es sie nie gegeben.

Überlebensstrategie #41:

DR PEPPER KANN ALLES ZERSTÖREN

Ich hatte Dr Pepper einmal probiert, als Billie und ich bei Dad waren. Dad hatte ganz viele Dosen Dr Pepper in seinem Camper. *Richtig* viele. So um die dreißig. Nach ein paar Wochen parkten wir an einem Rastplatz in der Nähe vom Lake Mead in Nevada. Dad guckte abwechselnd auf eine Wanderkarte und seinen Computer und murmelte vor sich hin.

»Dad, darf ich eine Dose Dr Pepper haben?«, fragte ich. Billie und ich spielten zum tausendsten Mal Quartett. Quartett macht eigentlich nur die ersten fünf Male Spaß. Aber als wir bei Dad waren, wollte sie es immer spielen, weil ich sie gewinnen ließ.

Dad sagte nichts.

Ich hätte mir wahrscheinlich einfach eine nehmen können, aber ich kannte die Regeln unseres Zusammenlebens noch nicht so gut. Wir waren erst seit ein paar Wochen bei ihm, also war ich unsicher. Mussten wir immer fragen, wenn wir etwas aus dem Camper haben wollten? Genau genommen war es ja sein Zeug und sein Essen und seine Dr Peppers.

Ich dachte mir, ich frage mal lieber.

»Hey, Dad«, sagte ich etwas lauter. »Kann ich eine Dr Pepper haben?«

»Hast du B3?«, fragte Billie.

Ich gab ihr meinen Engelfisch.

»Dad«, sagte ich.

»Was ist?« Er blickte auf und sah mich an, als wüsste er nicht mehr richtig, wer ich war. Seine Augen waren blutunterlaufen. Er hatte die letzte Nacht bestimmt nicht geschlafen.

»Kann ich eine Dr Pepper haben?«

»Na gut«, sagte er und schaute wieder auf seinen Computer. »Und jetzt stör mich nicht weiter.« Er schaute immer auf seine Landkarten/Kameras/Zeitschriften und nie wirklich zu uns.

Billie zuckte die Achseln. »Ich bin noch mal dran.«

Ich holte eine Dose unter dem Waschbecken hervor und öffnete sie mit einem lauten Zischen. Die Kohlensäure kribbelte in der Nase.

»Hast du B4?«, fragte Billie.

Ich setzte mich und blätterte meine Karten durch. »Bedaure.«

»Doch«, sagte Billie. »Die hast du. Das Haifischbecken, ich habs gesehen.« Sie schnappte sich meine Karten und stieß Dr Pepper um, der Inhalt lief über den Fußboden, über meine Füße und über ein paar Zeitschriften in einer Kiste.

»Ups«, sagte Billie und starrte Dad an wie ein Reh im Scheinwerferlicht.

»Hier«, sagte ich und reichte ihr schnell ein paar Küchentücher. Die Limonade ergoss sich über den Tisch und den Fußboden und alles andere. »Schnell. Bevor er was merkt.«

Aber da merkte Dad was und sein Blick war nicht mehr auf die Karte oder auf den Computer gerichtet, sondern auf seine Zeitschriften, auf die Zucker und Kohlensäure tropften. Die Limonade lief vom Tisch runter auf unsere nackten Füße.

Dad fluchte und knallte seine Wanderkarte auf die Theke.

Ich hatte ihn noch nie wütend gesehen.

Er packte Billie am Arm und warf sie auf sein Bett. »Raus aus dem Mist.«

Ich wich zurück und kauerte mich an die Leiter. Sich ducken und sich schützen. Wie beim Erdbeben-Probealarm bei Mrs Mortensen. Er packte die Kiste mit den Zeitschriften und tupfte sie einzeln mit Küchentüchern ab. Er pfefferte die nasse Kiste zur Tür hinaus. Sie hüpfte über den Boden, bis sie als nasser Haufen liegen blieb und in einer Staubwolke verschwand.

Er ging auf Hände und Knie und wischte die Limonade auf und erst da hörte mein Herz auf zu hämmern und mein Atem klang nicht mehr, als wäre ich zwei Kilometer um den Sportplatz gerannt.

Billie hatte den Kopf unter Dads Kissen versteckt und weinte.

Dann hörte Dad auf zu wischen und ging mit seinem Stapel

nasser Zeitschriften nach draußen und legte sie nebeneinander zum Trocknen auf den Picknicktisch.

»Das war ein Unfall«, sagte ich zu Billie und kletterte zu ihr hoch auf Dads Bett. Als wäre das vielleicht eine Entschuldigung. Als würde er vielleicht verstehen, dass Achtjährigen manchmal ein Missgeschick passierte. Und auch Zwölfjährigen.

»Fasst meine Sachen nicht an!«, schrie Dad von draußen. Er zeigte durch die Tür des Campers mit dem Finger auf uns.

»Es war ein Unfall«, sagte ich so laut, dass er es hören konnte.

Er machte ein böses Gesicht.

Billie starrte nur vor sich hin.

»Was ist los mit ihr?«, fragte er und kam näher zur Tür.

»Nichts.«

Billies Augen wurden ganz groß und sie kauerte sich in das Kissen. Sie guckte und wartete. Vielleicht wartete sie immer noch auf den Vater, den wir uns immer gewünscht hatten.

Das hätte ich zu ihm sagen sollen:

1. Was ist mit *dir* los?
2. Warum bist du überhaupt zurückgekommen?

Dad drehte uns den Rücken zu und schlug eine Karte auf.

In diesem Moment spürte ich es. Wie all das, worüber wir nicht sprachen, in mir brodelte.

Ich brodelte.

Billie brodelte.

Er brodelte.

Alles fühlte sich zu heiß an. Wie wenn Magma über die Erde fließt. Superheiß. Unendlich heiß. Bestimmt über tausend Grad. Letztes Jahr in der Sechsten hat Mrs Mortensen uns im Erdkundeunterricht von Plattentektonik erzählt. Das Wort gefiel mir.

Tek-to-nik.

Manchmal sagte ich mir das Wort immer wieder vor. Manchmal ging es mir dann besser. Mrs Mortensen sagte, San Diego liegt auf der San-Andreas-Verwerfung, wo zwei Platten zusammenstoßen. Wenn die Platten sich bewegen, könnte es jederzeit passieren. Alle warteten auf das große Erdbeben.

Aber bis jetzt war es nicht passiert.

Also übten wir für den Notfall, wie man sich in Sicherheit bringt. Wenn die Glocke ganz laut schrillte, krochen wir unter die Tische oder stellten uns in die Türen, und wenn wir draußen waren, mussten wir uns von Bäumen und elektrischen Leitungen fernhalten.

Wir übten »sich ducken« und »sich schützen«:

1. Hinkauern
2. Kopf einziehen
3. Hände über den Kopf
4. Warten, bis das Beben aufhört

Aber was sollten wir machen, wenn die Erde genau unter uns aufriss? Was dann? Auf diese Frage hatte Mrs Mortensen nie eine Antwort gehabt.

An dem Tag im Camper waren wir wie die Erdkruste: Billie, ich, Dad. Und alles, was wir nicht sagten, war heiß, wie eine Million Grad heißes geschmolzenes Magma. Und in dem Moment spürte ich, wie die Platten sich bewegten, langsam und leise. Und wir stießen gegeneinander. »Du musst dich ducken und dich schützen«, hatte ich Billie zuflüstern wollen.

Aber es war zu spät.

Überlebensstrategie #42:

ISS ETWAS

»Wo sind meine Pommes?«, fragte Billie im Fahrerhaus des Sattelschleppers und suchte mit der linken Hand in der Tüte. Die Hand mit dem Rattenbiss hielt sie hoch wie einen Pokal. Sie hatte ihre Serviette und die Burgerverpackung im Wagen verstreut, aber das schien Tattooman nichts auszumachen.

Er kramte in der Papiertüte vor ihm herum. »Hier«, sagte er und legte Billie eine Papptüte mit fettigen, salzigen Pommes hin, genau richtig zwischen knusprig und weich. Mir lief das Wasser aus dem Mundwinkel auf den Tisch hinten im Wagen; schnell wischte ich es weg.

Als wir wieder auf der Straße waren, hatte ich als Erstes Julie angerufen, auf beiden Nummern. Ihr Handy gab einen komischen Piepton von sich, aber ich hinterließ eine Nachricht auf ihrem Anrufbeantworter zu Hause und sagte ihr, sie solle uns auf Tattoomans Nummer zurückrufen.

Danach hatte Tattooman bei einem Arzt angerufen. Der Arzt wohnte ziemlich nah bei dem Rattenhaus. Und jetzt erwartete er uns und da Tattooman seine Ladung vor dem nächsten Tag abliefern musste, drängte die Zeit, aber er sagte, warum nicht ganz schnell etwas zu essen besorgen? Also hatte die hungrige Billie gewonnen – die Rattenspucke, die durch ihre Adern floss, machte sie anscheinend besonders launisch.

Jetzt gerade lächelte Billie ihn an, aber nicht mit ihrem goldenen Lächeln. Ihr Getränk war gigantisch und ich wusste nicht, wie sie den doppelten Cheeseburger bewältigen wollte, den sie sich ausgesucht hatte.

»Das ist zu viel«, sagte ich. »Nachher wird dir schlecht.«

Sie nahm einen riesigen Bissen. Soße tropfte ihr seitlich am Mund herunter und lief ihr über das Kinn. »Nh-nh.«

»So ists richtig«, sagte Tattooman und klopfte ihr auf den Rücken. »Ich mag Kinder, die ordentlich essen können.«

Essen. Reinhauen. Futtern. Spachteln.

Ich war mir ziemlich sicher, dass Billies Burger meinen Hypothalamus verspottete – den Teil des Gehirns, der für den Hunger zuständig ist. Den hat jedes Tier. Im Fernsehen hab ich mal gesehen, wie man dem Magen vortäuschen kann, er wäre satt, indem man den Hypothalamus austrickst.

Aber mein Hypothalamus hörte nicht auf mich, er war viel zu schlau, um sich austricksen zu lassen.

Tattooman schob sich eine Handvoll Pommes in den Mund und schluckte. Sein Adamsapfel hüpfte wie der Kehllappen bei einem Truthahn.

»Willst du wirklich nichts?«

Ich schüttelte den Kopf, obwohl sich in meinem Magen ein wütender Knoten bildete. Und mein Kopf machte mich wahnsinnig.

Halt die Klappe, Hypothalamus!

Ich versuchte ihn zu überzeugen und erinnerte ihn daran, dass ich heute Morgen gefrühstückt hatte. Ein bisschen. Ich glaube, ich war so damit beschäftigt, Julie anzurufen und von dem Löffelmann wegzukommen, dass ich nicht besonders viel gegessen habe.

Tattooman trank noch einen Schluck Cola. »Na ja, ich hab ein bisschen mehr geholt für den Fall, dass du es dir anders überlegst.«

»Hier«, sagte Billie und legte mir einen Hamburger hin. »Iss.«

Ich presste unter dem Tisch die Hände ineinander und versuchte nicht zu dem Burger zu gucken. Ich schüttelte den Kopf. »Ich hab keinen Hunger. Ich muss mir nicht von anderen Leuten was zu essen kaufen lassen.«

»Doch. Du hast dein Geld verloren.«

Tattooman achtete nicht auf uns, er war völlig in seine Pommes vertieft. Seine Lippen schmatzten bei jedem Bissen fettiger Kartoffelperfektion.

»Ich hab es nicht verloren. Ich weiß genau, wo es ist.«

Billie zuckte die Schultern. »Es ist trotzdem weg, auch wenn du weißt, wo du es verloren hast.«

Schmatz. Kau. Knusper. Schlürf.

Überleben war so anstrengend. Obwohl es in meinem Kopf hämmerte, wollte ich nichts anderes als essen. Also schluckte ich meinen Stolz herunter und nahm den Hamburger, den Tattooman mir gekauft hatte, und starrte ihn an.

»Los, iss«, sagte Billie.

Tattooman hatte schon aufgegessen und die Verpackung zusammengeknüllt. Er sah auf die Uhr. »Jetzt bloß keine Zeit verschwenden.«

Er stand auf, ging zum Fahrersitz und warf die leeren Tüten aus dem Fenster.

»Können Sie die nicht in den Mülleimer werfen?«, fragte Billie.

Tattooman seufzte und machte die Wagentür auf, um die Tüten wieder aufzuheben. »Wenn ich nicht aufpasse, macht ihr zwei noch einen Heiligen aus mir.«

Da erst, als niemand hinsah, konnte ich den ersten Bissen essen.

Es war wahrscheinlich der beste Hamburger, den ich in meinem ganzen Leben gegessen hatte. Es war ein gutes Gefühl, ein Fleischfresser zu sein. Sämtliches Blut in meinem Körper strömte zu meinem Magen und einen Moment lang musste ich nicht über Dad nachdenken oder darüber, ob Julie je ans Telefon gehen würde. Ich dachte nur daran, wie es war zu essen. Und wie schön es war, dass mein Magen mal etwas anderes zu tun hatte, als sich darüber zu beschweren, dass er leer war.

Tattooman setzte sich wieder ans Steuer und ließ den Motor an. »Wir müssen mal los, Ladys. Ich muss einen Termin einhalten. Da hab ich nicht den ganzen Tag Zeit.« Aber er sagte es mit einem Zwinkern und einem Lächeln. Manchmal macht ein Lächeln so viel aus.

Überlebensstrategie #43:

HÖR AUF DEIN HERZ

»Bist du wach?«, fragte Billie und lächelte. Ihr Gesicht war zu nah an meinem und ihr Atem roch nach Fruit Loops.

Im ersten Moment wusste ich nicht, wo wir waren. Dann fiel es mir ein. Wir waren im Krankenhaus. Und vielleicht war es schon Morgen. Ich nickte, mein Arm war in die Schläuche von der Infusion verwickelt. Die Krankenschwester hatte sie mir gestern Nacht gelegt. Mein Kopf war verbunden und ich war in reines Weiß eingesponnen, das nach Sommer am Strand duftete. Ich versuchte mich aufzusetzen, aber mein Kopf tat so weh, als hätte ein Kojote mich über den Wüstenboden geschleift. Nur dass Kojoten normalerweise keine Menschen hinter sich herschleifen.

Ich legte mich wieder hin.

Billie beugte sich über mich. Sie hielt einen Finger hoch, der mit weißem Mull verbunden war. »Vier Stiche«, sagte sie und stand immer noch zu nah bei mir. »Der Finger wurde mit vier Stichen genäht und ich hab gar nicht geweint.«

Ich schob sie zurück, damit ich sie besser sehen konnte. »Sehr tapfer«, sagte ich und versuchte ihr Gesicht scharf zu stellen.

Sie zuckte die Schultern. »Ich weiß.« Sie pulte an dem Mull. »Ich hab eine Spritze in den Finger und eine in den Arm gekriegt, aber es hat nicht so doll wehgetan.«

Ich versuchte noch mal mich aufzusetzen. Erst war mir schwindelig, aber das legte sich bald. Ich blinzelte Billie an, die von dem grellen Licht umrahmt war, das zum Fenster hereinkam. Sie erinnerte mich an eine Tiefseequalle, die am Meeresgrund leuchtet.

»Gehts dir jetzt wieder gut?«, fragte sie. »Wir sind bei dem Arzt.«

»Ich weiß.«

Gestern Abend hatte Tattooman uns ins »Krankenhaus« gebracht, aber von außen sah es aus wie ein ganz normales Haus. Er sagte, so sieht ein Krankenhaus hier in der Gegend aus, wo fast niemand wohnt.

Jetzt kam eine Krankenschwester herein, nicht die von letzter Nacht. Sie trug die lockigen Haare hochgesteckt und hielt ein Klemmbrett in der Hand. »Du bist ja wach«, sagte sie. Als sie lächelte, breiteten sich feine Linien wie ein Spinnennetz auf ihrem Gesicht aus. Sie zog einen Stuhl zu meinem Bett heran, nahm mein Handgelenk und machte sich an der Nadel unter meiner Haut zu schaffen. »Wie geht es dir?«

Ich zog den Arm weg. »Gut.«

Das Zimmer war ganz weiß bis auf ein gerahmtes Foto von der Wüste an der Wand. Das Bett, in dem ich lag, war aus grauem Metall, das andere Bett war weiß. Ich war an einen piepsenden Apparat angeschlossen und der Arm, in dem der Schlauch steckte, fühlte sich steif an.

»Wie spät ist es?«, fragte ich. Mit der Infusion im Arm konnte ich keine Uhr tragen.

Sie nahm das Klemmbrett näher an die Brust. »Schauen wir mal. Ich würde sagen, es ist halb acht. Ich bin Doris, die Krankenschwester von Dr. Martinez.« Solche weißen Zähne wie ihre hatte ich noch nie gesehen, wie makellose kleine Muscheln, poliert von Millionen Sandkörnern.

»Hast du Kopfschmerzen?«, fragte sie und sah mich prüfend an.

Ich zögerte.

»Es müsste schon ein bisschen besser sein als vorher. Der Arzt hat dir ein gutes Schmerzmittel gegeben.« Sie maß meine Temperatur.

»Du hast dir den Kopf verletzt.« Billie nahm meine Hand und beugte sich so nah heran, dass Schwester Doris sie nicht hören konnte. »Geht es dir wirklich gut?«

Das Thermometer piepste. Doris notierte etwas und fragte dann: »Hast du Hunger?«

Ich schüttelte den Kopf.

»Na, du musst aber etwas essen. Ich schau mal, ob ich ein bisschen Frühstück auftreiben kann. Bin gleich wieder da.«

Ich hielt Billies Hand und beantwortete endlich ihre Frage. »Ja, Billie. Es geht mir gut. Du brauchst dir keine Sorgen zu machen.«

Doch ich sah ihr an, dass sie mir nicht glaubte. Ich verstand ihre Sorge. Außerdem machte die Gegenwart von Schwester Doris mich nervös. Wer war für uns verantwortlich? Jetzt konnten die Leute über uns bestimmen, denn sie sahen bloß zwei dumme Kinder. Sie wussten nicht, wie weit wir gekommen waren. Sie wussten nicht, was wir durchgemacht hatten.

Ich drückte ihre Hand fester. »Ich verspreche dir, dass es mir gut geht.« Ihre widerspenstigen Haare waren nass und aus der Stirn gekämmt. Sie roch nach Aprikose.

»Hast du geduscht?«

Sie nickte. »Du darfst mich nicht alleinlassen«, flüsterte sie und ihre Augen glänzten.

Nein, das durfte ich nicht. Und ich würde es auch nicht tun. Sie war mein Meeresschildkrötenbaby. »Mach ich nicht.« Ich schloss die Augen wieder, doch ich streckte die Hand aus und fasste ihre Haarspitzen, die immer noch nass waren. Dann legte sie mir etwas auf den Bauch. Erst war es mir egal, was es war, meine Augen waren so schwer. Aber dann machte ich sie doch auf. Da lag mein Notizbuch, der Einband eingerissen.

»Danke.«

Ich setzte mich weiter auf und blätterte in meinem Notizbuch, bis ich sie sah, die Seite, die ich mir verboten hatte zu lesen. Ich wusste, dass sie da war, wie ein riesiges Straußenei, das darauf wartete aufzubrechen. Die Seite, die ich nicht angesehen hatte, seit Dad uns bei Julie abgeholt hatte.

Doch ich wusste noch, was da stand, und ich erinnerte mich an Moms lange Finger, wie sie den Stift hielten, als sie es vor vielleicht sechs Monaten schrieb. Sie kam von einer langen Nachtschicht im Krankenhaus zurück. Ich hatte gerade eine Folge *Jäger und Gejagte* gesehen, die Folge über Killerwale, und notierte Fakten über sie, zum Beispiel, dass die Paare ein Leben lang zusammenbleiben und dass man die Babys Kälber nennt, genau wie Kuhbabys. Und ich überlegte gerade, ob Dad wohl schon mal Killerwale fotografiert hatte, als Mom mich überraschte.

»Darf ich mir dein Notizbuch mal ansehen?« Sie trug immer noch den Pferdeschwanz von der Arbeit und hatte noch nicht mal den Kittel ausgezogen. An solchen Morgen ging sie normalerweise geradewegs ins Bett, aber an diesem Tag blieb sie noch eine Weile auf.

Ich hörte mitten im Satz auf zu schreiben. Mein Stift schwebte über dem Papier, als hinge er an einer unsichtbaren Schnur.

»Wozu?«

»Nur so.« Sie lächelte. Sie hatte müde Falten in den Augenwinkeln.

»Okay.«

Sie nahm mein Notizbuch und blätterte darin. Bei manchen Seiten hielt sie inne, las, was ich geschrieben hatte, und lächelte hin und wieder. Es war komisch, da zu stehen und ihr beim Lesen zuzusehen. Irgendwie peinlich.

»Ich muss besser achtgeben«, sagte sie.

»Was?«

Sie schüttelte den Kopf. »Nichts. Es ist nur, ich arbeite zu viel. Das ist so ein Mist. Es tut mir leid, Liberty.«

»Es ist alles gut, Mom. Es geht uns gut.«

Aber sie wusste nicht, dass ich sie manchmal weinen hörte, wenn sie dachte, niemand würde es merken. Ich wusste, dass es schwer für Mom war, ganz allein für Billie und mich zu sorgen.

Dann kam sie zu der Seite, wo ich Dads Foto von dem Pinguin mit den nachofarbenen Füßen eingeklebt hatte. Sie hörte auf zu lächeln und starrte lange auf die Seite. Dann blätterte sie wortlos weiter.

Sie fragte: »Kann ich mal deinen Stift haben?«

»Was hast du damit vor?« Ich hatte nur noch vierundzwanzig freie Seiten. Einmal hatte ich Billie erlaubt einen Delfin zu malen und sie hatte die Seite zerrissen. Eigentlich mochte ich es nicht gern, wenn außer mir jemand in mein Notizbuch schrieb.

»Ich möchte nur etwas schreiben«, sagte sie.

Jetzt holte ich tief Luft und starrte auf das, was sie geschrieben hatte. Ich zeichnete ihre Schrift mit den verschnörkelten Großbuchstaben nach.

Ich habe dich lieb, Liberty. Vertrau auf deinen scharfen Verstand, vor allem aber vertrau auf dein Herz. Beides zusammen bringt das Beste in dir hervor.

Diese Seite mit den verknickten und schmutzigen Ecken war fast zu schwer zu ertragen.

Ich legte die Hand auf die Brust und hoffte, dass ich irgendwie die Leere vertreiben konnte, die sich in meinem Innern ausbreitete, je länger ich die Seite ansah.

Bei Dad hatte ich versucht mein früheres Leben zu vergessen, sonst hätte ich es nicht ausgehalten.

Ich presste die Fingerspitzen in die Rillen im Papier, dort, wo Mom zu fest aufgedrückt hatte. Ich las die Worte noch einmal. Ich konnte mir nicht vorstellen, wie ich je beides sein sollte, logisch und emotional. Alles fühlte sich so schrecklich an, als würde ich bersten und zu Millionen von Molekülen zerplatzen.

Überlebensstrategie #44:

VERTRAU DEN RICHTIGEN

Aus irgendeinem Grund trug der Arzt eine Augenklappe, wie ein Pirat.

»Warum haben Sie das Ding?«, fragte Billie und zeigte auf sein Auge.

»Billie«, sagte ich und versuchte sie zum Schweigen zu bringen. »Das fragt man nicht.«

»Wieso?«, fragte sie. »Ich will es doch nur wissen.«

Der Arzt lächelte. »Schon gut. Mein linkes Auge funktioniert nicht mehr so gut, ein Unfall vor langer Zeit mit dem Mountainbike, deshalb trage ich das.«

Die Schwester kam herein. »Hast du fertig gefrühstückt, Billie? Wir wollen nämlich jetzt das Buffet abräumen.«

»Nein!«, rief Billie und lief aus dem Zimmer.

Wieder lächelte der Arzt. Die Leute amüsierten sich immer über Billie. Irgendwie fand ich sie heute Morgen nicht so amüsant. Mir tat der Kopf weh.

»Kannst du mir noch mal erzählen, was passiert ist? Ihr

habt mir ja gestern Abend schon ein bisschen erzählt, aber ich möchte sichergehen, dass ich alles richtig verstanden habe«, sagte Dr. Hook. Er hatte recht, gestern Abend war ich zu müde gewesen, um alles genau zu erklären, aber ich hatte ihm Julies Telefonnummer gegeben.

»Ich hab Ihnen schon alles gesagt.«

Um sein gesundes Auge bildeten sich Lachfältchen. »Na komm, Billie hat mir ihren Teil erzählt, also weiß ich in groben Zügen, was passiert ist, aber da gibt es auf jeden Fall noch mehr. Und du gewöhnst dich besser schon mal daran, es zu erzählen, denn demnächst kommt ein Polizeibeamter vorbei, jetzt, wo du wach bist.«

Ich achtete nicht auf die Kopfschmerzen. »Nein, wir müssen erst Julie anrufen. Der Lastwagenfahrer hat gesagt, wir können sie als Erstes anrufen.«

Dr. Hook sagte: »Ich habe sie angerufen und eine Nachricht hinterlassen.«

Ich legte mich wieder hin und hielt mir eine Hand vor die Augen. In meinem Innern brannte es wie Feuer. Wo steckte sie? Wusste sie nicht, dass wir sie brauchten? Wusste sie nicht, dass unser Vater verrückt war?

Er hielt einen kleinen Pappbecher hoch. »Und du musst diese Medizin nehmen.«

Ich schüttelte den Kopf.

»Du musst es selber wissen, aber wenn du meinst, dass du jetzt Kopfschmerzen hast, dann warte erst, bis die Wirkung des Schmerzmittels nachlässt.« Er rappelte mit den Tabletten im Becher.

Ich seufzte und streckte die Hand aus.

»So ist es gut. Du wirst mir noch dankbar sein.«

Die Tabletten kratzten beim Runterschlucken im Hals und ich bekleckerte mich mit Wasser.

»So, und jetzt erzähl mal, was mit deiner Schwester passiert ist.«

»Dasselbe, was mit mir passiert ist. Unser Vater hat uns an der Tankstelle sitzen lassen und ist nicht zurückgekommen.«

Er blinzelte mit dem einen braunen Auge. »Das hat sie mir auch erzählt. Aber warum hat sie einen Bluterguss auf der Wange?«

»Fragen Sie sie doch selber.« Ich wusste nicht, warum ich Dad schützte. Vielleicht dachte ich irgendwie doch noch, dass er zu uns gehörte, obwohl er schrecklich war. Sein Blut floss in meinen Adern und das zählte auch, oder?

»Sie sagt, sie ist hingefallen.«

Ich zupfte am Zipfel des Lakens, wo sich ein Faden gelöst hatte. Der Blick seines gesunden Auges bohrte sich in mich hinein, als würde es nie aufhören nach der Wahrheit zu suchen. Ich schloss die Augen und konzentrierte mich auf das Pochen in meinem Kranium. Das Wort hatte mir immer gefallen. *Kranium.* Es klang so schlau. In meinem Kopf war Billies Gesicht – ohne die Schlängellinie zwischen den Augen, ohne den Dreck in den Haaren und den verkniffenen Ausdruck. Nur die goldene Billie. Bevor das alles passiert war. So sollte sie immer aussehen. Wirklich.

Aber ich konnte es einfach nicht erzählen. Noch nicht.

»Sie ist gefallen«, sagte ich schließlich und wartete darauf, dass die Erde sich auftat, weil ich so eine faustdicke Lüge erzählt hatte. Aber nichts geschah.

»Hmmmm«, machte Dr. Hook.

»Sie dürfen uns nicht trennen. Wir bleiben zusammen. Billie und ich. Versprechen Sie es mir.«

Er schwieg. »Ärzte geben nie Versprechen.«

»Es ist mir egal, was mit uns passiert, aber wir müssen zusammenbleiben. Ich kümmere mich um sie. Sie braucht mich.«

»Ich bin nicht derjenige, der darüber entscheidet, aber ich werde tun, was ich kann. Das verspreche ich.« Er lächelte, als ob er es vielleicht ernst meinte.

Überlebensstrategie #45:

NIMM DICH VOR GEFANGENEN IN ACHT

Danach zeigte Doris mir die Dusche. Und wir durften uns aus einer Kiste mit alten Klamotten und Schuhen, die dem Krankenhaus gespendet worden waren, etwas aussuchen. Billie gefiel ihr alt-neues Einhorn-T-Shirt, aber ich fand, es sah zu klein aus. Und mein T-Shirt vom Junction-County-Festival hatte ein kratziges Schild. Aber das einzige andere T-Shirt war eins mit Bibo drauf, nein danke.

Da klopfte jemand an die Tür.

Es war ein Polizeibeamter, diesmal einer in Uniform und mit einem glänzenden Abzeichen. Er sagte, er heiße Officer Buck, aber »alle Kinder« würden ihn Officer B nennen. Was für Kinder? Junction kam mir fast zu klein vor, als dass da Kinder wohnen könnten.

Officer B notierte unsere Namen, Dads Namen, eine Beschreibung des Campers und unsere Adresse, damit er »die Sache klären« könnte. Er hatte auch Julies Telefonnummern. Und auch er sagte, er würde sie anrufen. Dann steckte er seinen Stift in die Spiralbindung seines Notizbuchs und sagte: »Ihr könnt euch drauf verlassen, dass ich alles daransetze, euch beiden zu helfen.« Dann zwinkerte er.

Ich wusste nicht recht, was das Zwinkern bedeuten sollte. Ja, er würde alles daransetzen? Oder nicht? Wollte er sich nur bei Billie und mir einschmeicheln?

Dann sagte Officer B, wir müssten mit ihm kommen.

Dr. Hook wollte uns nicht gehen lassen, weil ich eine Gehirnerschütterung hatte und dehydriert war und vielleicht irgend so eine Belastungsstörung hatte. Und Billie hatte die ersten Tollwutspritzen und Tests hinter sich, aber morgen sollten weitere folgen. Und auch sie war dehydriert.

Aber wahrscheinlich weil das Polizeirevier gleich um die Ecke war, gab Dr. Hook schließlich sein Okay.

Das Polizeiauto war blau. In San Diego waren sie schwarzweiß, ganz normal. Und Billie durfte vorn sitzen, obwohl sie erst acht war, weil Officer B sagte, das Polizeirevier sei ganz nah.

»Möchtest du nicht doch etwas zu trinken?«, fragte Officer B und zeigte auf die kleine rote Kühlbox unter Billies Füßen. »Ist ja ganz schön heiß heute.«

»Nein danke.« Ich rückte näher zur Seitentür.

Billie hatte schon eine orangene Fanta zwischen den Beinen. Sie trank einen riesigen Zug und ein orangener Schnurrbart bildete sich über ihrer Lippe. Dann untersuchte sie die Stiche an ihrem Finger. »Der Stich hier tut am meisten weh«, sagte sie.

»Nicht anfassen«, sagte ich. »Sonst entzündet er sich.«

»Ich bin schon mit Rattenbakterien infiziert. Aber dagegen hat der Arzt mir eine Spritze gegeben.« Sie lächelte. »Ich bin voller Rattenspucke.«

»Das ist wahr«, sagte ich. Dann starrte ich aus dem Fenster auf kümmerliche Büsche, Wüste und hier und da ein winziges Haus. Wir bogen um eine Ecke und hielten vor einem Haus, das so aussah wie das, aus dem wir gerade kamen, nur dass hier ein Behindertenschild vor der Tür stand.

»Wo sind wir?«, fragte ich Officer B.

»Beim Revier.«

Auf einem kleinen Schild stand JUNCTION COUNTY POLIZEIREVIER.

»Ein paar Leute wollen mit euch beiden reden. Aber das geht ruckzuck.« Er schnallte sich ab und machte die Fahrertür auf.

Billie wandte sich zu mir. »Was wollen die?«

»Nur ein paar Fragen stellen. Ist schon in Ordnung«, sagte ich und schaute wieder zum Polizeirevier. Es sah nicht sehr bedrohlich aus, aber ich musste auf der Hut bleiben.

»Soll ich dir helfen?«, fragte Officer B und zeigte auf die Autotür.

»Das geht schon.« Ich machte die Tür auf.

Als er am Nachmittag gekommen war, um uns mit aufs Revier zu nehmen, hatte Billie geweint. Ich hatte ihr gesagt, es sei alles in Ordnung und sie würden uns nicht trennen, aber wenn sie das nun doch taten?

»Alles klar bei euch?«, fragte Officer B. Er hielt die Tür zum Polizeirevier auf und ein kalter Luftzug ließ meinen Schweiß fast gefrieren. Ich bekam Gänsehaut an den Armen. Menschen können extremen Klimawechsel nicht gut vertragen.

An einem Schalter blieben wir stehen.

»Hi Dina«, sagte Officer B.

Eine Frau mit riesiger Brille und voluminöser Frisur stand auf und lächelte uns an. Sie trug lila Lidschatten und ihre Augen waren wegen der Brillengläser doppelt so groß wie normal. Sie erinnerte mich an eine Eule. »Wen haben wir denn hier?«, fragte sie.

»Die beiden Mädchen, von denen ich Ihnen erzählt habe«, sagte er.

»Hallo«, sagte sie zu Billie und mir.

»Hallo«, sagte ich und ignorierte ihr Gutmenschenlächeln.

»Wie war euer Tag?«

»Es geht ihnen gut«, sagte Officer B und zwinkerte wieder.

Er wusste gar nicht, ob es uns gut ging. Er wusste überhaupt nichts. Er nahm einige Papiere von Dinas Schreibtisch und schlenderte durch den Gang. Ich konnte es nicht ausstehen, wenn die Leute über mich redeten, als wäre ich gar nicht dabei.

»Kommt, Mädchen«, sagte er.

Dina setzte sich wieder und sagte: »Wenn ihr etwas braucht, schreit ihr einfach.«

»Setzt euch dahin.« Officer B zeigte auf eine Reihe Plastikstühle an der Wand, direkt gegenüber von einer echten Gefängniszelle. »Ich sage Bescheid, dass ihr da seid.«

Billie setzte sich und klopfte auf den Platz neben sich. »Du kannst dich da hinsetzen.«

»Ich weiß«, sagte ich und legte mein Notizbuch auf meinen Schoß.

»Darf ich mir dein Notizbuch mal ansehen?«, fragte Billie.

Ich schüttelte den Kopf.

»Warum nicht?«

Ich zuckte die Schultern. »Das ist nur so Zeug über Tiere ...«

»Ich weiß.« Sie seufzte und lehnte den Kopf an die Betonwand. »Ich mag Tiere auch.«

Officer B kam wieder zu uns. »Fühlt euch wie zu Hause«, sagte er.

»Okay«, sagte Billie fröhlich. Wieso hatte sie plötzlich so gute Laune? Wahrscheinlich wegen der vielen Fanta, die in ihrem Kreislauf herumtanzte.

Wie sollten wir uns ein paar Meter von einer Gefängniszelle entfernt wie zu Hause fühlen? Ich verrenkte mir den Hals, um etwas zu sehen. War da jemand drin? Ich hatte noch nie eine echte Gefängniszelle aus der Nähe gesehen, mit so einem stabilen Gitter, hinter dem man für immer eingesperrt war. Jemand konnte die Tür zuknallen und den Schlüssel einfach wegwerfen. Würden sie Dad dort einsperren, wenn sie ihn fanden?

»Ist da jemand drin?«, fragte ich mit einer Kopfbewegung zu der Gefängniszelle.

Officer B lächelte und tippte auf die Handschellen, die an seinem Gürtel hingen. »Noch nicht, aber der Tag ist ja noch nicht vorbei.«

Dina kam herein. »Sie erwarten euch«, sagte sie zu Billie und mir.

»Kommen Sie nicht mit?«, fragte ich Officer B.

Jetzt lächelte Billie nicht mehr und ihre Augen wurden ganz groß. Sie verschränkte ihre Finger mit meinen.

»Keine Sorge«, sagte Officer B. »Das sind nur ein paar Leute von der Kinderschutzbehörde. Die sind echt nett.«

Billie schüttelte den Kopf.

»Das ist okay«, sagte ich. »Komm mit. Wir machen das zusammen und dann …« Und dann was? Ich konnte nichts sagen, was ihr die Angst nahm. Ich wollte sie nicht mehr anlügen.

»Nach dir«, sagte Officer B und hielt die Tür auf. »Du bist der Boss.«

Natürlich war ich das und ich würde dafür sorgen, dass es auch so blieb.

Überlebensstrategie #46:

VERHANDELN IST DAS BESTE

Ich nieste, der Staub in dem Besprechungszimmer wirbelte durch das Sonnenlicht. Ich wischte mit der Hand durch die Luft und ließ die Staubkörner tanzen. Der graue Mann am Schreibtisch sah mich mit einem Blick an, den ich von Dad kannte. Nach dem Motto: *Wieso gibt es dich überhaupt?*

Ich hatte ihnen meine Geschichte bereits erzählt. Die sichere Version – dass Mom gestorben war, Dad uns verlassen hatte und Billie und ich für uns selbst gesorgt hatten, solange Julie noch nicht da war.

»Und das ist die ganze Geschichte?«, fragte er noch mal.

Graues-Hemd-graue-Hose-graue-Haare-graues-Gesicht, so saß er auf einem Klappstuhl vor einer grauen Wand. Getarnt. Wie eine Gespenstschrecke. War das seine Überlebensstrategie?

Die Frau neben ihm, Carla, schnalzte mit der Zunge und sah ihn scharf an. Dann lächelte sie mich an. Sie wirkte ganz nett. Sie klappte ihr Notizbuch auf. »Wir haben schon die Notizen von Officer Buck, aber wir wollen sichergehen, dass wir nichts übersehen.«

»Gibt es hier Kekse?«, fragte Billie.

»Ich hab keine, aber ich kann gleich mal nachfragen«, sagte Carla.

Sie hatte die braunen Haare mit roten Strähnchen zu einem unordentlichen Knoten gebunden. Carla tippte so leicht mit dem Stift aufs Papier, dass ich es kaum hören konnte. Das Radiergummi machte hüpf … hüpf … hüpf.

Die Tür ging auf und Dina mit ihren dick geschminkten lila Augenlidern kam mit einem Tablett herein. »Ich dachte mir, die Mädchen hätten vielleicht gern was zu knabbern«, sagte sie und stellte das Tablett voller Müsliriegel, Käsecracker und Gummibärchen auf den Tisch.

»Danke!«, sagte Billie und nahm sich eine Handvoll Cracker.

»Das ist aus meinem Geheimvorrat«, flüsterte Dina.

»Haben Sie auch Kekse? Ich mag die rosanen mit Streuseln.«

Dina wandte sich zur Tür. »Ich guck mal nach, was wir im Automaten haben.«

Ich war nicht blöd. Ich wusste, was das hier war, Käsecracker, Gummibärchen und Müsliriegel hin oder her. Ein Verhör. Eine Einschüchterung.

Das machen alle Tiere, um das zu kriegen, was sie haben wollen. Standardverhalten von Raubtieren.

Ich erwiderte den Blick des grauen Typen. Seine Haare waren fettig und verfilzt. Mit dem Button-down-Hemd sah er so aus, als hätte *er* zwei Monate lang ohne richtiges Badezimmer in einem Camper gelebt, nicht wir.

Er schniefte lautstark und rieb sich die Nase. Da sah ich es: einen Popel. Ein kleiner blättriger Popel hing an einem Nasenloch. Mom nannte solche Popel »Fledermäuse in der Höhle«. Mit einem Typ, der Fledermäuse in seiner Höhle hatte, würde ich ganz bestimmt nicht reden. Die Fledermaus flatterte in seinem linken Nasenloch.

»Könnt ihr uns noch mal erzählen, was passiert ist, bevor ihr an der Jiffy-Tankstelle zurückgelassen wurdet? Ihr habt ja erzählt, dass ihr den Sommer mit eurem Vater verbracht habt«, sagte Carla.

Billie wurde ganz still. Ich hörte nur noch das Knurpseln ihrer Cracker.

»Ja, ich hab Ihnen schon alles erzählt.«

»Solltet ihr nur den Sommer bei ihm bleiben?«

Ich nickte, dann schüttelte ich den Kopf. Julie hatte so erleichtert gewirkt, als Dad uns abholen kam. Am Anfang hoffte ich, dass es für immer war. Am Anfang hätte ich alles dafür getan, dass wir eine Familie wären.

Aber jetzt nicht mehr.

Schließlich sagte ich: »Ich weiß nicht.«

Sie blätterte in ihrem Notizbuch und fragte den grauen Typ: »Haben wir diese Julie schon erreicht?«

Er schüttelte den Kopf. »Nur den Anrufbeantworter. Und das Handy funktioniert nicht.«

Ich zuckte zusammen. Wo war sie? Wenn ihr nun etwas zugestoßen war?

Carla wandte sich wieder zu mir und lächelte noch mehr. »Also, ich muss herausfinden, was passiert ist, bevor euer Vater euch verlassen hat, und auch, was ihr seitdem gemacht habt. Ich glaube, was ihr seitdem gemacht habt, habe ich verstanden, nur was kurz vor der Tankstelle passiert ist, ist etwas nebulös. Wie habt ihr euch denn mit eurem Vater verstanden?«

Vor meinem inneren Auge sah ich die Gitter der Gefängniszelle. Ob Dad dorthin kam, wenn sie ihn fanden? Und wenn sie nun gar nichts mit ihm machten? Wenn sie uns einfach mit ihm gehen ließen? Was würde er dann wohl tun?

Ich zögerte, dann setzte ich an: »Wir haben …«

Billie schniefte. »Unser Dad wollte Eis für uns holen und dann … und er ist nicht wiedergekommen.«

Der graue Typ seufzte und schlug die grauen Beine übereinander. Sein Fuß wackelte hin und her wie ein Fischschwanz. Wir waren ihm egal. Sie würden uns trennen, das stand ihm ins Gesicht geschrieben. Er wollte nur schnell hier fertig werden, damit er nach Hause und fernsehen konnte.

Carla rückte ihre Brille zurecht. Sie sah so aus, als wollte sie wirklich helfen. Sie räusperte sich. »Hattet ihr Streit?« Sie ging einige Blätter auf ihrem Klemmbrett durch. »Hier steht, dass du eine verletzte Wange hattest.« Sie sah Billie an, dann sah sie wieder zu mir.

Billie hörte auf zu kauen.

»Wie ist das passiert?«

Ich hielt den Atem an.

Schließlich sagte ich: »Ich erzähle es Ihnen, wenn sie nicht dabei ist«, und machte eine Kopfbewegung zu Billie. »Und er auch nicht«, sagte ich und zeigte auf den grauen Typ. »Ich mag ihn nicht.«

Carla starrte ihn an.

»Was ist?«, fragte er.

»Geh«, sagte sie. »Und sag Officer Buck, er soll kommen und die Schwester abholen.«

Der graue Typ zuckte die Achseln und verließ den Raum.

»Wieso kann ich nicht hierbleiben?«, fragte Billie und stopfte sich eine Handvoll Gummibärchen in den Mund. »Wir müssen zusammenhalten. Das sagst du doch immer.«

»Das tun wir auch. Keine Sorge. Es dauert nur ein paar Minuten.«

Officer B machte die Tür auf. »Komm, Billie. Ich glaube, Dina hat ein paar Kekse für dich aufgetrieben.«

»Okay«, sagte Billie und sah mich mit ihrem sorgenvollen Blick an.

Ich scheuchte sie weg. »Es ist alles gut. Ich komme gleich raus. Iss ein paar Kekse. Erzähl Officer B den Rumkugel-Witz.«

»Ein Witz über eine Rumkugel? Da bin ich ja mal gespannt«, sagte Officer B.

»Okay«, sagte Billie und folgte Officer B aus dem Raum.

Ich wandte mich wieder zu Carla. Und genau in dem Moment legte sie den Kopf auf eine ganz bestimmte Weise schräg und das erinnerte mich an Mom.

Carla steckte sich eine Haarsträhne hinter das Ohr und wie auf Kommando fingen alle Staubteilchen über ihrem Kopf an zu tanzen. Ich wusste, dass es so weit war.

Mein Instinkt sagte mir, dass ich ihr vertrauen konnte.

Ich legte das Notizbuch unter mein Bein. Ausnahmsweise wusste ich genau, was ich sagen wollte, ohne vorher alle Fakten zu notieren. Ich musste nur auf mein Herz hören, wie Mom gesagt hatte.

Ich machte die Augen zu und beruhigte die Tektonik in meinem Kranium.

Überlebensstrategie #47:

HÜTE DICH VOR BRUCHLINIEN

Bevor die Tankstelle kam, hatten Dad, Billie und ich die Nacht auf einem Campingplatz in der Wüste verbracht, umgeben von Kakteen, Felsbrocken und nicht sehr vielen Menschen. Genauer gesagt kann ich mich nicht erinnern, irgendwen gesehen zu haben, außer Dad, der seine Fotosachen auf dem kleinen Klapptisch im Camper ausgebreitet hatte. Auf der einen Seite waren fein säuberlich die Kameras angeordnet, auf der anderen die Fotos.

»Bleib da weg«, sagte er warnend und verscheuchte mich mit der Hand. »Ich arbeite.«

Seine Augen waren rot und verquollen. Er hatte die letzte Nacht wieder nicht viel geschlafen. Und ich musste es wissen, denn ich schlief selbst auch kaum noch. Es gefiel mir, nachtaktiv zu sein. Das war die einzige Zeit, in der ich von Billie unbeobachtet war. Und die einzige Zeit, in der die Tektonik, die uns tagsüber umgab, eine Pause machen konnte.

An diesem Morgen versuchte ich leise zu sein, aber ich

musste etwas zum Frühstücken für Billie und mich finden, ohne ihn zu stören. Wir standen jetzt schon seit zwei Tagen auf diesem kleinen Campingplatz am Ende der Welt und hatten kaum noch Vorräte. Ich nahm an, dass wir irgendwo an der Grenze zwischen Arizona und Utah waren. Ich schlich in der kleinen Küche herum und suchte in den Schränken nach der letzten Packung Pop-Tarts.

»Liberty«, flüsterte Billie. Sie hockte auf dem Klappbett über dem Küchentisch, direkt über Dads Kopf. »Ich muss aufs Klo.«

»Leise.« Wenn wir auf einem Campingplatz waren, wollte Dad nicht, dass wir die Toilette im Camper benutzten, weil es manchmal stank.

»Okay, einen Moment noch. Ich geh mit dir.«

Die Tektonik brodelte unter mir. Bruchlinien liefen kreuz und quer durch unseren Camper.

Ich holte tief Luft. »Dad?«

Er ignorierte mich.

»Dad?«

»Was ist?« Er starrte mich an mit einem Blick, der einen Menschen in Magma hätte verwandeln können.

Billie schüttelte den Kopf. Wenn er in dieser Stimmung war, wollte sie nicht, dass ich mit ihm sprach.

»Nichts«, sagte ich.

Ich machte noch einen Schrank auf und fasste ganz hinten rein, wo das Holz rau und zersplittert war, und dort fand ich die letzte Packung Pop-Tarts. Ich vollführte hinter Dads Rücken einen stummen Freudentanz und hob die Packung über den Kopf. Pop-Tart-Heldin.

Es war nur noch ein silbernes Päckchen drin.

Billie streckte die Hand aus. »Liberty«, flüsterte sie. Dann formte sie stumm das Wort *bitte.*

Dad schlug mit der Hand auf den Tisch. Seine Kameras hüpften weiter zum Tischrand. Eines der Objektive, die er gereinigt hatte, fiel auf den Boden.

Er fluchte. »Was muss ich tun, damit ihr zwei mal fünf Minuten still seid?«

Billie schrumpfte noch weiter in ihre Decke hinein. Sie hatte die Augen weit aufgerissen. Ich drehte ihren Augen den Rücken zu und versuchte leise das Silberpapier aufzureißen. Es waren zwei Pop-Tarts darin, immerhin eins für jeden.

Dad hatte die Basecap tief ins Gesicht gezogen und beugte sich mit einem Schraubenzieher in der Hand über die Teile seiner Kamera. Ich hielt ein Pop-Tart hinter den Rücken und wandte mich zu Billie, während ich das andere hochhielt und den Mund aufriss.

Sie formte stumm das Wort *Nein.*

Ich wollte ihr das andere Pop-Tart reichen, das ich hinter den Rücken gehalten hatte. Doch ehe ich das machen konnte, streckte sie die Hand aus, um mir meins aus dem Mund zu nehmen. Dabei lehnte sie sich zu weit vor und geriet am Rand des Bettes ins Wanken.

Sie fuchtelte mit den Armen herum, versuchte irgendwo Halt zu finden.

Ich streckte die Arme aus – ich versuchte sie zu retten. »Billie«, sagte ich und packte sie am Arm, aber zu spät. Sie fiel.

Fiel. Und fiel. Und fiel. Es schien eine Ewigkeit zu dauern.

Sie knallte direkt auf die Tischplatte, direkt auf Dad. Und direkt auf all seine kostbaren Sachen.

Dann wurde alles verschwommen.

Billie schrie. Ich schrie. Und Dad erstarrte.

Aber nur kurz. Denn es war so, als würden tektonische Platten gegeneinanderprallen. Das Supererdbeben.

Nur dass es nichts gab, wo man sich hätte ducken und schützen können.

Ich versuchte zu helfen, wirklich, aber ich rutschte auf den Scherben aus und sie stachen durch meine Socken. Zerbrochene Objektive, Blitzgeräte und Fotos lagen durcheinander auf dem schmutzigen Fußboden des Campers.

Und da kamen blitzartig die Erinnerungen zurück. Erst nur Bruchstücke. Die roten Gesichter, die Tränen, das Geschrei.

Auf einmal war alles wieder da, als würde ich einen Film sehen.

Echte Erinnerungen an damals, als ich klein war.

Die Scherben unter meinen Füßen erinnerten mich daran, dass ich Billie retten musste. Denn jetzt hatte Dad sie gepackt. Und er schlug sie. Fest. Bei jedem Schlag hatte ich das Gefühl, dass etwas in mir zerbrach. Ich wehrte mich gegen den Instinkt in mir, der mir riet wegzulaufen und mich als Erstes zu retten.

Ich würde nicht weglaufen und Billie zurücklassen. Niemals.

Stattdessen stürzte ich mich direkt ins Epizentrum und packte ihn um die Mitte.

Schlag mich, Dad, schlag mich.

So fest ich konnte, biss ich ihn in den Arm. Ich schmeckte Blut.

Dad schrie und ließ Billie auf seine kaputte Kamera fallen. Dann sank er auf die Knie und schnaufte. Seine Augen waren rot und sein Blick war weit weg, als wäre er überhaupt nicht da.

Billie kam zu mir gerannt und ich nahm sie fest in die Arme. Dann trat ich die Tür des Campers auf und zog sie hinaus.

Weg von dem Beben und in die Freiheit.

Wir kauerten uns unter einen kümmerlichen Baum. Sich ducken und sich schützen, genau wie Mrs Mortensen es uns gesagt hatte. Zitternd und verschwitzt hockten wir unter dem Baum und warteten darauf, dass die Erde sich wieder beruhigte.

Ich wischte Billie die Tränen aus den Augen. Ihr Gesicht war rot und geschwollen, als wäre sie von hunderttausend Bienen gestochen worden.

»Kannst du mich sehen?«, fragte ich.

Billie nickte.

Und wir blieben wer weiß wie lange unter dem Baum. Dann kam eine Frau aus dem Nichts und fragte uns, wo unsere Mutter sei. Und sie wollte wissen, woher wir kämen. Und ob alles in Ordnung sei.

Da gingen wir wieder zu unserem Campingplatz und setzten uns an den Picknicktisch, bis Dad herauskam.

Er sagte nichts, nur dass er tanken müsse und wir in den Camper kommen sollten, weil wir losmüssten.

Überlebensstrategie #48:

RETTE DICH SELBST

»Sonst ist nichts passiert?«, fragte Billie, den Mund voller Kentucky Fried Chicken.

Wir aßen von Tabletts über unseren Krankenhausbetten. Billie und ich waren die einzigen Patienten, die über Nacht blieben. Das ist wohl ganz gut an so einem klitzekleinen Krankenhaus: Man bekommt viele Extras.

Ich rührte Soße in meinen Kartoffelbrei. Eine neue Krankenschwester hatte die Nachtschicht übernommen und guckte alle naselang um die Ecke, um sicherzugehen, dass wir nichts brauchten.

»Und wir können hierbleiben, bis Dad zurückkommt?«, fragte Billie.

»Ich glaub schon. Wir müssen Dr. Hook fragen«, sagte ich.

»Gut«, sagte Billie. »Ich mag ihn. Er ist nett.«

Ich hatte Carla nichts erzählen wollen, bis sie mir versprach, dass Billie und ich zusammenbleiben durften. Da erzählte ich ihr alles. Die ganze Geschichte. Sogar die schlimmen Sachen.

Ich tat kein bisschen so, als ob.

Nach dem Abendessen versuchte ich zu schlafen. Aber die Bettdecke war steif und ich konnte mich nicht daran gewöhnen, Sachen zu tragen, die mir nicht gehörten. Ich zupfte am Halsbündchen des T-Shirts, das ich anhatte. Ich hätte das größere nehmen sollen, aber als die Krankenschwester mir dieses angehalten und behauptet hatte, es sei genau meine Größe, konnte ich nicht richtig erkennen, wie klein es wirklich war.

Billie schlief in einem richtigen Schlafanzug, der in der Kiste mit den gebrauchten sauberen Sachen gewesen war.

Ich rieb mir die Stelle am Arm, wo die Infusionsnadel gesteckt hatte.

»Warum hast du nicht mehr Wasser getrunken?«, hatte Dr. Hook gefragt. »Deine Schwester war längst nicht so dehydriert wie du.«

»Ich weiß nicht«, hatte ich gesagt. Ich wusste es wirklich nicht. Wahrscheinlich hab ich darüber, dass ich die ganze Zeit Billie beschützen musste, mich selbst irgendwie vergessen.

Jetzt drehte ich mich auf die andere Seite und sah sie an, wie sie im Bett neben mir schlief. Heute Abend hatte sie kaum Gute Nacht gesagt, aber sie hatte Dr. Hook gebeten so lange bei ihr am Bett sitzen zu bleiben, bis sie eingeschlafen war. Er erzählte ihr Geschichten von all den merkwürdigen Krankheiten, die er im Studium kennengelernt hatte, und von seiner Zeit in El Salvador, wo er Kindern geholfen hatte, die keinen Arzt hatten.

Ich sagte, dass in El Salvador ungefähr eine Million Leguane lebten, die den Dschungelboden nach Früchten und Pflanzen abgrasten. Billie hatte *schscht* gemacht, als ich ihn unterbrach. Normalerweise hörte sie mir gern zu, wenn ich von Tieren erzählte, aber heute Abend nicht.

Ich drehte mich um und warf die Decke von mir. Es war zu heiß und mir tat der Kopf weh.

Ich stand auf und schob den Vorhang zur Seite. Der Mond stand hoch am wolkenlosen Himmel. So groß und weiß, dass ich blinzeln musste. Wo war unser Vater? Warum kam er nicht zurück? Bestimmt wusste Mom, wo er war. War sie oben im Himmel? Ich dachte, wenn sie überhaupt irgendwo war, dann bestimmt im Ozean, wo sie mit den Delfinen schwamm oder mit einem breiten Lächeln durch die Wellen tobte und das Ufer nach Billie und mir absuchte.

Ich ließ den Vorhang los, ich wollte diese Gedanken nicht denken. Es war mir lieber, wenn sie im Winterschlaf blieben. Aber sie kamen doch hervorgekrochen. Was sollte jetzt werden? Konnten wir zusammenbleiben? Wenn Billie nun für immer in Dr. Hooks Krankenhaus bleiben wollte? Er wirkte so, als hätte er vielleicht gern ein leuchtend goldenes Billie-Mädchen, das manchmal Engelsflügel hatte. Was sollte dann aus mir werden? Wer würde mich schon haben wollen, so ernst und unscheinbar und ohne jeden Glanz?

Billie seufzte im Schlaf.

Ich drehte mich zu ihr und da sah ich Licht, das unter der

Tür hindurchschien. Mir tat der Hals weh vor lauter Was-wäre-wenn-Fragen, ich konnte kaum schlucken. Als ich gegen die Tür drückte, ging sie mühelos auf, alles war still, wie in einer Muschel.

Dr. Hook schlief wohl. Und die Krankenschwester vielleicht auch, sie hatte schon seit einigen Stunden nicht nach uns gesehen. Ich schlich in den Empfangsraum. Und da war es: das Telefon. Auf einmal wollte ich es benutzen. Wenigstens ein letztes Mal musste ich es noch versuchen, bevor ich die Hoffnung endgültig aufgab. Ich musste Julie anrufen.

Ich nahm den Hörer, er lag glatt und kalt in meiner Hand, und wählte Julies Handynummer. Ich rechnete schon mit dem komischen Piepton, da ertönte das Freizeichen. Und ehe ich mich dazu durchringen konnte aufzulegen, hörte ich Julies Stimme. Bestimmt nur die Mailbox ...

»Hallo?«

Ich zögerte.

»Hallo? Liberty, bist du das?«

Meine Stimme blieb dort stecken, wo mein Herz saß, und einen Augenblick konnte nicht mal mein Kranium begreifen, was geschah.

Schließlich sagte ich: »Julie! Ich bins.« Tränen strömten mir über das Gesicht, als würde ich auslaufen. Ich konnte nicht sprechen, es kamen nur merkwürdige Schluckgeräusche heraus.

Dann sagte sie: »Liberty? Bist du das? Ich war gerade dabei, meine Nachrichten abzuhören. Ist alles in Ordnung?«

Und anstatt zu weinen, lachte ich. Und der Hörer glitt mir aus der Hand, weil er voller Rotz und Tränen und Schweiß war. Und dann stand plötzlich Dr. Hook in der Tür. Er hatte die Stirn gerunzelt und seine Mundwinkel zeigten nach unten. Er war wütend.

Nein.

Er wischte sich das Auge unter der Klappe. Er war traurig.

Und er ließ mich mit ihr reden, bis es nichts mehr zu sagen gab. Und alles Schwere fiel von mir ab. Und einen Moment lang fühlte es sich an, als würde ich leuchten und könnte vielleicht fliegen. Denn Julie sagte, dass es ihr leidtat. Julie wusste nicht, dass sich Dad so schlimm verändert hatte. Julie war in Guatemala gewesen und hatte sich um kranke Kinder gekümmert. Aber jetzt war sie wieder da.

Und sie würde kommen und uns abholen.

Überlebensstrategie #49:

GRÜNDE DEINE EIGENE WALSCHULE

Nach all dem Leuchten und Schweben geschah am nächsten Tag etwas, was mich zurück auf die Erdkruste fallen ließ.

1. *Er* war gefunden worden.
2. *Er* war wieder da.
3. Ich konnte ihn auf der Stelle treffen, wenn ich wollte.

Ich nahm mir ein neues Shirt von dem Stapel der gebrauchten Sachen im Krankenhaus. Die Krankenschwester hatte meine anderen Klamotten und meine Tennisschuhe gewaschen, also zog ich meine alten Shorts an, aber das T-Shirt konnte ich nie wieder anziehen, weil es so verfleckt war. Ich band die Haare zu einem Pferdeschwanz. Mein Gesicht fühlte sich immer noch fremd an vom vielen Weinen letzte Nacht. Aber es war mal ein gutes Gefühl, diejenige zu sein, die sich komisch benahm. Vielleicht musste ich nicht die ganze Zeit verantwortlich sein.

Ich zog die Kordel meiner Shorts fest und versuchte mich zu konzentrieren. Aber zu viele Gedanken auf einmal tummelten sich in meinem Kopf und in meinem Kopf war es zu eng.

Julie hatte gestern am Telefon erzählt, dass sie als Krankenschwester im Dschungel von Guatemala gearbeitet hatte, sie hatte Kindern Spritzen gegeben und so was. Es hatte etwas mit dem Krankenhaus zu tun, in dem sie ehrenamtlich arbeitete. Und sie hatte manchmal keine Funkverbindung gehabt, deshalb hatte ihr Handy so komische Geräusche gemacht, als ich versucht hatte sie anzurufen.

Bevor sie nach Guatemala geflogen war, hatte sie Dad angerufen und ihm auf seine Mailbox gesprochen. Sie hatte gesagt, wo sie hinfuhr, und gefragt, wie es uns ging. Aber er hatte sich nicht gemeldet. Jetzt würde sie kommen und uns abholen. Sie sagte, sie sei fünf Stunden entfernt. Und sie würde früh am nächsten Morgen losfahren.

Nachdem ich mit ihr gesprochen hatte, übernahm Dr. Hook das Telefon und gab ihr die Telefonnummer und Adresse des kleinen Krankenhauses und Officer Bs Telefonnummer und dann redeten sie über andere Sachen, aber ich weiß nicht, worüber, denn ich schlief auf dem Sofa im Empfangsraum ein.

Und als wäre das noch nicht genug, um mir das Gehirn zu verstopfen, kam Dr. Hook heute Morgen zu uns ins Krankenzimmer, während wir frühstückten. Er sagte: »Ich muss euch etwas Wichtiges sagen.« Er machte eine Pause und sein gesundes Auge zuckte.

»Dann sagen Sie es einfach«, sagte ich, denn ich dachte sofort, dass Julie irgendwo einen schlimmen Unfall gehabt hatte. Was sollten wir ohne Julie anfangen?

Schließlich sagte er: »Gestern Nacht haben wir euren Vater gefunden. Er ist jetzt auf der Polizeiwache.«

Damit hatte ich nicht gerechnet. Dad hatte uns an der Jiffy-Tankstelle zurückgelassen und war nicht wiedergekommen. Er war verschwunden wie all die Jahre davor, und wenn er nicht gefunden werden wollte, dann fand ihn auch niemand.

Manchmal weiß man erst, wie man etwas empfindet, wenn es wirklich passiert. Und in diesem Moment musste ich mich hinsetzen.

Es war so ungerecht.

Man hätte ihm verbieten müssen zurückzukommen.

Aber er war da.

Dr. Hook fragte: »Wollt ihr ihn sehen?«

Ich schüttelte den Kopf. Aber was wurde von mir erwartet?

»Du musst nicht«, sagte er.

Ich konnte nur an das denken, was vor drei Tagen passiert war, an dem Morgen, als Dad uns verlassen hatte. Und sosehr ich es auch versuchte, ich konnte die Erinnerung nicht verscheuchen. Sie war da. Laut und fordernd, wie ein Mega-Tobsuchtsanfall von Billie, und ich musste entscheiden, was Billie und ich machen sollten.

Überlebensstrategie #50:

SEI MUTIG, WENN DU KANNST

»Du musst nicht gehen«, sagte Dr. Hook wieder.

Ich starrte ihn an. Ich wusste, dass ich Dad nicht begegnen *musste*, aber …

»Ich muss nicht hin, oder?«, fragte Billie und rieb sich über die Wange, der blaue Fleck war kaum noch zu sehen. Die Wange sah jetzt fast normal aus. Aber die Wange wusste, was sie durchgemacht hatte, und Billie wusste es auch.

Schwester Janice maß noch einmal Billies Temperatur. Sie roch nach Nesquik.

»Nein«, sagte Dr. Hook. »Du kannst bei Schwester Janice und mir bleiben.«

»Vielleicht sollte ich gehen«, sagte ich.

Schwester Janice sagte zu Dr. Hook: »Der alte Ben liegt auf Zimmer zwei. Ich glaube, er hat Bronchitis.«

Dr. Hook nickte, doch sein Blick ruhte immer noch auf uns. »Da gibt es kein *sollte*. Du musst nicht. Officer Buck hat gesagt, sie haben erst mal alle nötigen Informationen.«

»Ich weiß«, sagte ich und versuchte meine Schuhe anzuziehen.

Billie kam zu mir und setzte sich neben mich aufs Bett. Sie tätschelte mir das Knie. Sie wirkte viel älter als noch vor ein paar Tagen. Vielleicht musste ich sie gar nicht mehr immer beschützen, auch wenn ich das wollte. Vielleicht konnte sie mich jetzt auch mal beschützen.

»Gehst du hin, Liberty?«, fragte sie.

Alle sahen mich an. Selbst Janice blieb noch einen Moment, um meine Antwort zu hören.

»Ich glaub, ich sollte hin«, sagte ich.

»Ich geh nicht«, sagte Billie.

Sie hatte sich so sehr gewünscht, er wäre ein richtiger Vater.

»Es ist deine Entscheidung«, sagte Dr. Hook. »Aber bevor du gehst, iss dein Frühstück auf. Du gehst besser nicht mit leerem Magen.«

Ich sah Billie an, dann wieder Dr. Hook und sogar Schwester Janice. Ich dachte an Mom in ihrem Ozeanhimmel und an die Lavendeldame und Orson und an Raupenbraue im Hotelshop und an die Schürzenfrau im Frühstücksraum und Roger in seinen Gebüschtunneln. Und dann dachte ich an Tattooman und seine einsame Schwester mit den vielen Ratten. Und an Officer B und Carla, die versprochen hatte, dass Billie und ich zusammenbleiben durften. Und schließlich an Julie, die in diesem Augenblick auf dem Weg zu uns war und in ein paar Stunden tatsächlich da sein würde. Sie würde auf der Treppe dieses komischen kleinen Krankenhauses stehen, in dem es einen Dr. Hook gab.

All die Gesichter hüpften in meinem Kranium herum, lächelten mich an und wünschten mir alles Gute. Und anstatt meine Gefühle wegzuschieben, ließ ich sie kommen, spürte eine Freude von den Haarspitzen bis hinab zu den Zehennägeln. Ich hatte Menschen, die auf mich aufpassten und nur das Beste für uns wollten, ich hatte meine eigene kunterbunte Walschule.

Jetzt konnte ich Dad begegnen.

Überlebensstrategie #51:

MACH DIR NICHTS VOR

»Durch die Tür da«, sagte Officer B und zeigte darauf. »Warte, warte, ich mach das schon.« Er hielt mir die Tür auf. »Ich geh mit dir rein, für alle Fälle.«

»Okay«, sagte ich. Vielleicht waren Polizisten doch nicht so übel.

Officer B nahm seine Mütze ab – seine Glatze glänzte. Er folgte mir durch die Tür.

Dad erhob sich von seinem Klappstuhl.

Er sah immer noch genauso aus. Aber er hatte saubere Sachen an und seine Haare waren gekämmt. Und er sah nicht so aus, als hätte er nichts mehr gegessen oder so. Ich hatte mir wohl vorgestellt, er könnte nicht normal aussehen, weil er vor drei Tagen seine beiden Töchter allein an einer Tankstelle zurückgelassen hatte, wo ihnen alles Mögliche hätte zustoßen können. Nach so etwas sollte man nicht normal aussehen. Aber nein, er sah aus wie immer. Bis auf die Handschellen. Richtige Handschellen aus Stahl. Gefangen. Er war die Beute.

In demselben Raum hatte ich mit Carla und dem grauen Mann vor tausend Jahren gesessen, so kam es mir jedenfalls vor, aber es war erst gestern gewesen. Und natürlich stand der Tisch noch an derselben Stelle, auch wenn ich das Gefühl hatte, er müsste woanders stehen.

Officer B ging quer durch den Raum und setzte sich auf das Sofa. Er nahm sich eine Zeitschrift und tat so, als läse er, aber er schaute herüber.

»Muss das sein?«, fragte Dad Officer B und hielt die Hände hoch. Er wirkte immer noch normal, aber als ich näher kam, sah ich, wie müde er war, seine Augen waren blutunterlaufen und hatten dunkle Ringe. Als hätte er tagelang nicht geschlafen.

Gut so.

Officer B nickte. »Es ist zum Schutz aller. Tut mir leid.« Aber es klang nicht so, als täte es ihm besonders leid.

Dad seufzte und setzte sich.

Ich ging zu dem Klappstuhl auf der anderen Seite des Tisches und setzte mich auch.

Dad starrte auf den Verband an meiner Stirn. Dann räusperte er sich. »Wie geht es dir?«

Das wollte ich sagen:

1. Was glaubst du wohl, wie es mir geht?
2. Ich hasse dich.

Stattdessen sagte ich: »Gut.«

»Schön«, sagte er. »Das ist schön.«

So saßen wir eine Weile da. Officer B räusperte sich und blätterte eine Seite in seiner Zeitschrift um.

»Was ist mit deinem Kopf passiert?«, fragte Dad.

»Ich hab mich gestoßen.«

»Hat es wehgetan?«

Ich nickte. Tränen traten mir in die Augen, aber ich drängte sie zurück. Ich wollte vor ihm nicht weinen.

»Wie geht es Billie?«

Ich spürte die Tektonik. All diese Fragen. Alles, was nie gesagt wurde.

»Gut.«

»Schön.« Dad räusperte sich wieder.

Knack. Knack. Knack.

Alles in meinem Innern konnte jeden Moment zerbrechen.

Ich stand auf. Ich konnte nicht länger in diesem Raum sein, sein regloses Gesicht und seine Augen anstarren, die mich nicht mal ansahen. Immer nur so tun, als ob. »Ich geh dann …«

Dad stand auf. »Warte. Warte mal.«

Ich blieb stehen.

»Ich habe dem Polizisten gesagt, dass ich euch Mädchen sehen möchte. Billie ist nicht gekommen und das ist meine Schuld. Also würde ich gern mit dir reden. Nur einen Moment.« Seine Hände zitterten. »Bitte.«

Einen Augenblick lang fühlte sich alles anders an. So hatte

er noch nie mit mir geredet. Als wäre ich ein richtiger Mensch. Und als er mich schließlich ansah, entdeckte ich etwas Neues. Tat es ihm leid?

Ich setzte mich.

»Es war einfach so verrückt«, begann er. »Ich meine, es wurde einfach alles zu viel, weißt du?« Er sah mich an, in seinem Blick lag etwas Flehendes. »Ich hätte nie gedacht, dass ich in so eine Lage geraten würde. Und dann wart ihr auf einmal da. Ich dachte, ich kann das schaffen. Nach all der Zeit dachte ich wirklich, ich könnte …« Seine Stimme erstarb. »Verstehst du, was ich sagen will?«

Er würde mich nicht dazu bringen, dass ich Mitleid mit ihm hatte. Ich würde nicht zu seiner Beute werden. Auf so etwas fiel ich nicht herein. »Officer B hat gesagt, du bist krank oder so?«

Dad nickte.

»Du siehst aber nicht krank aus.«

Er verzog das Gesicht und seufzte. »Ich weiß, aber so ist es. Ich hab so eine, hm, Störung in meinem Gehirn. Du weißt, was eine Störung ist, oder?«

»Ja«, sagte ich. Ich wusste nicht, ob er sich das nur ausdachte. Ich verschränkte die Arme und tat so, als wäre ich aus Eis.

»Deshalb bin ich damals auch gegangen. Ich habe einige Probleme … Ich meine, ich wusste schon, dass ich die hatte. Es ist nur so, dass sie unter Stress schlimmer werden. Und deshalb bin ich nicht gern mit vielen Menschen zusammen. Es ist besser, wenn ich nicht unter Menschen bin.«

»Warum hat Julie uns dann mit dir wegfahren lassen?«

»Ich hab sie überzeugt, dass es mir gut geht. Ich dachte wirklich, es ginge mir besser. Ich dachte, ich schaffe das. Ich wollte mich um euch zwei kümmern, wie ich es schon vor Jahren hätte tun sollen. Als Julie mich anrief und mir erzählte, was passiert war, dachte ich, das wäre meine Chance, alles wiedergutzumachen. Ich wollte wirklich ein guter Vater sein. Ich fühlte mich gesund. Wenn ich mein eigenes Programm fahren kann und niemand dabei ist, dem ich antworten muss oder der mich stört, geht es mir ziemlich gut.« Er räusperte sich.

Ich verschränkte die Arme vor der Brust. Es gibt eine Sache, die ich richtig gut kann. Man könnte es eine Gabe nennen. Ich kann ganz lange still dasitzen und mich völlig normal fühlen. Ich meine, ich kann dasitzen und kein Wort sagen, selbst wenn es von mir erwartet wird. Es ist verblüffend, wie viel man über jemanden erfahren kann, wenn man aufhört zu reden.

Dad räusperte sich wieder.

Ich saß da.

Das Schweigen kann dein bester Freund sein, wenn du es aushältst. Die meisten Leute halten es nicht aus.

Er fuhr fort: »Ich sollte zu so einem Therapeuten, aber der Typ ist ein Witz. Ich bin ständig auf Reisen, also ist das zu schwierig. Es hilft auch nicht. Nichts hilft.« Er fuhr sich mit der Hand durch die Haare, als wollte er sie sich ausreißen. »Am liebsten hab ich einfach meine Ruhe, das ist besser als alles andere.«

Er zuckte die Achseln, jetzt starrte er ins Leere. »Jeder Arzt erzählt mir was anderes. Sie haben mir gesagt, ich wär bipolar, ich hätte eine narzisstische Borderline-Persönlichkeitsstörung, Depressionen, eine Angststörung, Soziophobie. Ich hab schon viele Diagnosen gehört, aber so richtig weiß es keiner. Die Ärzte halten sich für oberschlau, aber sie haben überhaupt keine Ahnung. Die haben keine Ahnung, was mir fehlt.« Jetzt atmete er schwer, als hätte er einen Wettlauf gemacht.

So viele Worte hatte ich meinen Vater in meinem ganzen Leben noch nicht sagen hören.

»Deshalb bin ich damals auch gegangen. Du kennst ja deine Mutter. Sie wurde mit allem fertig. Job. Haus. Kinder. Nichts stresste sie, sie brauchte mich nicht. Also verschwand ich. Deine Mutter hat sich von mir scheiden lassen. Sie hatte das Sorgerecht für euch Kinder. So schien sie glücklicher zu sein.« Er lächelte. »Deine Mutter könnte die ganze Welt regieren.«

Ich hielt den Atem an. Er hatte recht. Mom hatte vor nichts Angst.

»Ich traue mir selbst immer noch nicht über den Weg«, sagte er. »Noch nicht. Ich schwöre dir, als sie mich fanden, wollte ich grad zurück zur Tankstelle, um euch abzuholen.«

»Nach zwei Tagen wolltest du uns abholen?! Du dachtest, wir würden immer noch da sitzen und auf dich warten?!«

Ich wollte kein Wort mehr hören.

Dads blutunterlaufene Augen füllten sich mit Tränen. »Ich weiß, dass ich Hilfe brauche«, sagte er.

Der Metalltisch wackelte. Ein Bein war kürzer als die anderen.

»Ich bekomme Hilfe«, sagte Dad. »Vielleicht klappt es diesmal.«

Hielt er mich für bescheuert? Ich hatte ein Gehirn. Ein Kranium, das sogar sehr gut funktionierte. Wer verließ denn seine eigenen Kinder? Ich meine, manche Tiere tun das, aber wir sind keine Tiere. Wir sind Menschen. Menschen wissen es besser.

»Du hast uns verlassen«, sagte ich. »An einem Ort, der nicht gut war. Ein gefährlicher Ort. Eine Tankstelle! Du wusstest, dass du Hilfe brauchst. Du hättest Julie anrufen können.«

»Ich weiß. Es tut mir leid. Ich war nicht ganz bei Sinnen. Das war nicht ich …«

Ich wollte, dass die Tektonik für immer aufhörte. Tränen liefen mir über das Gesicht. »Das *warst* du! Wir hatten dich lieb. Wir haben es echt versucht. Du hast Billie wehgetan und dann hast du uns verlassen, damit wir uns in nichts auflösen. Du hast uns zurückgelassen wie Müll.«

»Das war nicht ich«, flüsterte er wieder.

Da legte ich den Kopf auf den Tisch und weinte wie ein Baby. Ich weinte und weinte, bis ich wirklich das Gefühl hatte, ich wäre dehydriert. Dann trank ich einen Schluck Wasser aus der Flasche, die auf dem Tisch stand.

Dad sagte: »Ich weiß. Ich hab Mist gebaut, aber das war nicht meine Schuld. Das war nicht ich.« Er starrte auf den Tisch und seine Hände zitterten immer noch.

Nach einer Weile hörte ich nichts mehr als meinen eigenen Atem.

»Es tut mir leid. Es tut mir leid. Es tut mir leid«, sagte Dad.

Und in dem Moment, als ich da an dem Tisch saß, machte ich einige wichtige Beobachtungen.

Erstens merkte ich, dass ich mich ausgeweint hatte.

Zweitens war Dad nicht wirklich zurückgekommen. Noch nicht und vielleicht niemals.

Drittens spielte es keine Rolle, was er über das sagte, was passiert war. Entscheidend war nur, was ich mir selbst sagte. Und ich sagte mir, dass ich besser war als all das.

Meine Schlussfolgerung: Ich würde eine neue Schule erschaffen. Eine starke Schule. Etwas, was von Billie und mir und von Liebe erfüllt war.

Das Zittern in meinem Innern legte sich. Ich richtete mich auf und sah ihn an.

So fühlte ich mich:

1. müde
2. erleichtert
3. irgendwie hungrig

Das fiel mir auf:

1. Die Tektonik war weg.
2. Dad sah alt und traurig aus.
3. Ich war bereit zurück in Dr. Hooks Krankenhaus und zu Billie zu gehen.

»Sie haben gesagt, dass Julie kommt«, sagte Dad.

Ich nickte.

»Das ist gut. Heute Morgen war ein Arzt bei mir, aber ich muss noch zu einem Gerichtspsychologen.« Dr. Hooks Gesicht schwebte vor meinem inneren Auge. »Und einem Richter. Sie werden entscheiden, wie es weitergeht.«

»Okay«, sagte ich.

»Ich krieg mich wieder in den Griff. Versprochen.«

Jetzt wusste ich, wie es Mom die ganze Zeit gegangen war.

Das hier war mein Vater, ob es mir passte oder nicht. Das Gute war, dass ich ein Mensch war. Und der Homo sapiens ist in gewisser Weise viel stärker als Tiere, denn wir können Entscheidungen treffen.

Und ich entschied mich für Billie.

Dad lächelte ein bisschen. »Es geht mir nicht besser. Wahrscheinlich dauert das auch noch eine Weile«, sagte er. »Aber ich glaube, Julie kann sich um euch kümmern, oder?« Er streckte die Hand aus. Sie war gebräunt und faltig.

Dad hatte überhaupt keine Ahnung, was Julie konnte und nicht konnte. Ich streckte meine Hand aus und nahm seine. Sie fühlte sich anders an. Nicht weich und warm wie Billies oder

Moms. Nur anders. Vielleicht konnte ich mich daran gewöhnen. Vielleicht.

»Bist du nach Four Corners gefahren?«, fragte ich.

Er schüttelte den Kopf. »Ehrlich gesagt kann ich mich nicht erinnern.«

»Wie lange musst du hierbleiben?«

»Bis ich mit dem Richter sprechen kann.«

Ich stellte mir vor, wie Dad in Officer Bs Zelle schlief, und die Vorstellung, wie er da allein war, machte mich irgendwie traurig. Genau wie der männliche Killerwal, der allein durchs Meer schwimmt und nie in die Schule seiner Walfamilie aufgenommen wird.

»Kannst du mir je verzeihen?«, fragte er.

Ich wandte mich zu Officer B, der jetzt nicht mal mehr versuchte so zu tun, als ob er die Zeitschrift las. Er sah uns an, als würde er sich einen Film ansehen, die Augenbrauen nur ein kleines bisschen hochgezogen. Ich dachte an Tattooman, an die Narben auf seinem Arm und seinem Bein und wie er von dem Motorradunfall erzählte, den er überlebt hatte.

An dem Tag hatte ich ziemlich großes Glück und das weiß ich auch, hatte er gesagt.

Tattooman hatte recht. Billie und ich hatten auch Glück gehabt, denn wir hatten überlebt. Und wir hatten einander immer noch.

Dad wartete auf meine Antwort.

Ich nahm die Wasserflasche vom Tisch. Die Sonne schien

durch das Plastik und warf Regenbogenfarben auf den Fußboden. »Vielleicht«, sagte ich. Er war biologisch mit mir verwandt. Sein Blut floss durch meine Adern. Vielleicht eines Tages.

Ich lächelte ein bisschen und diesmal fühlte es sich nicht unecht an. Eins wusste ich mit Sicherheit: Es war höchste Zeit, dass alles echt war.

Ich war fertig damit, immer so zu tun, als ob.

Überlebensstrategie #52:

NEUE SCHULEN KÖNNEN GOLDEN SEIN

Als ich mit Officer B zurück zum Krankenhaus kam, war Julie da. Sie hatte eine gigantische Tüte voller Süßigkeiten aus Guatemala dabei. »Hier«, sagte sie und gab mir die Tüte. Dann umarmte sie mich, als wollte sie mich nie mehr loslassen.

Schließlich ließ sie mich doch los, setzte sich auf Dr. Hooks Sofa und wippte in einem Tempo von tausend Stundenkilometern mit dem Fuß. Aber das hielt Billie nicht davon ab, die ganze Zeit ihre Hand zu halten. Ich saß auf einem Stuhl ein Stück weiter entfernt.

Wir erzählten ihr alles und das war eine Menge. Allein für die Fakten brauchten wir eine ganze Weile. Und ich wusste, dass es noch länger dauern würde, wenn wir erzählen müssten, wie es uns ging. Und die ganze Zeit hörte sie bloß zu und schüttelte hin und wieder den Kopf. Sie sagte kaum ein Wort, wischte sich nur die Tränen aus den Augen.

Nachdem wir fertig waren, zeigte sie auf einen Koffer in der Ecke.

Als Billie und ich ihn aufmachten, war das ein Gefühl wie Weihnachten. Sachen von zu Hause! Alles roch immer noch nach unserer Wohnung und manche Sachen rochen immer noch nach Mom.

Ich probierte ein Paar Shorts und mein SeaWorld-T-Shirt an, aber beides war zu klein.

»Bist du sicher, dass das nicht Billies sind?«, fragte Julie.

Die Shorts waren wirklich zu klein.

»Ich fasse es nicht, dass du in einem Sommer so viel gewachsen bist«, sagte sie, faltete die Sachen und stapelte sie ordentlich übereinander. Julie schwor, dass ich mehr als fünf Zentimeter gewachsen sei. Aber nach allem, was mit Dad passiert war, fand ich das Wachsen nicht der Rede wert. Wenn man meinen Brustkorb aufbrechen könnte, würde garantiert auch mein Herz anders aussehen. Und das Herzwachstum ist viel wichtiger.

Nachdem Billie und ich uns umgezogen hatten, gingen wir wieder in den Empfangsraum. Billie lächelte ihr goldenes Lächeln und saß genau zwischen Julie und Dr. Hook. Die beiden unterhielten sich immer noch über medizinische Hilfseinsätze und was sie alles noch vorhatten. Wir würden mit Julie zurück nach San Diego fahren. Aber ich konnte mich nicht konzentrieren. Wann genau ging es los? Und durften wir für immer bei Julie bleiben?

In gewisser Hinsicht war es schwer zurückzukehren, ohne den Traum von einem Vater, der mich retten würde, in meinem Notizbuch verwahren zu können. Aber ich glaube, ich brauchte jetzt niemanden mehr, der mich rettet. Ich brauchte nur meine Schwester. Und so etwas wie eine Walschule. Jemanden, der nett war und sich um uns kümmern konnte, denn ich schaffte nicht alles so gut allein, wie ich gedacht hatte.

Schwester Doris kam herein. »In Zimmer eins muss einmal genäht werden.«

Dr. Hook blickte auf. »Oh, tut mir leid, Doris. Das haben Sie mir ja schon mal gesagt.« Er sah uns an. »Entschuldigt mich einen Moment, ich bin gleich wieder da.« Beim Hinausgehen stieß er gegen den Türrahmen und Billie musste lachen.

Julie wandte sich zu mir. »Was für ein Glück, dass er euch beiden helfen konnte.«

Ich nickte.

»Ich kann noch gar nicht begreifen, was die Leute alles für euch getan haben.«

Und ich dachte, dass wir uns selbst auch ziemlich gut geholfen hatten.

»Es ist meine Schuld«, sagte sie. »Ich hätte euch nie fahren lassen dürfen. Aber ich hatte ja keine Ahnung. Eure Mutter hat mir sehr wenig über euren Vater erzählt. Sie sprach nicht gern darüber, was zwischen ihr und ihm vorgefallen war. Sie sagte, das sei Vergangenheit und sie wolle nicht mehr daran denken.«

»Ich will auch nicht mehr daran denken«, sagte Billie.

»Und als ich den Anruf von der Klinik bekam, dass sie jemanden brauchten, der bei dem Hilfseinsatz in Guatemala einsprang, da hab ich einfach zugegriffen. Ich hab euren Vater angerufen und eine Nachricht auf seiner Mailbox hinterlassen, aber er hat mich nie zurückgerufen. Es tut mir so schrecklich leid.«

Und ich sah, dass es ihr wirklich leidtat. Ich machte ihr keinen Vorwurf.

»Wie geht es dir?«, fragte sie mich.

»Ganz gut.«

Sie sah mich prüfend an. »Geht es dir wirklich gut?«

»Ja.« Ich strich mir die Haare aus den Augen.

»Und dir, Billie?«

Billie nickte.

»Ich hätte einfach noch mal anrufen sollen, aber ich hatte so viel zu tun. Ich dachte, ihr habt bestimmt tolle Ferien. Nach dem Motto: Keine Nachrichten sind gute Nachrichten …« Sie verstummte.

»Nicht immer«, sagte ich.

»Liberty hat sich um mich gekümmert«, sagte Billie.

»Das weiß ich. Sie war unglaublich. Du bist ein unglaubliches Mädchen, Liberty. Du erinnerst mich an deine Mutter.«

Mein Herz machte einen Hüpfer.

»Deine Mutter war einer der klügsten Menschen, die ich kannte.«

»Wohnen wir jetzt bei dir?«, fragte Billie dazwischen.

Das war die Frage, die ich nicht zu stellen gewagt hatte. Aber jetzt wollte ich eine Antwort. Fakten sind immer besser als Vermutungen.

»Das müssen wir zusammen mit den Gerichten entscheiden, mit den Richtern und eurem Vater. Ich habe keine Ahnung, ob euer Vater Verwandte hat, aber bei ihm könnt ihr nicht bleiben. Jetzt bleibt ihr erst mal beide bei mir«, sagte sie.

»Bist du jetzt unsere Mom?«, fragte Billie.

Julie sah zum Fenster hinaus. Schließlich sagte sie: »Ich hätte nie im Leben gedacht, dass ich mal eine Mutter sein würde, aber ich glaube …« Eine Weile sagte sie nichts, dann lächelte sie. »Könnte ich nicht eure jung gebliebene Tante sein? Eure Mom könnte ich sowieso nie ersetzen.«

So jung war Julie nicht mehr. Sie war sogar älter als Mom. Aber es stimmte, was sie sagte: Niemand könnte unsere Mutter ersetzen.

Billie flüsterte: »Eine Tante passt doch noch in unsere Walschule, oder?«

»Was findest du denn?«, fragte ich.

Billie nickte. »Was ist mit Dr. Hook?«

»Und Tattooman und Roger?«, fragte ich Julie. »Glaubst du, wir sehen sie wieder?«

Sie sah aus, als würde sie angestrengt nachdenken. Dann sagte sie: »Ich wüsste wirklich gern, wie ich ihnen danken kann. Ich werde Officer Buck fragen, was man da machen kann.«

Nichts im Leben war je sicher. Aber ich konnte hoffen.

»Vielleicht können wir …«, setzte ich an.

Billie unterbrach mich. »Ich will ein Eis.«

»Ich glaub, das lässt sich machen«, sagte Julie. Dann fragte sie mich: »Was wolltest du sagen, Liberty?«

»Nichts.«

»Was hältst du von einem Eis? Wir müssen wohl noch ein paar Tage hierbleiben, bis wir das mit dem Sorgerecht geregelt haben, und euer Vater hat eine Anhörung. Ich hab ein Hotelzimmer gebucht. Sobald Dr. Martinez euch entlässt, können wir eure Sachen rüberbringen. Und dann essen wir ein Eis? Was sagst du dazu, Liberty? Hast du Lust?«

Es war lange her, dass mich jemand gefragt hatte, was ich wollte. Ich nahm mein Notizbuch und steckte es tief in den Koffer, den Julie aus unserer Wohnung mitgebracht hatte.

»Ja, ja, ja. Komm schon, Liberty«, sagte Billie und zog mich am Arm.

»Klar«, sagte ich.

Aber irgendwas fühlte sich unerledigt an. In diesem Sommer hatte ich mich so sehr verändert, dass ich mir vorkam wie eine brandneue Liberty-Spezies. Dann sagte ich: »Eins möchte ich noch machen, bevor wir zurück nach San Diego fahren.«

»Raus mit der Sprache«, sagte Julie.

Also fragte ich. Und es klang logisch und unlogisch zugleich, aber in meinem tiefsten Innern fühlte es sich perfekt an. Als wären sich die beiden Hälften meines Gehirns, Instinkt und Logik, endlich einig.

Überlebensstrategie #53:

ECKEN KÖNNEN DIE WICHTIGSTEN TEILE SEIN

Es existierte. Das sagte die Karte. Aber es mit eigenen Augen zu sehen war noch mal etwas ganz anderes.

Das Four Corners Monument im Navajoland, wo vier Staaten der USA aufeinanderstoßen.

Drum herum ein Parkplatz. Die Grenzmarke sah aus wie ein riesiger in der Erde vergrabener Kompass, eingebettet in Stein. Sie glänzte in der Sonne wie ein heißer Penny. Ihre Zeiger streckten sich wie vier lange Arme nach Norden, Süden, Osten und Westen aus und zogen unsichtbare Linien über den staubtrockenen Wüstenboden: vier Orte in einem.

Wie Zauberei.

Eine kleine Straße hatte uns hergeführt. Na ja, die Straße und das Auto, das Julie sieben Stunden lang gefahren hatte. Julie zahlte eine Gebühr und fuhr auf den fast leeren Parkplatz. Sie sagte, es würde Spaß machen und sogar lehrreich sein.

Ich ging die Stufen alle einzeln hoch.

Nach Four Corners waren wir unterwegs, als Dad uns verließ. Wenn ich dieses Ziel erreichen und einfach dort stehen konnte – an vier Orten gleichzeitig –, dann würde alles gut werden, das war für mich ganz logisch.

Ich ging weiter und drehte den Kopf so, dass ich die Inschrift lesen konnte. In jedem Viertel des Kreises standen zwei Worte: *Hier vereint – in Freiheit – vier Staaten – unter Gott.* Die Flaggen von Arizona, Utah, Colorado und New Mexico knatterten im Wind. Und da sprang ich, als ob der Wind mir Superkräfte verleihen würde, und landete genau auf dem Mittelpunkt des Kreises. Vier Orte in einem, die den Gesetzen der Naturwissenschaft trotzten. Dieser Punkt war in seiner Existenz so störrisch wie Billie und ich.

Und Dad? Ich hoffte, dass es ihm bald besser ging, aber das war nicht mehr so wichtig, denn ich hatte Billie.

Ich drehte mich zu ihr um.

Sie saß mit Julie im Schatten und packte den Proviant aus, den wir in einem Lebensmittelladen gekauft hatten, viel zu viel zu essen, weil Billie alles haben wollte. Aber Julie hatte das nichts ausgemacht.

Anscheinend sagte Billie etwas Lustiges, denn Julie lachte, als sie in ihr Sandwich biss.

»Billie!«, rief ich.

Sie winkte. Und Julie winkte auch.

»Ich hab Julie grad den Rumkugel-Witz erzählt!«, rief Billie.

Und da, genau in dem Moment, wusste ich es. Man könnte wohl sagen, dass es Instinkt war, dazu ein Hauch Eingebung, vielleicht auch Zellen von Moms Seele – ich wusste jedenfalls, dass wir es gut haben würden, Billie und ich. Dieser Ort kam mir fast heilig vor, als könnten wir, wenn wir nur lange genug an genau derselben Stelle blieben, für immer leuchtend und golden bleiben.

Ich sah hinauf in den Himmel. Kleine weiße Schäfchenwolken.

Bruchlinien verliefen kreuz und quer in meinem Herzen und meinem Kopf, aber ich war wieder zusammengeschmiedet. Ich war eine neuere, stärkere Liberty. Und das war erst einmal genug.

Danksagung

Kein Buch wird geschrieben ohne unendlich viele großartige Menschen, die unterwegs helfen. Deshalb danke ich diesen Menschen für ihren Sachverstand, ihre Liebe und Unterstützung:

Joy Peskin, Lektorin der Extraklasse, die sich an zwei verlorene Schwestern erinnerte und sie von Anfang an liebte. Ich danke dir für deinen redigierenden Blick, deinen umsichtigen Rat und dein allgemeines Hurra für dieses Buch und für mich. Ich danke dem Team bei Farrar Straus Giroux Books for Young Readers, das dieses Buch in jeder Hinsicht herausragend gemacht hat. Ein Dank meinem Verleger Simon Boughton und der Redakteurin Kate Hurley.

Charlotte Sheedy, meine tolle Agentin, die sofort Ja gesagt und dieses Buch und mich seitdem immer bejubelt hat. Danke. Ich verehre dich.

Ein Dank an Janessa Ransom und Ann Dee Ellis, die klügsten Leserinnen/Autorinnen, die ich je getroffen habe – und gleichzeitig einfach tolle Menschen. Danke dafür, dass ihr dieses Buch immer und immer und immer wieder gelesen habt.

Und ein dickes fettes Dankeschön an die talentierten Lehrenden, Angestellten und Studierenden am Vermont College of Fine Arts.

Meine Klassenkameradinnen Nicole Griffin, Emily Wing Smith, Corrinne Lewis und meine anderen Whirligigs, ich danke euch. Jeder braucht eine intelligente Gang von Autorinnen als Jubelteam.

Meine Mom und mein Dad, die Bücher immer willkommen geheißen haben … bis ich mich eines Tages mit sechs oder sieben so vergraben hatte, dass sie mich ins Sonnenlicht holten, wo ich etwas mit anderen Leuten unternehmen sollte. Mit Leuten zu reden ist auch wichtig. Eure Liebe und unermüdliche Unterstützung bei allem, was ich machen möchte, bedeutet mir mehr, als ihr euch vorstellen könnt.

Pam White, dir danke ich dafür, dass du immer alles stehen und liegen gelassen hast, wenn ich dich brauchte.

Ein Dank auch an meine Geschwister: Kim, Terresa, Jack und Nick, die mir endlos viel Geschwister-Kram geliefert haben, über den ich schreiben konnte. Und dafür, dass sie die ersten Freunde waren, die ich geliebt und um die ich mich gekümmert habe.

Sehr dankbar bin ich SJ, GC, SA, LG und LM dafür, dass sie meinem Herzen eine Bleibe gegeben haben.

Und am wichtigsten: ein Dank an dich, Adam, der nie Nein gesagt hat, selbst wenn ich verrückte Sachen gesagt habe (was manchmal oft vorkam).